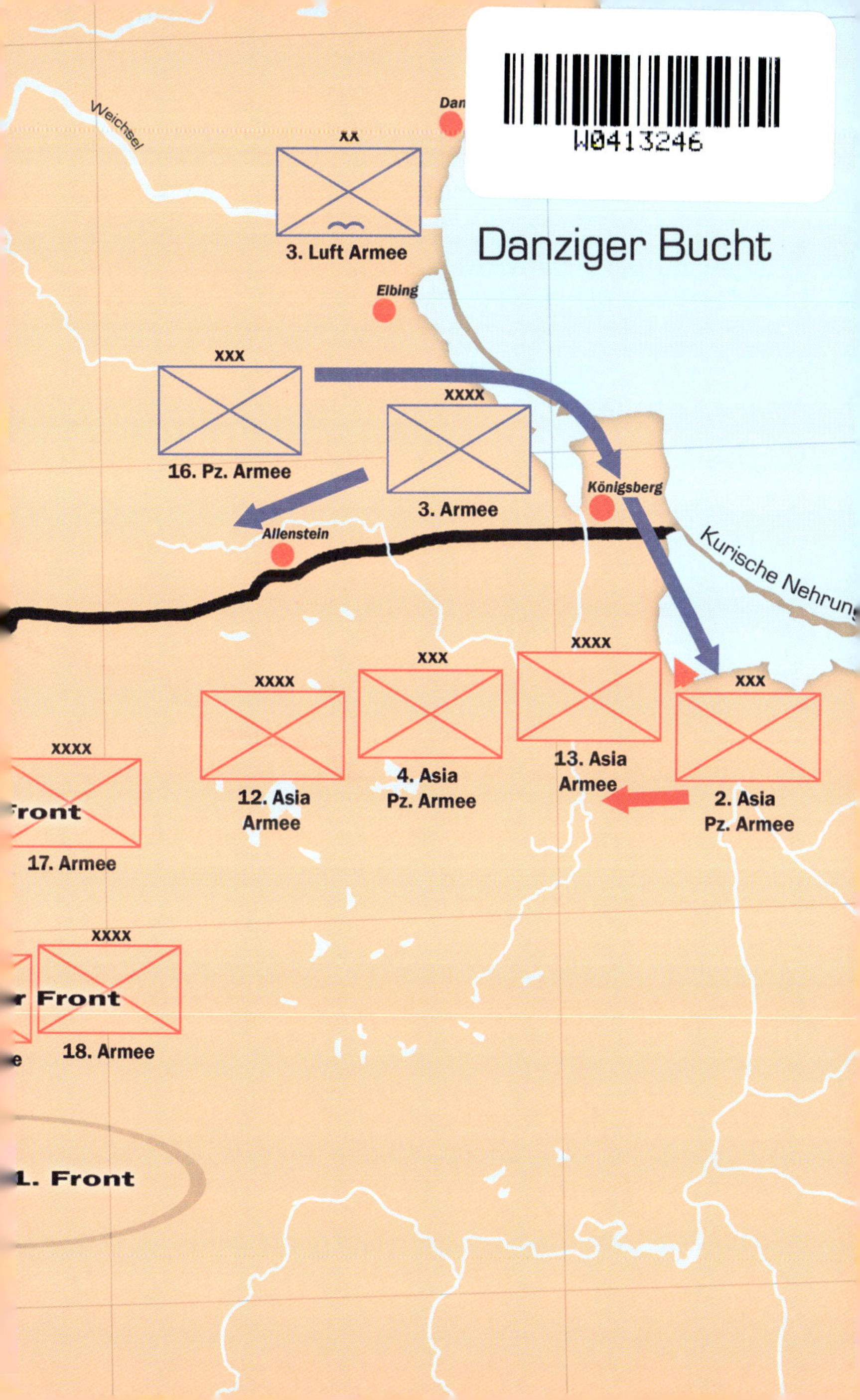

Weichsel
XX
3. Luft Armee
Danziger Bucht
Elbing
XXX
16. Pz. Armee
XXXX
3. Armee
Königsberg
Allenstein
XXXX
12. Asia Armee
XXX
4. Asia Pz. Armee
XXXX
13. Asia Armee
XXX
2. Asia Pz. Armee
XXXX
17. Armee
XXXX
Front
18. Armee
Front

UNITALL

1949 Kaiser FRONT

Band 4: Entscheidungsschlacht um Warschau

Heinrich von Stahl

1. Auflage
Januar 2011

Unitall Verlag GmbH
Salenstein, Schweiz
www.unitall.ch

Vertrieb:
HJB Verlag & Shop KG
Schützenstr. 24
78315 Radolfzell
Deutschland

Bestellungen und Abonnements:
Tel.: 0 77 32 – 94 55 30
Fax: 0 77 32 – 94 55 315
www.hjb-shop.de
hjb@bernt.de

Lektorat: Klaus N. Landser

Titelbild: Nick (Russia)
Printed in EU

Kapitel 1:
Der Kastrup wird entfesselt

Was für ein verdammtes Risiko! Nachdenklich analysierte Major Rohwedder die schwierige Lage. Es konnte gut gehen, aber auch in einem Fiasko enden. Seine beiden *kastrup*schwarzen[1] Bauern wurden zwar von einer Herz-Flöte begleitet, aber nur noch durch ein Karo-Ass verstärkt. Das eigentliche Problem dabei war, dass Feldwebel Hauser aufspielen würde und er erst dann der Reihe war... Dass Hauser Herz vorspielen würde, war eher unwahrscheinlich. Die Chancen für Karo standen somit näherungsweise bei eins zu drei. Würde Rohwedder gezwungen sein, mit einem seiner Bauern zu stechen und die beiden roten Bauern waren nicht verteilt, konnte sein Vorhaben durchaus in einem Fiasko enden.

Für einen Moment machte sich das bei Rohwedder extrem seltene Gefühl von Unsicherheit breit. Es verflog genauso schnell, wie es gekommen war. *Was soll's!,* entschied er sich. »Grand!«

---

[1] Die kaiserliche Schutztruppe (Kastrup) ist bekannt für ihre schwarzen Uniformen. Aus dieser Tatsache rechtfertigen die deutschen Soldaten im Nachhinein, dass schwarze Bauern beim Skat höher stehen als rote.

Hausers ausdrucksloser Blick richtete sich auf den Major. Im Schein der Petroleumlampe tanzte ein unruhiges Schattenmuster auf seinen Zügen. »Kontra!«

Dieses eine Wort zauberte Rohwedders Unsicherheit mit einem Schlag zurück in seine Magengegend. *Ich hab's befürchtet! Der Sack hat die beiden roten Buben und selbst 'ne Flöte!*

Schon knallte Hauser das Kreuz-Ass auf den Tisch. Rohwedder stach mit dem Pik-Buben. Hauptmann Essling bedient mit der Kreuz-Acht. Dann kam der Moment der Wahrheit. Locker aus dem Handgelenk geworfen, ließ der Kommandeur des Pionierbataillons seinen verbliebenen schwarzen Bauern auf die zum Tisch umfunktionierte Holzkiste wirbeln. Seine schlimmsten Befürchtungen bestätigten sich, als sich Esslings Kreuz-Neun dazugesellte und Hausers Karo-Bube folgte. Das Grinsen des Feldwebels nahm im Schattenspiel der Lampe diabolische Züge an.

Jetzt kann mich nur noch ein Wunder retten! Nach einem kurzen Blick in den imaginären Himmel spielte Rohwedder Herz-Ass auf. Essling schmetterte eine Pik-Zehn dazu, wohl wissend, dass Hauser nun wie ein Skorpion zustechen würde. Dann geschah das Wunder: Der Vorhang des Zeltes wurde zur Seite gerissen und Leutnant Garbenstock erschien. »Die Russen nähern sich von Norden. Lkw-Geräusche.«

Die Erleichterung breitete sich mit wohltuender Wärme in Rohwedders Magengegend aus. Er grinste über das ganze Gesicht, während Hauser leise dem Iwan[2] die Pest und eine Reihe weiterer recht unschöner Dinge an den Hals wünschte.

»Na, dann wollen wir unsere sowjetischen Freunde mal begrüßen«, trällerte Rohwedder mit einer Freude, als fordere er seine Kameraden zu einem Sonntagsausflug mit ein paar hübschen Damen auf.

Leutnant Garbenstock schüttelte nur den Kopf. Offenbar berührte das Kartenspiel die Männer emotional mehr als der sich

---

[2] Bezeichnung der Landser für Soldaten der Roten Armee.

nähernde Feind. *Völlig plemplem!*, lautete seine qualifizierte gedankliche Psychoanalyse.

Rohwedder warf seine Karten über die seiner Kameraden und stellte so sicher, dass das Spiel später nicht fortgesetzt werden konnte. Dann erhob er sich und begab sich zu dem auf einer umgestülpten Holzkiste aufgestellten Satellitentelefon.

»Wir bekommen Besuch«, informierte er die neun Kompanieführer seines Fallschirmjägerbataillons. »Wahrscheinlich eine Nachschubkolonne.« Anschließend erhob er sich geschmeidig und begab sich, noch immer das fröhliche Grinsen auf den Lippen, nach draußen.

Hauser, Essling und Garbenstock folgten ihm auf dem Fuße. Mit den fließenden Bewegungen eines Panthers beim Anschleichen an eine Beute bewegte Rohwedder sich durch die Nacht. Er überzeugte sich davon, dass die Kameraden der 4. Kompanie unter Hauptmann Essling in ihren aus Sandsäcken geformten Stellungen bereit lagen, um den sich nähernden Feind gebührend zu begrüßen. Befriedigt nahm er zur Kenntnis, dass jedermann auf seinem Posten war. Die Elitesoldaten beachteten ihren Bataillonskommandeur kaum. Sie hatten ihre Maschinengewehre, Excalibur-Raketen und Granatwerfer auf das nördliche Ufer der Wieper ausgerichtet und warteten konzentriert darauf, dass sich der Feind aus dem Dunkel der Nacht schälte.

Als Erstes wurden die Scheinwerfer eines sich mit dumpfem Motorengeräusch nähernden Fahrzeugs sichtbar. Unmittelbar dahinter tauchten zwei Dutzend weitere auf, die sich beim Näherkommen als russische Militär-Lastwagen entpuppten. Ihre Ladeflächen waren mit dunkelgrünem Stoff überspannt, der im fahlen Mondlicht fast schwarz wirkte.

Der vordere Lkw kam unmittelbar vor der von den Fallschirmjägern zerstörten Pontonbrücke zum Stehen. Der Fahrer rief den ihm folgenden Kameraden etwas zu. Wahrscheinlich mutmaßte er, die Brücke sei von deutschen Stukas[3] vernichtet worden. Jemand schien ihm ein Megaphon gereicht zu haben: Plötzlich schallte seine Stimme mit der Kraft eines Riesen über die nächtliche Landschaft.

Hauser, der neben Rohwedder stand und wie sein Vorgesetzter fließend Russisch sprach, übersetzte unnötigerweise: »Warum hat man uns nicht informiert, dass die Brücke hier bei Punkt 'Juri' vernichtet wurde? Sind die Brücken bei 'Ilja' und 'Kalin' noch in Ordnung?«

Rohwedder antwortete dem Russen persönlich: »Feuer!«

Dutzende Maschinengewehre ratterten los. Granaten verließen mit trockenem »Plopp« die Werferläufe. Excalibur-Raketen zischten mit Leuchtkugeln zusammen in die Nacht hinaus. Grelle Explosionen am Nordufer und langsam zur Erde zurückfallende Leuchtbälle tauchten die Szenerie in ein gespenstisches Licht.

Rohwedder erkannte im Schein der brennenden Lastwagen an der Spitze der Kolonne, dass aus einigen hinteren Fahrzeugen Rotarmisten von Ladeflächen sprangen. Die nächste Salve der Granatwerfer schlug unmittelbar zwischen ihnen ein. Menschliche Körper wirbelten durch die Luft. Die verbliebenen Lkw fingen ebenfalls Feuer. Der Beschuss hatte keine drei Minuten gedauert. Rohwedder schätzte, dass nur eine handvoll sowjetischer Soldaten dem Angriff entkommen waren.

Er ließ das Feuer einstellen.

Die Schreie von Verwundeten verstummten nach und nach. Wahrscheinlich wurden sie von den wenigen unverletzt gebliebenen Rotarmisten mit Morphium versorgt. Zwei Dutzend Kastrup-Soldaten setzten mit Booten über, die sie von den ehemaligen sowjetischen Bewachern der Pontonbrücke übernommen hatten. Die überlebenden Russen ließen sich widerstandslos entwaffnen und zusammen mit ihren verletzten Genossen zum Südufer in die Gefangenschaft transportieren.

---

[3] Sturzkampfbomber

Nachdenklich blickte Rohwedder nach Süden, wo eine rot glühende Kuppel über der Stadt Lublin und ihrer Umgebung stand. Die evakuierte deutsche, von sowjetischen Truppen besetzte Stadt war in mehreren Wellen von Horten B1-Bombern angegriffen worden, die so ziemlich alles, was die deutschen Waffenarsenale hergaben, auf die Sowjets hatten herabregnen lassen. Gleichzeitig schimmerte im Osten ein weiterer roter Schein.

Er war natürlichen Ursprungs und kündigte die aufgehende Sonne an. Was würde der kommende Tag wohl bereithalten? Er würde als der Tag der ersten großen Offensive des Reiches gegen den unbarmherzig vorrückenden Gegner in die Geschichtsbücher eingehen. Würde er als Tag der Wende in diesem Krieg in Erinnerung bleiben? Oder würde er den Beginn des endgültigen Zusammenbruchs der Ostfront bezeichnen?

Wenn es den beiden Kastrup-Panzerarmeen unter dem direkten Kommando von Generalfeldmarschall von Dankenfels gelang, die vier sowjetischen Asia-Armeen niederzukämpfen, waren die Flanken der weiter nördlich auf Warschau zustürmenden sowjetischen Fronten[4] ungeschützt. Ein wichtiger Meilenstein, den quantitativ weit überlegenen Gegner in Bedrängnis zu bringen, wäre dann erreicht. Schlug der Angriff der Kastrup jedoch fehl, so brachen die vor Warschau stehenden Eliteeinheiten der Roten Armee durch – der Weg nach Prag, Wien und Berlin war dann frei.

Für Rohwedders Pionierbataillon sowie die weiteren drei Bataillone des ersten Kastrup-Fallschirmjägerregiments würde dies bedeuten, dass sie abgeschnitten waren und über kurz oder lang von den vier Asia-Armeen gefangen genommen wurden.

Als hätte jemand nur darauf gewartet, dass Rohwedder dem Geschehen im Süden Aufmerksamkeit schenkte, entstand am

---

[4] Eine sowjetische *Front* ist die Bezeichnung für drei im Verbund kämpfende Armeen.

Horizont ein unregelmäßiges, doch beeindruckendes Blitzlichtgewitter. Schwaches Leuchten wechselte sich mit ultrahellen Blitzen ab, in denen jeweils für Sekundenbruchteile die spärlichen Wolken am Himmel als dunkelblaue Schatten zu sehen waren.

Es dauerte rund eine Minute, bis das dumpfe Grollen der das Schauspiel erzeugenden Explosionen bei den Fallschirmjägern ankam. Das martialische Donnern war der Auftakt eines titanischen Kräftemessens zwischen den beiden stärksten Streitkräften der Erde. Dem Artilleriebeschuss aus 1200 Geschützen, unter ihnen die acht 38-cm-Kanonen von vier Landkreuzern, würde der Vorstoß der schnellen deutschen Panzerverbände folgen. Rohwedder hoffte bis in den letzten Zipfel seiner Seele, dass das Überraschungsmoment, das Kriegsglück und nicht zuletzt der Wagemut der Kastrup-Verbände den Widerstandswillen der vier sowjetischen, aus Asien stammenden Armeen brechen würden. Er konnte nicht ahnen, dass ein weiterer Faktor erheblich zum Ausgang des Kampfes beitragen würde: simple Propaganda.

»Nun entscheidet sich der Verlauf der Geschichte«, flüsterte der noch immer neben ihm stehende Feldwebel Hauser. Er übertönte das ferne Donnergrollen gerade eben.

Rohwedders Antwort war bezeichnend für seinen Glauben an die Überlegenheit des Nordischen Bundes. »Auch wenn dies nicht immer der Fall sein mag, dieses Mal wird die Geschichte den Sieg der Besten erzählen – und das sind wir.«

*

Kurz vor der Befehlserteilung zur Eröffnung des Artilleriefeuers hatte Generalfeldmarschall von Dankenfels den schwarzen Mauspanzer verlassen und sich auf den Weg zu einem der beiden Landkreuzer der 2. Kastrup-Panzerarmee gemacht.

Wie ein Monument aus grauem Stahl ragte der siebzehn Meter hohe Koloss vor ihm auf. Auf den beiden Schutzplatten vor den aus vier parallelen Einheiten bestehenden Ketten prangte das schwarze Tatzenkreuz, das kaiserliche deutsche Hoheitszeichen. Der einsfünfundachtzig große Generalfeldmarschall kletterte an der Leiter die Wanne des Ungetüms hinauf, bis er das Deck des Landkreuzers mit seinem mächtigen 38-cm-Doppelturm, dem Drehturm mit der 12,8-cm-Kanone für die rückwärtige Verteidigung und den acht doppelläufigen Flakkuppeln erreicht hatte. Er stieg in eine geöffnete Luke, drückte auf einen Knopf, der den Verschlussmechanismus des tonnenschweren Verschlusses in Gang setzte, und begab sich über eine Wendeltreppe in die Zentrale des schwersten je von Menschenhand gebauten landgestützten Waffensystems der Erde.

Die anwesenden Offiziere erhoben sich von ihren Plätzen und grüßten ihren obersten Kriegsherrn – wenn man vom Kaiser absah – zackig. Stolz machte sich in dem Mann mit den tief geschnittenen, aristokratischen Gesichtszügen und der hellblonden, fast weißen Bürstenfrisur breit – Stolz auf diese hervorragenden, zu allem entschlossenen Soldaten sowie dieses Wunderwerk deutscher Waffentechnologie, das ihm für die bevorstehende Schlacht als Befehlszentrale dienen würde.

Von Dankenfels wäre einerseits gern bei seinen Panzerspitzen gewesen, die in diesen Minuten in einem unaufhörlichen Strom aus dem Lubliner Hügelland hervorquollen. Er hatte den Landkreuzer jedoch nicht wegen seiner scheinbaren Sicherheit als Hauptquartier gewählt – diese Sicherheit würde ohnehin nicht mehr viel Wert sein, denn wenn die Russen merkten, was auf sie zurollte, würden sie alles tun, um die Landkreuzer zu vernichten –, sondern wegen der ausgezeichneten Kommunikationsmöglichkeiten des Giganten.

In der Zentrale saßen neben der üblichen Mannschaft vier weitere Offiziere vor provisorisch aufgestellten Satellitentelefonen, die die Befehle des Generalfeldmarschalls umgehend via Satellit an die entsprechenden Truppenteile weitergeben und die Lageberichte der einzelnen Kommandeure an den

Generalstab um von Dankenfels vermelden würden. Die acht Verbindungsoffiziere der Divisionen beider Armeen warteten bereits vor einem Planungstisch, der in der Mitte der Zentrale des Landkreuzers stand. Die Gesichter der hohen Kastrup-Offiziere blickten ihrem Vorgesetzten ernst unter ihren schwarzen Schirmmützen entgegen.

Auf dem Planungstisch befand sich eine Karte der deutschen Provinz Polen. Jemand hatte mit einem roten Filzschreiber den aktuellen Frontverlauf eingezeichnet. Auf der Karte lagen blaue Symbole aus Plastik, die Nummer und Waffengattung der eigenen Verbände bis hinunter zur Regimentsstärke zeigten. Symbole in roter Farbe kennzeichneten die Positionen der sowjetischen Verbände, soweit bekannt.

»Wie lange noch zum Feindkontakt unserer Panzerspitzen?«, fragte von Dankenfels.

»Eine Viertelstunde«, lautete die lakonische Antwort eines Verbindungsoffiziers: Major Südeke war ein hoch gewachsener, hagerer Mann mit schneidiger Stimme und raubvogelartigem Gesicht. Unmittelbar darauf rief jemand neue Koordinaten der Regimenter der 2. Panzerarmee in den Raum. Südeke verschob die Symbole der bezeichneten Einheiten um einige Zentimeter.

»Die Maschinen des 26. Sturzkampfgeschwaders sind über dem Zielgebiet«, war die dunkle Stimme eines weiteren Kommunikationsoffiziers zu hören.

Vor seinem geistigen Auge sah von Dankenfels die Henschel He 132 der verschiedenen Schwärme, wie sie eine nach der anderen über eine Tragfläche wegkippten und sich mit infernalischem Sirenengeheul auf den Gegner stürzten.

*

Auszug aus Oberst Jurij Tamanikow:
»Die Farbe des Krieges«
Unitall Verlag, Salenstein (1951)

Südwestlich von Trawniki[5]*, 04. Juli 1949*

Was für eine Nacht! Kaum hatte ich zwei Stunden geschlafen, als ich schon von einem tiefen Grollen geweckt wurde. Es hatte sich zunächst langsam in mein Unterbewusstsein gedrängt und nahm Einfluss auf den Fortgang meines Traumes.

Ich befand mich im sonnendurchfluteten Garten meiner Datscha. Vögel zwitscherten. Meine Kinder tollten um mich herum. Meine Frau servierte einen herrlichen Kuchen. Doch dann schlich sich das Grollen wie ein immer stärker wirkendes Gift in mein Unterbewusstsein und wurde mehr und mehr in den Traum eingebaut. Zunächst waren es meine Kinder, deren spielerische Unbeschwertheit mit der Zunahme des hässlichen Geräusches nachließ. Meine Frau blickte mich ängstlich an. Schließlich erschien ein überdimensionaler Bär, dem meine Phantasie das Grollen andichtete. Es folgte eine wilde Jagd der knurrenden Bestie auf meine Familie und mich. Erst das Rütteln Leutnant Komikows ließ mich in die Wirklichkeit zurückkehren, in der das Knurren des Bären allerdings blieb.

»Die Deutschen bombardieren Lublin«, presste er hervor, nachdem sich mein Blick geklärt hatte.

»Was? Das ist doch ihre eigene Stadt«, entgegnete ich schlaftrunken.

»Es *war* ihre Stadt«, stellte Komikow trocken fest. »Jetzt befinden sich große Teile der Neunzehnten[6] in Lublin.«

»Wie schlimm ist es?«, fragte ich überflüssigerweise, noch immer nicht völlig wach. Das auf zwanzig Kilometer Entfernung

[5] Stadt südöstlich von Lublin.

[6] Der Leutnant meint die 19. Asia-Armee.

nicht aufhören wollende Donnern der Detonationen war Antwort genug, weshalb sich der Leutnant eine Antwort verkniff. Er senkte nur bedauernd den Blick seiner hellblauen Augen, nahm den Helm ab und strich sein glattes dunkelblondes Haar zurück.

»Ist die Siebzehnte informiert?«, fragte ich weiter, womit ich die nördlich von Chelm stationierte Luftarmee meinte. Es stand für mich außer Frage, dass unsere Jäger trotz der deutschen Luftüberlegenheit die feindlichen Bomber angreifen würden.

»Unsere Aufklärung meldet, der Fritz[7] hat Hunderte von Jagdflugzeugen als Begleitschutz für seine Bomber in der Luft. Unsere MiGs haben gegen die Horten mit ihren Luft-Luft-Raketen keine Chance. Deshalb sind sie nicht aufgestiegen.«

Ich benutzte ein paar Kraftausdrücke, die ich hier nicht wiedergeben möchte, da sie schon den Leutnant erbleichen ließen. Nachdem ich mich halbwegs beruhigt hatte, fügte ich hinzu: »Wann sind denn endlich unsere eigenen Luft-Luft-Rakten da? Die hätten doch schon vor zwei Wochen ausgeliefert werden sollen…«

»Die erste Lieferung wurde von den Partisanen…«

»Verdammtes Pack! Die fügen uns in diesem Krieg schlimmere Verluste zu als das deutsche Heer.« Hätte ich gewusst, was die Deutschen in den nächsten Stunden gegen uns in Bewegung setzen würden, wäre ich mit dieser Bemerkung weniger leichtfertig gewesen. Ich wuchtete meine Beine von der harten Pritsche und brachte mich durch den Schwung in eine senkrechte Position. Den von meiner plötzlichen Aktivität überraschten Leutnant umkurvte ich geschickt und stieß die Türe des Unterstandes auf, durch die ich in den dahinter liegenden Schützengraben gelangte. Über eine Leiter kletterte ich auf den Rand und wandte den Blick gen Westen. Am Horizont glühte ein kuppelförmiger Dom aus Feuer. Die Deutschen legten unzweifelhaft die ganze Stadt in Schutt und Asche. Der Größe der

---

[7] Bezeichnung für den deutschen Landser und Pendant zum sowjetischen »Iwan«.

rötlich strahlenden Halbkugel nach zu urteilen, verschonten sie selbst das nähere Umland nicht.

Ich stieg in den Schützengraben zurück und rannte ihn entlang, bis ich die Eingangstür des Funkraums erreichte. Zehn Offiziere waren dort damit beschäftigt, Meldungen entgegenzunehmen.

General Subitow war ebenfalls anwesend. Er befehligte unsere 5. Asia-Armee und war neben mir einer der wenigen Soldaten europäischer Abstammung. Die Truppe war hauptsächlich in den östlichen Sowjetrepubliken unter der dort lebenden asiatischen Bevölkerung zusammengestellt worden. Aus diesem Grund hatten wir die dort ausgehobenen Armeen mit dem Präfix »Asia« versehen – nicht zuletzt um die Soldaten anzuspornen, einen vergleichbar legendären Ruf wie die europäischen Sowjetarmeen zu erlangen. Auf diese Weise wollten wir den asiatischen Genossen die Gelegenheit geben zu beweisen, dass sie den europäischen Kameraden im Kampfe ebenbürtig waren.

Ich glaubte zwar nicht daran, dass ihnen dies gelingen würde, doch die Aufstellung der asiatischen Armeen war Doktrin der militärischen Führung, die dementsprechend nicht hinterfragt werden konnte – jedenfalls nicht, ohne mit empfindlichen Sanktionen bedacht zu werden, um es vorsichtig auszudrücken.

Fragend blickte ich in Subitows Richtung. Der General hielt es jedoch nicht für den richtigen Zeitpunkt, mich über die Ereignisse zu informieren. Also blieb mir nichts anderes übrig, als den von den Funkern laut wiedergegebenen Meldungen zu lauschen.

Keine zwei Minuten später wurde Subitow ungeduldig. Er ging zu einem Verbindungsoffizier und legte ihm von hinten die Hände auf die Schultern. Der Offizier zuckte zusammen und blickte schräg zu dem Oberbefehlshaber der Fünften Armee hoch.

»Was ist nun mit General Gublikow?«, wollte Subitow wissen. Seine Stimme klang unbeherrscht. Seine grünen Augen funkelten zornig im Licht der Gaslampen.

»Immer noch keine Verbindung, Genosse General. Ich höre nichts als Störgeräusche auf der Frequenz der in Lublin liegenden Neunzehnten.«

»Was erzählen Sie mir von Störgeräuschen? Es kann doch wohl nicht sein, dass der Fritz mit seinen ersten Bomben die Funkzentrale im Hauptquartier der Neunzehnten ausgeschaltet hat, verdammt noch mal!«

»Das ist es auch nicht, Genosse General. Wäre die Funkbude der Neunzehnten ausgeschaltet, würde ich nur das übliche Rauschen empfangen. Ich höre aber Störgeräusche und wette darauf, dass die Deutschen damit unsere Funkverbindungen unterbrechen.«

»Dann ist das nicht einfach nur ein Bombardement.« Das kantige Gesicht des Generals nahm einen nachdenklichen Ausdruck an. »Dann muss der Fritz etwas Größeres planen.«

»Die Deutschen haben im Westen nur ihre Vierzehnte, Genosse General«, steuerte ich bei. »Ich kann mir nicht vorstellen, dass sie damit unsere vier Armeen angreifen wollen.«

»Möglicherweise stehen unsere Fronten vor Warschau kurz vor dem Durchbruch und der Angriff der deutschen Vierzehnten ist so etwas wie die Verzweifelungstat eines Sterbenden«, kommentierte Subitow meinen Gedankengang.

»Das ist die einzig mögliche Erklärung«, stimmte der Funker meiner Ausführung ungefragt zu, weshalb Subitow ärgerlich abwinkte und der Mann auf weitere Erläuterungen verzichtete.

Ich verließ den Funkraum mit einem schlechten Gefühl in der Magengegend. An eine Verzweiflungstat der Deutschen konnte ich nicht so recht glauben. Sie waren zwar im bisherigen Kriegsverlauf ständig zurückgewichen, doch ich hatte in der Schlacht um Lindenheim am eigenen Leibe erfahren müssen, wozu diese hervorragenden Soldaten fähig waren. Zudem war ihre Rüstungstechnologie der unsrigen um mindestens zwanzig Jahre voraus. Was würde geschehen, wenn die Industrie der

Deutschen und der anderen Länder des Nordischen Bundes genug Waffen lieferten, um unsere zahlenmäßige Überlegenheit auszugleichen? Was wäre, wenn die Deutschen hier im Süden der Front Verbände herangeführt hatten, von denen wir nichts wussten?

Ich machte auf dem Absatz kehrt und ging zurück in den Funkraum. Dort sprachen mittlerweile alle durcheinander. Ich hörte von allen Seiten das Wort »Störgeräusche« und bekam bruchstückweise mit, dass nicht nur die Verbindung zu unserer Neunzehnten unter General Gublikow, sondern auch zu den Warschauer Fronten unterbrochen war. An Subitows Gesichtsausdruck erkannte ich, dass er kurz davor war, die Beherrschung zu verlieren. Seine Wangen waren mit roten Flecken übersät; seine Augenlider zuckten verdächtig.

»Unfähige Idioten!«, polterte er los. »Wenn die Deutschen unseren Funk stören können, solltet ihr wenigstens in der Lage sein, etwas dagegen zu unternehmen!«

Die anwesenden Männer duckten sich wie geprügelte Hunde. Ihre asiatischen Augen wurden zu noch schmaleren Schlitzen. Mit zunehmender Hektik drehten sie an den Reglern ihrer Funkgeräte, um ihnen etwas anderes als Störgeräusche zu entlocken.

Trotz der Erregung des Generals baute ich mich vor ihm auf und berichtete ihm von meinen Befürchtungen.

»Unsinn«, hielt er dagegen. »Wenn die Deutschen hier irgendwo nennenswerte Truppen herangeführt hätten, wäre dies unserer Aufklärung nicht verborgen geblieben.«

»Seit Tagen ist keins unserer Aufklärungsflugzeuge von einem Einsatz über deutschem Gebiet zurückgekehrt«, argumentierte ich. »Der Gegner hat ständig Dutzende von Jägern in der Luft, gegen die unsere Maschinen chancenlos sind. Die gesteigerte Präsenz ihrer Jagdflugzeuge, die unsere Aufklärung unmöglich macht, ist ein weiterer Hinweis darauf, dass sie irgendwas planen, womit sie uns überraschen wollen. Ich rechne nicht mit einem Angriff der Vierzehnten von Westen, sondern von Süden – mit Verbänden, von denen wir nichts wissen. Daher empfehle ich, die Truppen auf einen solchen Angriff vorzubereiten.«

»Ich soll also auf Ihre Ahnungen hin die gesamte Armee in Unruhe versetzen und Verteidigungsstellungen gegen einen hypothetischen aus dem Süden erfolgenden Angriff ausheben lassen?«

»Genau dies ist mein Vorschlag.« Ich blieb stur, obwohl Subitows Gesichtsfarbe nun einer reifen Tomate glich.

»Eine Rundfunksendung!«, rief ein Funker. »Radio Freies Russland sendet auf unseren Funkfrequenzen. Man berichtet vom Vordringen der japanischen Armeen in unsere Heimat und fürchterlichen Verlusten der Zivilbevölkerung, die nicht rechtzeitig evakuiert wurde.«

Die Gesichter der Funker sprachen Bände. Ich las in ihnen das Unverständnis darüber, dass sie hier in Mitteleuropa einen Krieg zu führen hatten, während Tausende von Kilometern entfernt ihre Heimat von japanischen Truppen überrollt wurde. Natürlich war mir klar, dass es sich um einen deutschen Propagandatrick zur Schwächung der Kampfmoral unserer asiatischen Genossen handelte, doch ich befürchtete, dass die Deutschen mit genau dieser Propaganda nicht unerheblichen Erfolg haben würden.

General Subitow öffnete den Mund, doch was er sagen wollte, blieb auf ewig sein Geheimnis. Seine Worte gingen in einem ohrenbetäubenden Knall unter. Der Funkraum schaukelte hin und her, als läge er nicht in der Erde, sondern an Bord eines Flugzeuges, das schwere Turbulenzen durchflog. Staub rieselte von der Decke. Ich blickte in die von Todesangst gezeichneten Gesichter der Funker. Weitere Detonationen, die jedoch bei Weitem nicht so heftig ausfielen wie die erste, ließen den Boden vibrieren.

»Artilleriebeschuss!«, schrie General Subitow. Offenbar hatte auch er die Nerven verloren, denn seine Feststellung war absolut überflüssig. »Wo, verdammt noch mal, kommt das her?«

Ich fand, dass seine Frage berechtigt war, denn unsere Fünfte Armee war die am weitesten östlich stehende der vier Asia-Armeen und somit rund achtzig Kilometer von der deutschen Vierzehnten im Westen entfernt.

»Und was sollen das für Geschütze sein, die so heftige Detonationen verursachen?«

Die Frage des Generals wurde durch einen weiteren Knall beantwortet, der den Raum erneut zum Schwanken brachte. Nachdem das Grollen abgeebbt war, äußerte ich meine Vermutung.

»Landkreuzer. Diese Riesenpanzer verfügen über die Kanonen eines Schlachtschiffes. Ich habe ein solches Monstrum schon einmal in der Schlacht um Lindenheim in Aktion gesehen.«

Die rote Gesichtsfarbe des Generals war mittlerweile einer ungesunden Blässe gewichen. Wir befanden uns in einer unheilvollen Situation. Unsere Fünfte Armee war von den anderen Armeen durch die deutschen Funkstörmaßnahmen abgeschnitten und aufgrund von Artilleriebeschuss waren der General und einige seiner Offiziere außerstande, den Funkraum zu verlassen.

Über die in der Erde verlegten Telefonleitungen ließ Subitow sich der Reihe nach mit den einzelnen Divisionskommandeuren verbinden. Er befahl ihnen, sich auf einen Angriff von Süden her vorzubereiten. Den überflüssig gewordenen Funkern befahl er, die Divisionskommandeure aufzusuchen, um sich ihnen als Meldeoffiziere anzubieten. Ich verstand nur zu gut, dass die Männer zögerten, den einigermaßen sicheren Funkraum zu verlassen und sich in das draußen tobende Stahlgewitter zu begeben.

Weniger Verständnis hatte ich für die Reaktion Subitows, da er seine Pistole zückte und einen der Genossen einfach über den Haufen schoss. Immerhin wirkte seine Vorgehensweise so motivierend, dass die anderen Soldaten hinausstürmten. Ob sie die Divisionskommandeure alle lebend erreichten, fand ich mehr als fraglich.

Doch als ob es ein gnädiges Schicksal gut mit uns meinte, entfernte sich das Explosionsgrollen allmählich, und auch das Vibrieren des Bodens ließ von Minute zu Minute nach. Offenbar nahmen die Deutschen einen Bereich des Gebietes unserer 5. Armee nach dem anderen unter konzentrierten Beschuss, und nun wanderte der Fokus ihres Feuers langsam von unserem Standort fort.

Ich wartete noch fünf Minuten, dann verließ ich den Funkraum. Durch den Schützengraben rannte ich zurück zu meinem Regiment. Den Anblick, der sich mir beim Verlassen des Schützengrabens bot, werde ich wohl mein Leben lang nicht vergessen.

Mir war klar, dass er fester Bestandteil meiner Albträume werden würde. Zwischen dem zerfetzten Metall unserer Artillerie- und Flakstellungen lagen abgerissene Arme, Beine, Köpfe und zur Unkenntlichkeit verstümmelte Körper. Verwundete schrien ihren Schmerz heraus. Die wenigen Kameraden, die noch aufrecht gingen, waren dabei, sie mit Morphium zu versorgen. Von Süden her näherten sich mehrere Dutzend Soldaten. Panik entstellte ihre Gesichter. Sie hatten die Waffen weggeworfen und rannten, als sei der Teufel persönlich hinter ihnen her.

Ich packte einen der Genossen und hielt ihn fest. Ich brauchte keine Frage zu stellen. Wie ein Wasserfall kamen die Worte über seine Lippen: »Unser Bataillon existiert nicht mehr! Alle sind tot! Wir müssen weg, bevor die Deutschen das Gebiet wieder unter Feuer nehmen.«

»Bleibt stehen!«, schrie ich den Rennenden zu, um die in einigen hundert Metern Entfernung schon erfolgenden Explosionen zu übertönen. »Springt in den Schützengraben! Dort seid ihr sicher!«

Die Männer beachteten mich nicht. Der Mann, den ich festhielt, riss sich los, um ihnen zu folgen. Selbst ein Schuss über die Köpfe der Fliehenden hinweg konnte sie nicht aufhalten.

Mir blieb nichts anderes übrig, als die Soldaten ziehen zu lassen – sonst hätte ich einen nach dem anderen erschießen müssen. Grauen erfüllte mich, als ich sah, dass zwei ungeheure Explosionen inmitten einer Panzerabteilung rund dreihundert Meter westlich von mir detonierten. Die schweren Kampfwagen wurden wie welke Blätter durch die Luft gewirbelt und krachten in den von der Sommersonne ausgetrockneten Boden. Die furchtbare Szene wirkte noch entsetzlicher, weil sie lediglich vom flackernden Licht der Explosionen erhellt wurde.

Doch am östlichen Horizont hatte sich ein schmaler roter Streifen gebildet, der rasch größer wurde, zusehends an Leuchtkraft gewann und den neuen Tag ankündigte. Irgendwie gab mir der ewig wiederkehrende Sieg des Lichtes über die Dunkelheit Hoffnung. Es war, als vertriebe das Sonnenlicht die Finsternis, die die Explosionsblitze der feindlichen Granaten so sehr betonte und nahm ihnen so einen Teil ihres Schreckens.

Meine aufkeimende Hoffnung fiel jedoch in sich zusammen wie ein Kartenhaus: Das Sonnenlicht offenbarte eine weitere, sich uns schnell nähernde Gefahr. Ich stand zwischen rauchenden Trümmern, zerfetztem Fleisch und schreienden Kameraden und blickte zum Himmel hinauf, wo sich von Süden her Dutzende Punkte in Formation schnell näherten. Als wäre der grauenhafte Beschuss noch nicht schlimm genug, schickten die Deutschen nun ihre Stukas, die sich wie hungrige Geier auf uns stürzen würden.

Ohne einen Gedanken an den Schutz bietenden Graben zu verschwenden, stand ich inmitten des Chaos und beobachtete den weiteren Verlauf der Apokalypse. Offenbar hatten die feindlichen Flugzeuge lohnendere Ziele ausgemacht, denn sie stürzten sich in mehreren hundert Metern Entfernung auf ihre Opfer.

Eine Maschine nach der anderen kippte über ihre linke Tragfläche weg und raste mit schauerlichem Sirenengeheul dem Boden entgegen. Ich konnte deutlich die ausgeklinkten Bomben sehen, die sich von den Rümpfen der Flugzeuge lösten, als sie vom Sturz- in den Horizontalflug übergingen. Braune Wolken, die sich langsam zu von innen heraus glühenden Pilzen formten, stiegen dort hoch, wo die Bomben einschlugen. Doch so schwer mein Regiment auch getroffen war, so viele Bomben die Stukas noch abladen und so viele Granaten noch einschlagen würden, es würde den Deutschen so nicht gelingen, unsere gut in Stellung gegangene 5. Armee komplett zu vernichten – vorausgesetzt, unsere Soldaten behielten einen kühlen Kopf.

Genau danach sah es jedoch nicht aus. Rings um mein Regiment herum, das zu mehr als der Hälfte vernichtet war, flohen Männer aus ihren noch intakten Stellungen. Das Donnern der Explosionen und das furchtbare Heulen der Stuka-Sirenen ließen sie kopflos Richtung Norden rennen. Die Besatzungen der Kampfstände, die sie passierten, wurden von der um sich greifenden Panik angesteckt.

Ich sprang zurück in den Schützengraben und rannte so schnell ich konnte zum Funkraum zurück. Wie erwartet, fand ich General Subitow dort vor.

»Immer noch keine Verbindung zu den anderen Armeen«, bellte er mir entgegen.

Ich ging nicht auf seine Bemerkung ein und sagte stattdessen: »Unsere Leute fliehen! Sie verlassen ihre Stellungen und rennen nach Norden.«

»Ich werde sie alle vors Kriegsgericht stellen und hinrichten lassen!« General Subitow rannte aus dem Funkraum und kletterte im Schützengraben die Leiter hoch, um sich selbst ein Bild von der Lage zu machen. Ich folgte ihm. Doch unsere Aufmerksamkeit galt nicht mehr den fliehenden Soldaten, sondern dem Unheil, das auf uns zurollte: Hohe Staubfahnen hinter sich herziehend, näherte sich aus dem Osten eine unüberschaubare Zahl von Fahrzeugen.

Aus dem Osten? Ich hatte doch mit einem Angriff aus dem Süden gerechnet! Schon blitzte es zwischen ihnen auf.

»Mündungsfeuer!«, schrie ich. Verzweiflung machte sich in mir breit. Hinter uns schlugen Granaten ein. Ich drehte mich schnell um und sah einen Drehturm, der von der Wanne eines T-34 gerissen worden war und in hohem Bogen davonflog. Zwei weitere unserer Panzer detonierten fast zeitgleich.

Die deutschen Kampfwagen kamen mit beachtlichem Tempo auf uns zu. Eine stabile Abwehr zu organisieren war unter diesen chaotischen Bedingungen unmöglich. Hinzu kam, dass die Mannschaften der PaK[8]-Stellungen in unserer Nähe längst geflohen waren.

So also sah es aus, wenn die Deutschen zur Offensive übergingen. Unsere 5. Armee war verloren. Ich konnte nur hoffen, dass die westlich von uns liegende Neunzehnte dem Feind den Widerstand entgegensetzen konnte, zu dem wir nicht mehr in der Lage waren. Doch meine Erinnerung an den Bombenhagel auf Lublin, wo ein großer Teil der Neunzehnten lag, ließ diese Hoffnung wie eine Seifenblase platzen.

Ende des Auszugs

*

Wie eine Statue stand Generalfeldmarschall von Dankenfels in der Zentrale des Landkreuzers. Die eingehenden Meldungen nahm er ohne erkennbare Regung entgegen.

»Die Panzerspitzen der Zweiten haben die Südfront der sowjetischen Fünften Armee wie geplant in weitem Bogen umfahren und greifen die Flanke von Osten her an«, sagte ein Funker. »Major Hundsbach meldet ersten Feindkontakt. Der gegnerische Widerstand ist geringer als erwartet, die sowjetischen Truppen befinden sich in der Auflösung. Unsere Überraschung ist perfekt.«

---

8 Panzerabwehrkanone

Jubel hallte durch die Zentrale. Doch von Dankenfels ließ immer noch keine Regung erkennen. »Weiter vorstoßen auf Linie Alpha«, schnarrte der Oberkommandierende der Kastrup. Dabei blickte er auf die Karte. Eine dünne Doppellinie teilte die 5. sowjetische Armee von Norden nach Süden in zwei Hälften und war mit einer gut ausgebauten Landstraße identisch.

Eine weitere Meldung von einem anderen Funker wurde vom Donnern der Landkreuzergeschütze übertönt. Als es abgeklungen war, setzte der Soldat erneut an. »Major von Salzberg meldet ebenfalls Feindkontakt. Auch er meldet, dass der Feind flieht.«

»Der Angriff der Abteilung Müller ist zum Stehen gekommen«, erklärte einer der Männer an den Satellitentelefonen. »Müller meldet starke sowjetische Panzerverbände, die zwischen dicht gestaffelten PaK-Stellungen Position bezogen haben. Er fordert Artillerie und Luftunterstützung an. Die Koordinaten lauten ...«

Der Generalfeldmarschall beugte sich über den Planungstisch. Müllers Abteilung operierte weit im Norden. Dort waren der eigene Artilleriebeschuss und die Luftangriffe bisher am schwächsten gewesen. »Geben Sie die Koordinaten an die Artillerie weiter«, befahl er mit ruhiger Stimme.

Erneut donnerten die Kanonen des Landkreuzers. Sie beschossen wie rund zwölfhundert Haubitzen und drei weitere Landkreuzer das von Müller bezeichnete Planquadrat. Nach der dritten Salve meldete der Funker: »Feuer einstellen! Müller rückt vor!«

»Henringhaus meldet Erreichen von Linie Alpha. Abschnitt gesichert.«

»Hundsbach hat Alpha erreicht. Abschnitt gesichert.«

»Von Salzberg...«

Nach und nach kamen die gleich lautenden Meldungen der verschiedenen Panzerabteilungen herein.

»Geben Sie Befehl an Generaloberst von Lauenstein. Die Erste soll angreifen. Der Nachschub für die Zweite soll auf Alpha vorrücken. Die Vierzehnte soll mit ihren Scheinangriffen auf die sowjetische Fünfzehnte beginnen.«

Zweihundert Lastwagen, randvoll mit Treibstoff und Munition, ließen die Motoren an und fuhren die mit »Alpha« gekennzeichnete Landstraße von Süden nach Norden, um die von Osten vorgestoßenen Panzerverbände der Zweiten mit Nachschub zu versorgen.

Weiter westlich ging die 1. Kastrup-Panzerarmee zum Angriff auf die sowjetischen Truppen westlich von Lublin über. Ihre Aufgabe war es, die 22. Asia-Panzerarmee zu zerschlagen und danach zusammen mit der nach ihrer Versorgung von Osten her weiter vorstoßenden 2. Kastrup-Panzerarmee die 19. Asia-Armee in die Zange zu nehmen. Die 15. Asia im Westen würde derweil durch die Scheinangriffe der 14. Armee des deutschen Heeres gebunden und somit außerstande sein, der 1. Panzerarmee in die Flanke zu fallen.

Ein Zahnrad der deutschen Kriegsmaschinerie griff mit ungeheurer Präzision ins andere. Jeder der rund 400 000 Kastrup-Soldaten und der 200 000 Kameraden der Vierzehnten wusste genau, was er zu tun hatte. Keiner der mehr als eine halbe Million Männer ahnte jedoch, dass die Russen auf dem besten Wege waren, gehörig Sand ins Getriebe jener Kriegsmaschinerie zu schütten.

*

Das Rot der Morgensonne war jener gleißenden Helligkeit gewichen, wie sie in diesen Breiten nur im Hochsommer das Land überschüttete. Schneeweiße Wolken wechselten sich mit dem strahlendsten Blau ab, zu dem dieser Himmel fähig war.

Gerhard Wolf saugte genüsslich an seiner Zigarette und blickte fasziniert dem blauen Qualm nach, den er in den leichten Wind blies. Er stand mit dem Rücken zu »seinem« Militärlastwagen, den er zusammen mit zweihundert anderen nach Norden steuern würde, sobald der Befehl dazu kam.

Der frischgebackene neunzehnjährige Feldwebel hatte sich zunächst darüber geärgert, der Versorgungskompanie zugeteilt worden zu sein, doch schließlich hatte er sich in sein Schicksal gefügt. Sicher würde er im späteren Verlauf dieses Krieges noch Gelegenheit haben, selbst an vorderster Front zu kämpfen und seinen Mut zu beweisen. Bis dahin würde er die kämpfende Truppe mit Munition oder Treibstoff versorgen – eine Aufgabe, ohne deren Erfüllung die beste Armee nicht siegreich sein konnte.

Sein Lkw war der vierte in der schier endlosen Kolonne, die auf der Landstraße parkte. Die zweispurige Asphaltpiste war auf beiden Seiten von ausgedehnten Wäldern eingefasst. Der Sonnenschein, die zwitschernden Vögel und der Duft der Pflanzen ließen das ferne Donnern der Geschütze unwirklich, wie aus einer andern Welt erscheinen.

Sechs Panther und acht Wirbelwind-Flakpanzer hatten zu beiden Seiten der Kolonne Aufstellung genommen. Nach den Berichten von dem ungebremsten Vorstoß der deutschen Panzerspitzen in den vergangenen Stunden glaubte zwar niemand an einen Angriff, doch man konnte schließlich nie wissen.

Gerhard hörte drei Kameraden zu, die in der Nähe standen und lautstark ihrer Überzeugung Ausdruck verliehen, dass es dem Iwan nun endlich an den Kragen ging. Er teilte ihre Ansicht, sah aber keinen Grund, sie lautstark kundzutun. Vermutlich wollten die Kameraden auf diese Weise ihre Nervosität verscheuchen. Sie waren, wie er, noch keine zwanzig Jahre alt.

Für die meisten Soldaten der Versorgungskompanie war dies der erste Einsatz im Kampfgebiet, was den einen oder anderen halt leicht aus der Ruhe brachte.

Ihm selbst war Nervosität vor dem Einsatz vollkommen fremd. Wenn er sie verspürt hätte, hätte er sie mit aller Macht unterdrückt. Er war davon überzeugt, dass er zum Soldaten geboren war und dass er den Tod verhöhnen würde, sollte er in eine entsprechende Situation kommen. Dieses ausgeprägte Selbstbewusstsein und nicht zuletzt seine außergewöhnlichen sportlichen Leistungen hatten ihm bei seinen Kameraden hohes Ansehen eingetragen – außer bei Ralf Hölzen. Der ebenfalls noch keine zwanzig Jahre alte Soldat ließ bei jeder passenden, und nach Meinung Gerhards auch unpassenden, Gelegenheit durchblicken, dass er seinen ehemaligen Mitschüler für einen Maulhelden hielt. Mehrfach war eine Prügelei zwischen den beiden nur durch einschreitende Kameraden verhindert worden.

Als Major von Feldheim an der Spitze der Kolonne schließlich in seine Trillerpfeife blies, was das Zeichen zum Aufsitzen war, stellte Gerhard verärgert fest, dass sein Herz zwar unwesentlich, aber immerhin eine Winzigkeit schneller schlug als zuvor. Er öffnete die Türe des MAN-Lastwagens und klemmte sich hinter das gewaltige Lenkrad. Neben ihm nahm Feldwebel Ulrich Gutenberg Platz. Der Hüne zog fragend die hellblonden Augenbrauen hoch. Er hatte die Verärgerung seines Kameraden sofort bemerkt.

»Ist der Zeitpunkt unseres Abrückens irgendwie unpassend für dich? Hast du gerade etwas anderes vor?« Der Zynismus in Ulrichs tiefer Stimme war nicht zu überhören.

Gerhard hielt eine Antwort für nicht notwendig. Er winkte nur ab und drehte den Zündschlüssel herum. Mit tiefem Brummen sprang der Dieselmotor an und stimmte zusammen mit den zweihundert anderen ein Konzert an, das die Vögel veranlasste, sich in aufgeregten Schwärmen über das Blätterdach des sich zu beiden Seiten der Straße erstreckenden Waldes zu erheben.

Die drei vor ihm fahrenden Lkw, ein Munitions- und zwei Treibstofftransporter, beschleunigten bis auf sechzig Kilometer pro Stunde – eine Geschwindigkeit, bei der die Wirbelwind und Panther locker mithalten konnten.

Nach einer etwa zwanzigminütigen ereignislosen Fahrt war der Waldrand erreicht. Ausgedehnte Kornfelder erstreckten sich, nur von Baumreihen und wenigen Gehöften unterbrochen, bis zum Horizont, der durch die sanft auslaufenden Erhebungen des Lubliner Hügellandes gebildet wurde.

Die Landstraße verlief, wie mit dem Lineal gezogen, zwischen den Feldern hindurch in Richtung Norden. Im Abstand weniger Minuten passierte die Kolonne die Zufahrten zu verschiedenen Gutshöfen. Gerhard empfand die Fahrt mit gemischten Gefühlen. Einerseits garantierte der weite Blick über die Landschaft, dass sich nähernde feindliche Truppen frühzeitig entdeckt wurden. Andererseits fuhr die Kolonne für etwaige versteckte Gegner wie auf dem Präsentierteller. Erneut stellte er fest, diesmal eher verwundert als verärgert, dass sein erster Kampfeinsatz ihn weniger kaltließ, als er vermutet hatte.

»Da! Am Horizont!«, sagte Ulrich ohne jede Nervosität in der Stimme. Die Erklärung für seine Ruhe lieferte er gleich mit: »Sind wahrscheinlich unsere. Die suchen die Gegend nach versprengten Russen ab.«

Mit »unsere« meinte er rund drei Dutzend tief über den Hügeln heranrasende, schnell größer werdende Punkte, die die typischen Rauchfahnen von Düsentriebwerken hinter sich herzogen. Wenige Sekunden später waren die Konturen der Punkte zu erkennen.

»Es sind *nicht* unsere!«, schrie Ulrich. »Es sind MiGs!«

Gerhard sah einen westlich der Kolonne fahrenden Wirbelwind, der seine vier Kanonen ausrichtete. Dann spuckten die aus dem Osten kommenden sowjetischen Maschinen einen Geschosshagel auf die Deutschen, der helle Leuchtspuren hinter sich her zog und wie flüssiges Metall wirkte. Die Hülle des Tanklastwagens vor Gerhard wurde in Fetzen gerissen. Für den Bruchteil einer Sekunde sahen die beiden Soldaten eine transparente Flüssigkeit aus dem Tank schießen, der sich unmittelbar darauf in einen grellen Feuerball verwandelte. Die sich ausbreitende Flammenkugel erreichte Gerhards Wagen. Er und sein Kamerad wurden heftig durchgeschüttelt. Aus der Front- und den Seitenscheiben war sekundenlang nichts anderes als wabernde Glut zu sehen. Doch das Panzerglas hielt dem Feuer stand.

Gerhard riss den Munitionstransporter nach links und durchbrach die Flammenwand, ohne mit einem festen Hindernis zu kollidieren. Im gleichen Moment, in dem er wieder freie Sicht hatte, tauchte der Wirbelwind unmittelbar vor Gerhard auf. Reflexartig steuerte er nach rechts. Erneut ging ein heftiger Ruck durch den Lastwagen, als seine linke Seite mit einem kreischenden Geräusch an dem Flakpanzer vorbeischrammte. Der Wirbelwind hatte seine Kanonen bereits nach Westen gedreht und feuerte den über den Feldern dahinrasenden Maschinen einen nicht enden wollenden Flakgranatenstrom hinterher. Einer MiG wurde die rechte Tragfläche abgerissen. Sich um die Längsachse drehend bohrte sie sich in das Kornfeld und verging in einer grellen Explosion.

Gerhard blickte in den Rückspiegel. Dutzende Rauchfahnen stiegen hinter ihm in die Höhe. Eine gewaltige Explosion zeugte von einem Munitionstransporter, der mit einigen Sekunden Verzögerung detonierte.

Durch das Seitenfenster der Fahrerseite sah er, dass die Russen in niedriger Höhe über den Feldern wendeten. Doch diesmal waren die Wirbelwinde vorbereitet. Fünf gegnerische Maschinen wurden getroffen, bevor sie die Kolonne erreichten. Zwei explodierten in der Luft, zwei weitere bohrten sich ins Feld, eine krachte unmittelbar vor dem links von ihnen stehenden Flakpanzer auf den Boden. Explodierende Trümmer hüllten den Wirbelwind ein. Es war Gerhards intuitiver Handlungsweise zu verdanken, dass er den Lastwagen unmittelbar neben dem Panzer angehalten hatte, weshalb letzterer ihnen nun Deckung bot und die flammenden Überreste der MiG an dem Fahrzeug vorbeischossen.

Wieder krachte der Donner heftiger Detonationen hinter den beiden Soldaten. Feuerbälle breiteten sich auf der Landstraße aus. Gerhard ließ den Lastwagen anrucken und fuhr an der Spitze der Kolonne.

Die Kornfelder zu beiden Seiten hatten schon Feuer gefangen. Der Qualm würde einerseits den Russen, andererseits aber auch den Wirbelwinden das Zielen erschweren.

Trotz ihrer Verluste kamen die Sowjets zurück. Mit einem Mut, der nur außergewöhnlich guten Soldaten zu eigen war, stürzten sie sich erneut auf die Nachschubkolonne. Ihre Bordkanonen ratterten und brachten zum dritten Mal Tod und Verderben über die Deutschen, die einen Abschuss nach dem anderen erzielten, doch auch die letzten Lastwagen wurden getroffen.

Gerhard sah durch den Qualm des brennenden Feldes eine Garbe von Leuchtspurgeschossen auf seinen Lkw zurasen. Dann schlugen sie ein. Die Motorhaube wurde zerfetzt. Grauer Qualm schoss aus den durchlöcherten Kühlleitungen. Ausgelaufenes Benzin entzündete sich. Rußig qualmende Flammen züngelten aus den Einschusslöchern. Der Motor stotterte und erstarb schließlich. Dann pfiff eine Kugel durch die Beifahrertür, riss Ulrich das rechte Bein ab und schlug in seinen Sitz ein.

Der Getroffene reagierte überhaupt nicht. Sein Blut war über das Cockpit und die Frontscheibe bis auf Gerhards rechte Seite gespritzt, doch schien er keine Schmerzen zu spüren. Ungläubig starrte er auf das abgetrennte Bein und das Blut, das stoßweise aus dem Stumpf hervorquoll.

Gerhard öffnete die Fahrertür, packte seinen Kameraden unter den Achselhöhlen und zerrte ihn aus dem brennenden Fahrzeug. Der holperige Transport schien das Gefühl in Ulrichs Körper wieder erwachen zu lassen, denn plötzlich schrie er seine Qualen in den Lärm der überall erfolgenden Detonationen hinaus. Gerhard schleppte ihn in den Straßengraben, dann rannte er zum Laster zurück und holte den Medizinkoffer unter dem Fahrersitz hervor. So schnell er konnte, lief er zu Ulrich zurück und band das blutende Bein mit einem Ledergürtel ab. Er holte gerade das Fläschchen Morphium und eine zugehörige Spritze aus dem Medizinkoffer, als der Munitionstransporter explodierte.

Die Druckwelle warf Gerhard in das brennende Feld, dessen Flammen wie vom Hauch eines Riesen ausgepustet wurden. Er richtete sich auf und eilte zu Ulrich zurück. Dort bot sich ihm ein furchtbares Bild: Eine der Türen des Lasters hatte den am Boden liegenden Mann am Hals getroffen und ihm den Kopf abgetrennt. Dann war sie unmittelbar über seinem Rumpf tief in den lehmigen Boden eingedrungen und ragte nun wie ein Mahnmal des Grauens in die Höhe.

Gerhards Augen glühten wie Feuer. Seine Kehle brannte. Es lief ihm kalt den Rücken hinunter. Seine Knie zitterten.

Den Tod verhöhnen?, erklang eine lautlose, vor Zynismus triefende Stimme in seinem Innern. *Das ist der Krieg! Nicht das Räuber- und Gendarmspiel, das du dir darunter vorgestellt hast.*

Der junge Feldwebel wehrte sich mit aller Macht gegen die in ihm aufsteigende Verzweiflung. *Ich habe mir keine falschen Vorstellungen vom Krieg gemacht*, antwortete er der Stimme seines Unterbewusstseins. *Mir ist klar, wie grausam der Krieg sein kann, aber ich werde damit fertig.*

Langsam beruhigten sich seine Nerven. Seine Knie hörten auf zu zittern. Nur die trockene Kehle blieb. Gerhard ging in das verkohlte Kornfeld zurück, um einen besseren Überblick über die Nachschubkolonne zu erlangen. Er sah nur eine lange Reihe brennender Trümmer und zerfetzter Fahrzeuge.

Der Iwan hat den ganzen Nachschub für die Zweite plattgemacht, dachte er. *Das wird den weiteren Vorstoß unserer Panzer unmöglich machen.*

»Soldat!«, hörte er eine vertraute Stimme.

Der Boden zitterte, als sich ein Panther an den Trümmern vorbei von Norden näherte. In der offenen Luke des Drehturms saß Major von Feldheim. Offenbar hatte er dem an der Spitze der Kolonne fahrenden Panzer den Befehl zum Umkehren gegeben. »Springen Sie auf!«

Gerhard wartete, bis der Panther an ihm vorbei war, und kletterte dann hinten auf die Wanne. Dort saß bereits Feldwebel Ralf Hölzen, der ihn mit rußverschmiertem Gesicht musterte. Gerhard baute sich vor dem sich nach ihm umdrehenden Major auf und meldete: »Munitionstransporter Totalverlust. Feldwebel Gutenberg gefallen.«

Von Feldheim nickte kurz, dann blickte er wieder nach vorn und hielt nach weiteren Überlebenden Ausschau. Die Bilanz war schließlich ernüchternd: Keine fünfzig Mann der Versorgungskompanie hatten den MiG-Angriff überlebt. Sie schleppten sich mit ihren verletzten Kameraden auf die Panther und Wirbelwinde.

»Ist das Oberkommando informiert, dass der Nachschub der Zweiten ausbleiben wird?«, fragte Gerhard den Major.

»Es war das Erste, was ich nach dem Angriff getan habe«, entgegnete der immer noch mit dem Oberkörper aus dem Drehturm herausragende von Feldheim. »Ich schätze, jetzt wird's ganz schön eng für unsere Jungs an der Front. Hoffentlich hat der Generalfeldmarschall noch ein Ass im Ärmel.«

*

»Was?« Das einzige Wort des Oberkommandierenden der Kastrup, Generalfeldmarschall von Dankenfels, hallte durch die Zentrale des Landkreuzers, nachdem der Verbindungsoffizier die vollständige Vernichtung der Versorgungskompanie gemeldet hatte – wenn man von den schwer gepanzerten Begleitfahrzeugen absah.

Nach diesem kurzen Moment der Unbeherrschtheit hatte sich der Schwarzuniformierte mit dem höchsten Rang wieder unter Kontrolle. Er nahm den Stahlhelm ab, den er sich – im Gegensatz zu den anderen Angehörigen des Oberkommandos – stets durch eine Schirmmütze zu ersetzen weigerte. Mit der Linken wischte er sich die Schweißperlen von der Stirn, die die Nachricht des Offiziers auf seine Kopfhaut gezaubert hatten. *Wenn der Angriff der Zweiten ins Stocken gerät, war alles für die Katz. Wir können nur gegen die zahlenmäßige Übermacht gewinnen, wenn der Iwan keine Zeit hat zur Ruhe zu kommen und seine Verteidigung zu organisieren.*

»Geben Sie meinen Befahl an Generaloberst von Lauenstein weiter, dass *seine* Nachschubkompanie zur Linie Alpha vorrücken soll, um die Panzerspitzen der Zweiten zu versorgen. Bis seine vorrückenden Verbände leergeschossen sind, habe ich weiteren Nachschub organisiert.«

Der angesprochene Funker beeilte sich, mit seinem Satellitentelefon das Hauptquartier der nun ebenfalls vorrückenden Ersten anzuwählen.

An einen weiteren Verbindungsoffizier gewandt fuhr der Generalfeldmarschall fort: »Geben Sie mir Luftwaffengeneral von Lichtenfeld!« Keine zwei Minuten später hatte er den General am anderen Ende der Verbindung.

»Die Versorgungskompanie der Zweiten ist von mehreren Dutzend MiGs angegriffen und aufgerieben worden. Wie konnte das passieren? Sie behaupten doch, Sie hätten die totale Luftüberlegenheit! Und nun das. Wenn uns der Iwan den Nachschub blockiert, können wir diese Schlacht nicht gewinnen. Dann verlieren wir den ganzen Krieg!«

»Es gibt keine totale Luftüberlegenheit.« Von Lichtenfelds Stimme klang unbeeindruckt und selbstsicher. »Wo immer wir in der Luft auf den Iwan treffen, schlagen wir ihn. Nur – dazu müssen wir ihn erst mal treffen. Ein mit schnellen MiGs unterhalb unseres Radars geführter Vorstoß kann uns durchaus verborgen bleiben.«

»Das ist in der Tat wahr, was wir gerade schmerzlich feststellen durften. Wie dem auch sei – ich habe soeben die Nachschubkompanie der Ersten zur Versorgung der Panzerspitzen der Zweiten bei der Linie Alpha befohlen. Starten Sie alles, was fliegen kann, und kreisen Sie so lange über dem Nachschub, bis die Zweite versorgt und die Kompanie wohlbehalten zurückgekehrt ist.«

Der Vorgesetzte des Luftwaffengenerals war Reichsmarschall von Brachem. Streng genommen war von Dankenfels nicht befugt, ihm Befehle zu erteilen. Doch von Lichtenfeld war weit davon entfernt, diesen Umstand zur Sprache zu bringen. Ihm war der Ernst der Situation bewusst. Noch während der Generalfeldmarschall am Satellitentelefon war, gab er die entsprechenden Befehle. Er zog sogar einen Teil des Geleitschutzes von den B1 ab, die unaufhörlich die Stellungen der sowjetischen 19., 15. Asia-Armee und der zwischen den beiden Armeen stehenden 22. Asia-Panzerarmee bombardierten.

*

Auszug aus Oberst Jurij Tamanikow:
»Die Farbe des Krieges«
Unitall Verlag, Salenstein (1951)

Trawniki, 04. Juli 1949

Die deutschen Panzer überquerten die Landstraße östlich von uns, die das Gebiet in gerader Linie von Norden nach Süden durchzog. Kurz darauf hielten sie an. Nur noch vereinzelt lösten sich Schüsse aus ihren Kanonen und machten einer unserer wenigen verbliebenen Pak-Stellungen oder einem fliehenden Panzer den Garaus.

Warum halten die an und nehmen ihrem Angriff den Schwung?, überlegte ich und warf einen flinken Blick aus dem Schützengraben. Die Deutschen sicherten noch einen rund zweihundert

Meter breiten Streifen westlich der Landstraße und ließen ihre Panzer hinter Gebäuderesten und Hügeln in Stellung gehen.

Sie brauchen Nachschub!, kam mir die Erkenntnis, die ich sogleich an den neben mir aus dem Schützengraben spähenden General Subitow weitergab. »Das ist unsere Chance, wir müssen eine geordnete Verteidigung organisieren«, fügte ich hinzu.

»Womit denn? Der Großteil unserer Soldaten hier ist geflohen oder tot.« Die Resignation in Subitows Stimme machte mich betroffen.

»Hier schon, aber fast die Hälfte der Armee steht weiter westlich. Dort dürfte das Chaos noch nicht eingetreten sein.«

»Da wäre ich mir nicht so sicher«, konterte Subitow. »Die deutsche Artillerie konzentriert sich mittlerweile auf den westlichen Teil der Armee.« Er deutete in die bezeichnete Richtung, aus der das unaufhörliche Grollen der Granatexplosionen zu uns herüberrollte. Unzählige Rauchfahnen kündeten von der dort stattfindenden Vernichtung.

Selbstverständlich war mir bewusst, dass unsere Artillerie mittlerweile zurückschoss, doch der Feuerkraft des Feindes, der zudem mit nicht unerheblicher Luftunterstützung operierte, hatte sie nichts entgegenzusetzen. Ganz davon abgesehen war mir klar, dass es nach den deutschen Propagandasendungen über den Vormarsch der Japaner im Osten mit der Kampfmoral unserer asiatischen Genossen nicht zum Besten stand.

Wir rannten zurück zum Funkraum. General Subitow ließ sich über die verlegten Leitungen mit den Kommandeuren der einzelnen Truppenteile verbinden. Er berichtete, es sei gelungen, mit dem heldenhaften Einsatz aller Genossen den deutschen Angriff zum Stehen zu bringen. Lange würde man mit dem verbliebenen Rest an Soldaten und Material allerdings nicht mehr standhalten können. Immerhin würde man den Feind so weit geschwächt haben, dass er die weiteren Linien nicht mehr durchbrechen könne, sofern die Kommandeure ihre

Arbeit gut machten und stabile Verteidigungsstellungen aufbauten. Er erwähnte auch die deutschen Propagandasendungen. »Ihnen dürfte klar sein, dass es sich dabei um typische Lügen handelt, die unsere Kampfmoral schwächen sollen. Ich gebe Ihnen den ausdrücklichen Befehl, jeden Deserteur auf der Stelle zu erschießen. Wer diesen Befehl missachtet, landet vor dem Kriegsgericht. Das kann ich Ihnen versichern.«

Während der General den Kommandeuren seine Befehle einbläute, verließ ich den Unterstand und spähte erneut mit einem Feldstecher über den Rand des Schützengrabens. Mittlerweile musste der deutsche Nachschub längst eingetroffen sein. Von der leichten Anhöhe aus, die das Hauptquartier des Generals beherbergte, hatte ich einen guten Überblick über das östliche Gelände.

Die deutschen Panzer waren noch immer hinter Geländeerhebungen und Mauerresten in Stellung, von Nachschub war allerdings keine Spur zu sehen. Da musste aus deutscher Sicht etwas gehörig schiefgegangen sein. Ich lief sofort in die Funkbude, um den General zu informieren.

Mit einem väterlichen Lächeln schaute Subitow mich an. »Umso besser! Damit wird meine kleine Notlüge, wir hätten den deutschen Angriff zum Stehen gebracht, noch glaubwürdiger! Und was auch immer bei den Deutschen schiefgegangen ist, es verschafft uns etwas mehr dringend benötigte Zeit. Und jetzt nichts wie weg hier! Vier Kilometer westlich steht das 343. Regiment von Oberst Dublai Khan. Dort muss es uns gelingen, eine stabile Verteidigungslinie zu errichten.«

Aus dem kläglichen Rest der in der Nähe des Hauptquartiers zurückgebliebenen Soldaten bestimmte er zwei Mann, die im Schützengraben ausharren und die deutschen Aktivitäten per Strippe an Oberst Dublai Khan weitergeben sollten. Natürlich waren die beiden nicht begeistert über ihren Auftrag: sobald die Deutschen vorrückten, war die Kriegsgefangenschaft mit ziemlicher Sicherheit ihr Schicksal. Über den Umgang der

Deutschen mit ihren Gefangenen kursierten zudem unter den Rotarmisten die aberwitzigsten Schreckensgeschichten. Ich persönlich war damals schon davon überzeugt, dass diese Geschichten vom NKGB[9] gestreut wurden, um zu verhindern, dass die Genossen frühzeitig den Kampf aufgaben oder sogar zum Feind überliefen.

General Subitow informierte den Oberst darüber, dass seine Stellungen zur Hauptauffanglinie der bevorstehenden Abwehrschlacht werden sollten und er sich mit den verbliebenen Soldaten auf den Weg zu ihm machte. Zusätzlich ließ er das weiter nördlich stehende Reserveregiment der 42. Division anrücken und Dublai Khans Stellungen verstärken.

Wir marschierten los. Aus unseren Stellungen, die seit einiger Zeit nicht mehr von der deutschen Artillerie beharkt wurden – schließlich wollten sie die eigenen Truppen nicht gefährden –, ging es auf direktem Weg in den Hexenkessel hinein. Das Donnern der Granatenexplosionen gegnerischer Artillerie und das dumpfe Knallen des eigenen Mündungsfeuers wurden lauter, je näher wir den Stellungen Dublai Khans kamen.

Schließlich marschierten wir eine von wenigen Bäumen, doch vielen Dornensträuchern bewachsene Anhöhe hinauf. Von dort hatten wir einen ausgezeichneten Überblick über das Geschehen im Westen. Im Sekundentakt stiegen dort schmutzigbraune Wolken aus hochgerissener Erde und Pflanzen in die Höhe. Was da sonst noch in die Luft geschleudert wurde, wollte ich mir lieber nicht vorstellen. Trotz des feindlichen Artilleriefeuers waren hunderte Soldaten dabei, einen provisorischen Schützengraben von Norden nach Süden auszuheben. Dutzende Genossen, wahrscheinlich Offiziere, standen mit angeschlagenen Maschinenpistolen hinter ihnen. Oberst Dublai Khan schien den Befehl des Generals, die Flucht der eigenen

---

9 Vorläufer des KGB, Komitee für Staatssicherheit, sowjetischer Geheimdienst.

Leute auf jeden Fall zu verhindern, mit allen Mitteln durchsetzen zu wollen.

Als wir die Anhöhe hinabmarschierten, sahen wir am nördlichen Ende des Grabens eine Handvoll Soldaten wie auf ein geheimes Kommando hin ihre Spaten wegschmeißen und losrennen. Zwei in ihrer Nähe stehende Offiziere hoben ihre MPis und feuerten in die Luft. Da dies nicht die gewünschte Reaktion hervorrief, schossen sie auf die wild Haken schlagenden Deserteure. Drei Mann fielen getroffen zu Boden; zwei weitere verschwanden hinter einer nahen Baumgruppe. Die Offiziere verzichteten darauf, die Verfolgung aufzunehmen; wahrscheinlich hätte dies die Flucht weiterer Soldaten aus ihrer Umgebung zur Folge gehabt.

Wir überquerten schließlich den im Entstehen begriffenen Schützengraben. Die ihre Untergebenen bewachenden Offiziere grüßten uns, wobei ich in ihren Augen wenig Begeisterung erkannte. Auf dem Weg zum etwa hundert Meter westlich liegenden Befehlsstand des Obersten schlug in unserer unmittelbaren Nähe eine Artilleriegranate ein. Wie sich später herausstellte, wurden fünf der uns begleitenden Soldaten auf der Stelle getötet, zweiundzwanzig mehr oder weniger schwer verletzt. General Subitow und ich wurden zu Boden geschleudert und mit einer Menge Dreck beworfen. Ich erhob mich als Erster und half meinem ebenfalls unverletzt gebliebenen Vorgesetzten auf die Beine.

Wenig später erreichten wir den Befehlsstand des Obersten, der direkt an einen weiteren Graben grenzte. Nachdem der Asiat in aller Eile salutiert hatte, sprudelte es wie ein Wasserfall aus ihm heraus: »Unser Nachschub ist noch immer nicht da! Wir haben den Salventakt unserer Artillerie schon deutlich reduzieren müssen. Wenn das so weitergeht, sind wir bald verschossen. Zu unseren Truppen im Norden haben wir keinen Kontakt. Irgendetwas stört unsere Funkverbindung. Daher wissen wir auch nicht, wann der Nachschub endlich eintreffen wird.«

»Wir wissen von den Störgeräuschen«, entgegnete Subitow. »Offenbar handelt es sich um einen ziemlich starken Störsender der Deutschen. Die Verspätung des Nachschubs ist wahrscheinlich nur eine Folge der üblichen Koordinationsprobleme innerhalb unseres Militärs. Eine kleine, aber nicht ganz unerhebliche Konsequenz der Säuberungsaktionen Stalins.«

Ich glaubte meinen Ohren nicht zu trauen. Der General sprach ganz offen an, was alle dachten, aber niemand zu erwähnen wagte.

Oberst Dublai Khan ging jedoch nicht darauf ein. Die im Unterstand anwesenden Offiziere blickten betreten in irgendeine Richtung, nur nicht zu uns.

Dublai Khan war mit der Erklärung für das Ausbleiben des Nachschubs jedoch nicht ganz zufrieden. Die hängenden Spitzen seines schwarzen Schnauzbartes zitterten leicht, als er sagte: »Eine andere Erklärung wäre, dass deutsche Fallschirmjäger nördlich von uns, wahrscheinlich bei unseren Wieper-Brücken, gelandet sind, um uns von Nachschub abzuschneiden.«

Einen Moment lang weitete sich Subitows Blick. Offenbar hatte er diese Möglichkeit noch nicht erwogen. Dann hatte er sich wieder unter Kontrolle und strahlte die gewohnte Ruhe aus. »Sie trauen den Deutschen ja eine Menge zu, Genosse Khan. Ganz so einfach ist es aber nicht, gut in Stellung gegangene Truppen aus der Luft zu überraschen. Was ist mit dem Reserveregiment? Mir sah es nicht so aus, als seien die Genossen bereits eingetroffen.«

»Ich habe Ihren Befehl weitergegeben, dass sie sich hier einzufinden haben, Genosse General. Danach hatte ich keine Verbindung mehr, denn sie sind natürlich losmarschiert und folglich über die verlegten Verbindungen nicht mehr erreichbar. Und der Funk funktioniert ja bekanntlich nicht.«

Als hätten Oberst Khans Worte ein geheimes Zeichen enthalten, flog die provisorische Holztür des Unterstandes auf. Ein Soldat, groß und breit wie ein Bär, betrat mit extrem verschmutzter Uniform den kleinen Raum. Erst jetzt wurde mir bewusst, dass unsere Uniformen auch nicht besser aussahen.

Der Riese salutierte und blickte General Subitow aus funkelnden Augen an. Er trug einen ähnlichen Schnurrbart wie Oberst Khan, der jedoch aufgrund seines riesigen Schädels ein wenig verloren wirkte. Mit tiefer, schnarrender Stimme, die auf regelmäßigen Wodka-Konsum schließen ließ, klärte uns der Soldat mit den Rangabzeichen eines Obersten über die Lage auf: »Reserveregiment angetreten! Auf dem Weg hierher haben wir zweihundert Mann durch Artilleriebeschuss verloren. Weitere zweihundert sind desertiert, und dreihundert wurden von meinen Offizieren auf der Flucht erschossen.« Er räusperte sich. »Genosse General, die Moral meiner Leute ist auf dem Tiefpunkt. Sie verstehen nicht, warum sie hier in Europa kämpfen müssen, während ihre Familien in der Heimat von den Japanern abgeschlachtet werden.«

»Das sind nur Propagandamärchen der verdammten Deutschen!«, brüllte Subitow. Speichel flog aus seinem Mund. »Ihre feigen Soldaten, die es nicht verdienen, Teil der Roten Armee zu sein, nehmen Ammenmärchen zum Anlass, das Vaterland und die kommunistische Revolution zu verraten?! Sie sind eine Schande für unsere Streitkräfte!«

Einen Moment glaubte ich, der Bär würde sich auf den General stürzen. Kurz leuchtete das Feuer eines blutgierigen Raubtiers in seinen Augen. Doch dann beherrschte er sich.

»Unsere Späher melden, dass der Nachschub der Deutschen eingetroffen ist«, berichtete einer der Verbindungsoffiziere an den Feldtelefonen. »Sie betanken ihre Panzer und munitionieren auf.«

»Na, dann wird der Tanz hier wohl bald losgehen«, bemerkte Subitow trocken.

Der asiatische Riese drehte sich wortlos um und verließ den Unterstand. Subitow und ich folgten ihm, um uns vom Fortschritt des Ausbaus der Verteidigungsstellungen zu überzeugen.

Die Soldaten der Reserve beteiligten sich zahlreich an den Vorbereitungen des in Kürze erfolgenden Sturms aus Feuer und Stahl. Ich persönlich fand, dass der General mit seinem Vorwurf der Feigheit den Soldaten Unrecht getan hatte: trotz der unablässig einschlagenden Artilleriegranaten arbeiteten sie wie besessen daran, die Gräben zu erweitern und Ein-Mann-Löcher anzulegen. Vor den Panzern der Reserve wurden Sandhügel aufgeschüttet. Die von Lastkraftwagen gezogenen PaK gingen in Stellung.

Doch auch die Deutschen bereiteten sich vor: Ihre Artillerie, die den gesamten Frontabschnitt bis zur Weichsel beharkte, konzentrierte sich wieder auf den östlichen, noch nicht von ihren Panzerverbänden überrannten Abschnitt, also auf uns, um ihren sicherlich bald eintreffenden Panzerspitzen den Durchbruch zu erleichtern.

Bald schlugen wieder die gefürchteten Granaten der Landkreuzer in unserer Nähe ein. Der Boden schwankte wie bei einem schweren Beben. Frisch errichtete Abwehrstellungen wurden wie von Titanenfäusten pulverisiert. Zu allem Überfluss tauchten ein paar Dutzend Stukas über uns auf, die ich im Kampflärm zuerst gar nicht bemerkte. Erst als ihre verfluchten Sirenen aufheulten, wurde ich auf sie aufmerksam. Wie die Raubvögel stürzten sie auf uns herab, klinkten Bomben aus und verwandelten Pak-Stellungen und eingegrabene Panzer in ein hochspritzendes Gemisch aus Erde und glühendem Metall.

Unsere Flak jagte ihnen einen Hagel aus glühenden Ketten von Leuchtspurmunition entgegen. Zwei Maschinen wurden getroffen. Eine explodierte in der Luft, die andere krachte in den Hügel, von dem aus wir vor unserer Ankunft die Lage begutachtet hatten. Doch war dies nur ein Tropfen auf den heißen Stein im Vergleich mit dem Schaden, den die Stukas anrichteten. Wenn nicht ein Wunder geschah, würden uns die gegnerische Artillerie und die wütenden Angriffe der Flugzeuge sturmreif bomben, bevor die deutschen Panzerspitzen hier eintrafen.

Mein Herz setzte einen Schlag aus, als das Wunder tatsächlich zu geschehen schien: Eine aus meiner Schützengrabenposition schwer schätzbare Anzahl von MiGs kam im Tiefflug heran. Kurz bevor sie uns erreichten, zogen sie mit donnernden Triebwerken hoch und begannen ihre Jagd auf die Stukas. Obwohl die gegnerischen Maschinen nicht für den Luftkampf gebaut waren, entwickelte sich am Himmel über uns kein ungleicher Kampf. Nach wenigen Minuten hatten beide Parteien je vier Abschüsse erzielt. Immer weiter fegten die Flugzeuge über das Gelände, um in eine gute Schussposition zu gelangen.

Dann zerplatzte der Traum vom Wunder: Mehrere Schwärme der futuristisch aussehenden deutschen Nurflügler stürzten sich in den Luftkampf. Sie waren erheblich schneller und wendiger als unsere MiGs. Zu allem Überfluss hatten unsere Maschinen den deutschen Luft-Luft-Raketen nichts entgegenzusetzen: Ein Jagdflugzeug nach dem anderen zerplatzte in greller Glut. Die verdammten Raketentreffer ließen unseren Piloten nicht den Hauch einer Chance, ihre Jäger rechtzeitig zu verlassen. Ich vermutete, dass der Totalverlust an gut ausgebildeten Piloten auf Dauer schwerer wog als der Verlust an Flugzeugen.

Kurz darauf war der ungleiche Kampf vorüber. Die Stukas flogen zurück, doch eine weitere Welle dieser Höllenmaschinen näherte sich uns. Die Nurflügler kreisten über dem Kampfgebiet; sie würden jeden weiteren Versuch unserer Luftwaffe, in den Kampf einzugreifen, im Keim ersticken.

Was dann geschah, lässt sich nur dann restlos verstehen, wenn man selbst am Ort des Geschehens war. Die feindlichen Artilleriegeschosse pflügten das Gelände um, die Schlachtschiffgranaten der Landkreuzer wirkten wie schwerste Bomben, deren Druckwellen im Umkreis von Dutzenden Metern alles hinfortfegten. Zusätzlich stürzten sich die Stukas mit dem infernalischen, in den Wahnsinn treibenden Geheul der Sirenen auf uns. Auch ohne die feindliche Propaganda, die den asiatischen Genossen stark zusetzte, zerrte dieses Todesstakkato an den Nerven jedes gesunden Menschen, der nicht unbedingt lebensmüde war. Als dann die Panzerspitzen des Gegners in voller Fahrt feuernd auftauchten, brach nackte Panik aus: Unsere Leute flohen in Scharen; sie beachteten die sie bewachenden Offiziere gar nicht mehr. Die kreatürliche Todesangst vor dem sicher erscheinenden Ende gewann die Oberhand. Selbst Offiziere verließen die Stellungen und rannten um ihr Leben.

Die Panik der mich umgebenden Genossen und das tobende Inferno löschten jeden klaren Gedanken in mir aus. Erst als ich ein paar Schritte im Schützengraben nach Norden gerannt war, kam ich zur Besinnung und wollte umkehren. Doch ich wurde im Strom einer Stampede aus menschlichen Leibern mitgerissen. Wer fiel, wurde zu Tode getrampelt. Den engen Graben zu verlassen, hätte wahrscheinlich ebenfalls das Ende bedeutet.

Also lief ich weiter, bis die rasende Menge vor mir das nördliche Grabenende erreichte. Einige Männer wurden von Nachrückenden zerquetscht, andere kletterten hinaus und versuchten Deckung suchend weiter nach Norden vorzudringen. Ich stieg über die Körper Toter und Verletzter, die am Ende des Grabens bis zu dessen Rand reichten. Über diese Rampe aus sterbenden oder schon toten Kameraden gelangte ich schließlich auf freies Gelände. Hinter mir wogte noch immer das Inferno aus Bomben und Granaten. Tausende nachströmende Soldaten drückten mit unbeschreiblicher Macht jeden entweder auf den Boden oder in das zunächst rettende Gelände.

Ich schaute kurz nach rechts. Die deutschen Panzer waren schräg hinter uns schon bedrohlich nahe. Ein halbes Dutzend standen brennend auf freiem Feld. Offensichtlich hatten einige verwegene Panzerbesatzungen, PaK-Mannschaften oder mit Panzerfäusten bewaffnete Soldaten in ihren Ein-Mann-Löchern ausgeharrt und ihre Pflicht getan.

Ein Gefühl der Wehmut stieg in mir hoch, als mir klar wurde, dass der Heldenmut dieser Soldaten kaum jemals gewürdigt werden konnte, denn niemand unter den Fliehenden wusste, wer sie gewesen waren. Sie würden als unbekannte Soldaten fallen oder in Gefangenschaft geraten.

Von einer Sekunde auf die andere hörte der gegnerische Artilleriebeschuss auf. Die ersten deutschen Panzer überrollten schon unseren äußeren Schützengraben. Aus den nachfolgenden Halbkettenfahrzeugen sprangen Landser und säuberten unsere weitgehend verlassenen Stellungen. Mit der Faszination des Grauens war ich stehen geblieben und beobachtete, wie sie jene, die ihre Waffen wegwarfen, gefangen nahmen und die erschossen, die Widerstand leisteten.

Einige nördlich fahrende Panzer schwenkten ab und steuerten in unsere Richtung. Dadurch löste sich meine Starre. Ich folgte den fliehenden Kameraden. Doch die Panzer waren schneller. In einem engen Bogen umfuhren sie uns und richteten die Kanonen drohend auf uns Flüchtlinge. Uns blieb nichts anderes übrig, als die Waffen fortzuwerfen und die Hände zu heben. Mehrere Dutzend deutsche Sonderkraftfahrzeuge kamen heran. Die Mannschaften sprangen ab und trieben uns mit angeschlagenen Maschinenpistolen und Karabinern von unseren Waffen weg. Minuten später hatte sich eine Traube aus schätzungsweise fünftausend Rotarmisten gebildet.

Ich stand mittendrin und fragte mich, ob die Schauergeschichten stimmten; ob die Deutschen ihre Gefangenen wirklich mit unvorstellbarer Grausamkeit behandelten.

Bald würde ich es wissen.

Ende des Auszugs

*

Auszug aus dem Kriegstagebuch von Generalfeldmarschall von Dankenfels: »Der Schicksalskampf des Abendlandes« Unitall Verlag, Salenstein (1952)

Zusammenfassung des Angriffs auf die Südflanke der drei Warschauer Fronten

Die Soldaten der Versorgungskompanie der Ersten hatten Übermenschliches geleistet. Es hatte keine zwei Stunden gedauert, bis ihre Lkw beladen und zu den Panzerspitzen der Zweiten vorgestoßen waren. Die Versorgung mit Nachschub hatte noch einmal eine Stunde gekostet, dann hatte die Zweite ihren Vorstoß fortsetzen können.

Unterdessen griff die Erste von Süden her das Gebiet an, in dem die sowjetische 15. Asia an die 22. Asia-Panzerarmee grenzte. Da wir die Funkverbindung der einzelnen gegnerischen Truppenteile gestört hatten, war der Gegner nur noch zur Koordination *innerhalb* seiner Armeen fähig, nicht jedoch *zwischen* ihnen. Diesen Umstand wollten wir nutzen, um zwischen die Westflanke der Zweiundzwanzigsten und die Ostflanke der Fünfzehnten einen Keil zu treiben. Das Grenzgebiet zwischen den beiden Armeen war zuvor ausgiebig von unserer Artillerie beschossen worden, was der Widerstandskraft des Iwans sicherlich schwer zugesetzt hatte.

Zwei Stunden später erhielt ich dann auch von Generaloberst von Lauenstein die Nachricht, dass seine Panzerverbände durchgebrochen waren. Damit befand sich die Zweiundzwanzigste nun in einer ausweglosen Situation. Von Osten her rollte unsere Zweite die 5. und 19. Asia auf, während ihr die Fluchtmöglichkeit nach Westen durch den Vorstoß unserer Ersten genommen worden war.

Doch nun galt es, die Versorgung der Ersten zu sichern, die ich schließlich ihrer Versorgungskompanie beraubt hatte. Dazu hatte ich ein Satellitentelefonat mit Reichsmarschall von Grefe geführt und ihn gebeten, die Versorgungskompanie der im Westen Scheinangriffe auf die sowjetische Fünfzehnte durchführenden Vierzehnten zur Ersten abzustellen und die Vierzehnte mit einer Ersatzkompanie auszustatten.

Im Krieg waren die Reibereien zwischen dem Heer und der Kastrup nicht mehr vorhanden. Nachdem ich dem Reichsmarschall die Lage kurz geschildert hatte, hatte er meinem Ersuchen sofort zugestimmt. Die Ausstattung der Vierzehnten, die sich laut Plan von ihrer jetzigen Position zunächst nicht fortbewegen sollte, mit einer Ersatzkompanie könne über die durch das von der Armee besetzte Gebiet verlaufende Eisenbahnverbindung zügig erfolgen, hatte mir der Reichsmarschall versichert.

Im Nachhinein betrachtet beruhte unser Erfolg gegen die vier asiatischen Armeen hauptsächlich auf drei Faktoren:

Erstens wussten die Russen nichts von meinen beiden Panzerarmeen im Süden, bis diese schließlich zum Angriff aus dem Lubliner Hügelland vorpreschten. Deshalb dauerte es eine ganze Weile, bis die Sowjets ihre Artillerie auf unsere angreifenden Verbände ausgerichtet hatten.

Zweitens waren unser Truppen schwer gepanzert und in Bewegung, weshalb der gegnerische Beschuss bei uns nur einen kleinen Bruchteil der Verluste bewirkte, die umgekehrt das Feuer unserer mehr als tausend Panzerhaubitzen und vier Landkreuzer bei ihnen anrichtete.

Drittens hielt mein Kastrup-Fallschirmjägerregiment unerschütterlich das südliche Flussufer der Wieper. Damit war der Nachschub der asiatischen Armeen unterbrochen. Unsere Stukas hatten ihre Angriffe auf die Munitionsdepots konzentriert, die wir zuvor auf Satellitenbildern ausgemacht hatten, weshalb wir bereits nach dem ersten Tag unserer Offensive ein merkliches Nachlassen des sowjetischen Artilleriefeuers feststellen konnten.

General von Lauenau, der Kommandeur der im Westen stehenden 14. Reservearmee, hatte es zudem ausgezeichnet verstanden, mit seinen Scheinangriffen die sowjetische 15. Asia zu binden. So war der kommandierende General Gagarow der sowjetischen Fünfzehnten wahrscheinlich stolz darauf, den Angriffen unserer Vierzehnten standzuhalten, während er durch unseren Störsender nichts davon wusste, dass die 22. Asia-Panzer, die 19. Asia- und 5. Asia-Armee im Osten von uns aufgerieben wurden.

Nach der Schlacht bei Lublin befragte ich Gagarow nach dem Verlauf der Kämpfe aus seiner Sicht. Er beteuerte, dass seine Offiziere und er erst durch den Donner unseres Artilleriefeuers auf die Zweiundzwanzigste von unserer Offensive erfahren hatten. Deswegen hatte er keine Chance gehabt, auf unsere durchbrechenden, nach Nordwesten schwenkenden schnellen Verbände zu reagieren, die nun unerwartet im Rücken seiner Armee angriffen.

Die Kämpfe gegen die vier Asia-Armeen hatten lediglich vier Tage gedauert. Am 09. Juli 1949 kapitulierte als Letzter General Gagarow mit seinen 150 000 Mann. Immerhin hatte seine Fünfzehnte die geringsten Verluste erlitten, während wir von den drei weiteren Asia-Armeen lediglich 250 000 Mann gefangen nehmen konnten. Unsere Fünfzehnte, als Reserve fungierende Armee unter General von Lauenau sicherte das von der 1. und 2. Kastrup-Panzerarmee gesäuberte Gebiet und nahm sich der 400 000 Gefangenen an, während meine beiden Panzerarmeen weiter nach Nordosten vorstießen, um die drei Warschauer Fronten an den nun ungeschützten Flanken anzugreifen und vom Nachschub abzuschneiden.

Kapitel 2:
Der Kreis schliesst sich

Die fünf Tage nach der Landung des Fallschirmjägerregiments am Südufer waren relativ ereignislos vergangen. Zwei weitere Male hatten aus dem Norden kommende Nachschubkonvois den Fluss zu überqueren versucht und waren dem Feuer der Granatwerfer und Excalibur-Raketen des Regiments zum Opfer gefallen.

Vor vierundzwanzig Stunden hatten die Elitesoldaten jedoch zunächst angenommen, ein massierter Angriff aus dem Süden wäre auf dem Weg zu ihnen. Ziel eines solchen Angriffs konnte nur sein, über die Wieper nach Norden vorstoßen, um das Wiederanrollen des Nachschubs zu sichern.

Rund 20 000 Rotarmisten hatten sich in vier Wellen im Abstand von jeweils drei Stunden genähert. Sobald die Soldaten des Regiments jedoch das Feuer eröffnet hatten, hatten die Sowjets zur allgemeinen Verblüffung der Deutschen ihre Waffen fallen lassen und sich ohne weiteren Widerstand in Gefangenschaft begeben.

So kam es, dass viertausend Elitesoldaten die rund fünffache Anzahl vollkommen demoralisierter sowjetischer Soldaten asiatischer Herkunft bewachen mussten. Die befragten Rotarmisten schilderten eine wahre Hölle, der sie im Süden entronnen waren. Befriedigt lauschten die Deutschen ihren Berichten über weit überlegene Panzerverbände, die zusammen mit den grauenhaft heulenden Stukas wie die Teufel über sie hergefallen waren.

Natürlich war Major Rohwedder schon per Funk über die Erfolge der Kameraden im Süden informiert worden. Trotzdem tat es gut, die vernichtende Niederlage der Russen aus ihren eigenen Erzählungen zu hören.

Die Rotarmisten wurden aus den Beständen des Regiments reichlich mit Nahrung versorgt, was die Gefangenen mit großer Verwunderung zur Kenntnis nahmen. Sie hatten der Propaganda der KPdSU geglaubt und damit gerechnet, Opfer von Folter, Hunger und Erniedrigung zu werden.

Speziell Rohwedder hatte größten Wert auf eine ehrenhafte Behandlung der Sowjets gelegt. Durch seine Partisaneneinsätze mit seinem Freund Boris Illjanow hatte er viel über die russische Seele gelernt. Die Bewohner des Riesenreiches waren keineswegs zufrieden mit Stalins sozialistischer Willkürdiktatur. Die überwältigende Mehrheit des Volkes fügte sich nur dem Druck der Gewalt. Wer keine staatstragenden Phrasen nachplapperte, wurde gesellschaftlich geächtet und beruflich fertiggemacht[10]. Wer sich offen gegen das Regime auflehnte, musste wenigstens mit Gefängnis rechnen.

Ähnlich ging es den Soldaten an der Front. Ihnen wurden Schauermärchen über die grausamen Deutschen erzählt und dass sie in diesem Krieg nur eins taten: ihre Familien und sich selbst vor der gnadenlosen Ausrottung zu retten.

Vor diesem Hintergrund beabsichtigte Rohwedder, einige Dutzend Rotarmisten später laufen zu lassen, damit sie hinter vorgehaltener Hand über die Lügen des Systems und die faire Behandlung durch den Feind berichten konnten. Wenn

---

[10] Ähnlichkeiten mit den Verhältnissen in der real existierenden BRD des frühen 21. Jahrhunderts sind völlig unbeabsichtigt.

es gelang, den sowjetischen Völkern so zu verdeutlichen, dass die Deutschen von Stalin mit einem Angriffskrieg überzogen worden waren und nur ihrem eigenen Land und den Russen die Freiheit wiedergeben wollten, würde das System gleichzeitig mit dem militärischen Widerstand der Roten Armee zusammenbrechen. Selbst nach einem militärischen Sieg Deutschlands in diesem Krieg war ein dauerhafter Frieden nur mit den russischen Völkern zusammen möglich, niemals jedoch gegen sie.

Am Nachmittag des fünften Tages ihrer Landung war es jedoch mit der relativen Ruhe vorbei. Das Unheil kündigte sich in Form tiefer aus dem Norden kommender Motorengeräusche an. Wenig später tauchten die Drehtürme schwerer Panzer zwischen und auf den Hügeln des Nordufers auf. Mächtige Bäume knickten um wie Streichhölzer, als sich die Stahlkolosse ihren Weg bahnten.

»Die Panzer haben uns die Überlebenden der Nachschubkonvois auf den Hals geschickt, die wir haben türmen lassen«, bemerkte Hauser, der neben Rohwedder über den Rand des Schützengrabens spähte.

»Es war klar, dass der Iwan über kurz oder lang hier auftaucht, um die Verbindung zwischen den vor und in Warschau stehenden Verbänden und deren Südflanke wiederherzustellen«, entgegnete Rohwedder in einem Tonfall, als ginge ihn das Ganze nur wenig an. »Ich hatte allerdings gehofft, dass unsere Truppen aus dem Süden hier vor den Russen auftauchen.«

Schon zischten die ersten Excalibur-Raketen aus den Stellungen der Kastrup dem Feind entgegen. Etwa ein Dutzend sowjetischer Panzer fielen dem ersten Feuerstoß von Rohwedders Bataillon zum Opfer. Doch die Antwort der Russen ließ nicht auf sich warten: Das Mündungsfeuer schwerer Panzer blitzte auf und schlug einen Sekundenbruchteil später in die von den Schützen ausgemachten Stellungen ein.

Erneut zischte eine Salve des Bataillons zu den Angreifern hinüber und schaltete mehrere Panzer aus. Rohwedder erkannte jedoch, dass seine Männer der Übermacht auf keinen Fall würden standhalten können. Er befahl den Kompaniechefs seines Bataillons über Funk den Rückzug durch die Schützengräben. Letztere waren für genau diesen Fall ausgehoben worden: Sie sollten den Soldaten ein Ausweichen hinter die Hügel ermöglichen.

Die weitere Taktik würde nun darin bestehen, durch vereinzelte Kommandos in blitzschnellen Aktionen die sowjetischen Mannschaften beim Wiedererrichten von Flussübergängen zu stören. Dabei würde die Hauptschwierigkeit darin bestehen, nach dem Feuern schnell genug wieder in Deckung zu gelangen, um der sicherlich umgehend erfolgenden Antwort ihrer Panzer zu entgehen.

Natürlich war Rohwedder klar, dass er die Rote Armee so nicht lange aufhalten konnte. Doch nach den empfangenen Funkmeldungen hatten die 1. und 2. Kastrup-Panzerarmee im Süden einen schnellen Sieg errungen, weshalb es nicht mehr lange dauern konnte, bis Verstärkung hier eintraf.

Er nahm Kontakt mit den anderen Bataillonskommandeuren des Regiments auf. Sie meldeten eine ähnliche Lage: Überlegene sowjetische Panzerverbände waren von Norden her bis zum Ufer der Wieper vorgestoßen. Man war in Deckung gegangen und beschränkte sich auf Störaktionen.

»Mitkommen«, forderte Rohwedder Leutnant Grabenstock und Feldwebel Hauser auf. Dann lief er hinaus in den Graben und bog nach wenigen Metern ins Munitionslager ab.

»Packt mal mit an!« Rohwedder deutete auf eine Holzkiste, in die ein Schwert mit dem Schriftzug »Excalibur« eingebrannt war.

Hauser nahm ein bereit liegendes Stemmeisen und öffnete die Kiste. Grabenstock nahm ein Dreibein heraus und stellte es auf den Boden. Rohwedder griff sich den eigentlichen Raketenwerfer und montierte ihn zusammen mit Hauser auf das Dreibein.

»Greif dir 'ne Rakete!«, befahl er dem Leutnant. »Für mehr als einen Schuss haben wir ohnehin keine Gelegenheit. Und vergiss die Zieloptik nicht.«

Rohwedder und Hauser schleppten den montierten Raketenwerfer hinaus und hoben ihn auf den Rand des Schützengrabens. Dann ging es weiter, bis unmittelbar vor die Kuppe des Hügels, hinter dem in knapp zweihundert Meter Entfernung der Feind auf der anderen Seite der Wieper lag. Im Sichtschutz der Anhöhe schob Rohwedder die Excalibur in den Werfer, während Hauser die Zieloptik anschloss. Der dünne Kontaktdraht, über den die Rakete während des Fluges gesteuert werden konnte, wurde befestigt.

Rohwedder robbte weiter auf die Hügelkuppe zu und hielt die Zieloptik darüber hinaus. Am Nordufer des Flusses waren mehrere Dutzend Rotarmisten damit beschäftigt, einen schweren Lastwagen mit den Bauteilen einer Pontonbrücke zu entladen. Unmittelbar daneben stand ein IS-2, der seine mächtige Kanone drohend nach Süden gerichtet hatte.

Der Panzer war für Rohwedder jedoch weit weniger interessant als der Militärlastwagen.

Er drückte den Auslöseknopf der Rakete. Zischend verließ sie den Werfer. Blitzschnell drückte Rohwedder das Fadenkreuz der Zieloptik auf den Lkw herunter. Den Bruchteil einer Sekunde später schlug das Geschoss ein und verwandelte das schwere Fahrzeug in ein Gemisch aus feuriger Glut und Metallfetzen. Die Rotarmisten am Fluss wurden von der Druckwelle ins Wasser geschleudert. Die näher am Lastwagen Stehenden hatten weniger Glück: Die Glutwelle hüllte sie ein und tötete sie auf der Stelle. Der IS-2, weitgehend von brennenden Trümmern bedeckt, was ihm aber wohl wenig ausmachte, richtete seine Kanone auf den Ursprungsort der Rakete aus.

»Weg hier!«, schrie Rohwedder.

Seine Kameraden stürmten schon den flachen Hügel hinunter. Rohwedder folgte ihnen. Die Hügelkuppe zerplatzte in einem Regen aus Sand und Lehm. Granatsplitter pfiffen über die Köpfe der Männer hinweg.

Am Fuß des Hügels angekommen bemerkte Hauser trocken: »Ich fürchte, der Raketenwerfer ist hin.« Er deutete auf die Qualmwolke über der ehemaligen Hügelkuppe.

»Wenn es uns jedes Mal gelingt, einen Raketenwerfer gegen einen schweren Transporter samt Pontonbrücke einzutauschen, wird der Iwan ziemlich lange brauchen, bis er die Wieper überquert hat«, stellte Rohwedder mit bestechender Logik fest.

Die Russen schienen eingesehen zu haben, dass die Deutschen noch längere Zeit in der Lage waren, sie am Bau einer Behelfsbrücke zu hindern. Zwei Stunden später stellten sie ihre neue Taktik vor: Eine Lieferung Schlauchboote war bei ihnen eingetroffen. Jeweils vier Rotarmisten trugen ein Boot ins Wasser, ein halbes Dutzend Russen sprangen hinein.

»Die Infanterie versucht überzusetzen«, meldete der Beobachter vom Nachbarhügel lautstark. Die Kastrup-Sodaten brachten ihre MGs in Stellung und eröffneten das Feuer zusätzlich mit Granatwerfern.

Rohwedder spähte an der Hügelflanke vorbei und sah rund zwanzig tarnfarbene Boote voller Soldaten, die sich anschickten überzusetzen. Schon schallte das Arbeitsgeräusch der angelassenen Zweitaktmotoren zu ihm hinüber. Die ersten Granaten explodierten unter den Angreifern. Die Kastrup-MGs stimmten ratternd in das Abwehrfeuer ein. Die Sowjets am Nordufer schlugen mit schweren Waffen zurück. Ihre Panzer nahmen das Mündungsfeuer der deutschen MG-Stellungen aufs Korn. Die Kastrup-Soldaten wurden entweder Opfer des Beschusses oder gezwungen, sich hinter die Hügelflanken zurückzuziehen. Doch auch dies bot keinen hinreichenden Schutz mehr: Mit den Schlauchboten waren offenbar weitere mit Granatwerfern ausgerüstete Infanteristen angekommen, die ihre Granaten auf die ihnen abgewandte Seite der Hügel am Südufer schickten.

»Rückzug!«, befahl Rohwedder. Ein weiteres Ausharren hätte seinem Bataillon angesichts dieser Übermacht nur unnötige Verluste beschert, ohne die Rote Armee nennenswert aufhalten zu können.

Rohwedder ließ seine Kompaniechefs Sprengstoff mit Funkzündern in den Munitionskammern anbringen. Die leichten Waffen nahmen sie mit. Entlang des gesamten Südufers lösten sich die Elitesoldaten vom Gegner. Im Laufschritt fielen sie nach Süden zurück.

Plötzlich blieb Rohwedder stehen. Der hinter ihm laufende Hauser prallte auf seinen Rücken. »Hört ihr das?«, fragte er die umstehenden Soldaten.

»Klar, höre ich das«, sagte Grabenstock. »Es klingt jedenfalls besser als der neue Schlager von Zarah Leander.«

Das Brummen schwerer Motoren wurde schnell lauter. Dann erschienen vor ihnen die ersten Panzer auf den Hügeln. Erst einzelne, dann Dutzende. Schließlich ergossen sich Hunderte der stählernen Kolosse über die Sommerlandschaft.

»Die Zweite!«, machte Rohwedder seiner Erleichterung Luft. »Endlich sind sie da!«

Das beeindruckende Schauspiel, auf den wenigen Kilometern ihres Sichtbereiches den nicht unerheblichen Teil einer ganzen Panzerarmee auf sich zukommen zu sehen, wurde durch das schrille Pfeifen der Düsentriebwerke mehrerer Stuka-Schwärme mit Jägerbegleitschutz noch verstärkt. Über ihren Köpfen zogen die tief fliegenden Sturzkampfbomber steil nach oben, um sich dann mit dem markerschütternden Geheul ihrer Sirenen auf die Sowjets am nördlichen Wieperufer zu stürzen.

Schon hallten die dumpfen Detonationen der Bomben zu ihnen hinüber. Über die Hügel hinweg, von denen sie gekommen waren, sahen die Fallschirmjäger die aufsteigenden Explosionswolken, die sich in braungraue Pilze verwandelten.

Den Panzern folgten Sonderkraftfahrzeuge mit angehängten Geschützen. Schließlich tauchten die schweren Hummeln auf, das Rückgrat der mobilen Artillerie.

Der Aufmarsch wurde gekrönt durch eine immer stärker werdende Bodenvibration, die die Männer an ein schweres Erdbeben denken ließ. Dann schoben sich im Abstand von zweihundert Metern jeweils zwei Kanonenrohre über die südlichen Hügel. Ihnen folgten riesige Drehtürme und schließlich die Wannen mit den vier miteinander verbundenen parallelen Panzerketten. Die 2200-Tonnen-Giganten walzten die Baumgruppen an den Hügelflanken einfach nieder. Die Fallschirmjäger beeilten sich, den Riesen schnellstens aus dem Weg gehen: Man konnte schließlich nicht wissen, ob die Fahrer die Winzlinge am Boden entdeckt hatten.

Die Panzerspitzen stürmten an ihnen vorbei, dann die Halbkettenfahrzeuge. Die Panzergrenadiere auf den Ladeflächen winkten ihnen zu. Sie wirkten entspannt; ihre Züge drückten unerschütterliche Siegesgewissheit aus.

Hinter ihnen, am Ufer der Wieper, entbrannte bereits eine kurze, aber heftige Panzerschlacht. Doch die Sowjets, wahrscheinlich eine von den Warschauer Fronten abgestellte Panzerabteilung zur Nachschubsicherung, konnten einer ganzen deutschen Panzerarmee nichts entgegensetzen. Schon zehn Minuten später waren nur noch vereinzelte Schüsse von Panzerkanonen zu hören. Wahrscheinlich waren dies die Grüße, die die Deutschen den fliehenden Russen hinterherschickten.

Den Artilleriepanzern und den beiden Landkreuzern folgten schließlich schwere, geländegängige Mannschaftswagen der Panzergrenadiere. Sie hielten bei den Fallschirmjägern und nahmen jene 2000 der insgesamt fast 4000 Soldaten des Regiments auf, die nicht mit der Bewachung der 20 000 viele Stunden zuvor gefangen genommenen Russen beschäftigt waren.

Rohwedder kletterte mit zehn Mann auf einen dunkelgrünen Laster mit tarnfarbener Plane. Die schon auf den Bänken der

Ladefläche sitzenden Grenadiere begrüßten die Neuankömmlinge kameradschaftlich und rückten zusammen, um ihnen Platz zu machen. Als alle saßen, klopfte ein Leutnant gegen die hintere Sichtscheibe des Führerhauses. Der Fahrer legte krachend den Gang ein, der Motor brüllte auf, der Transporter ruckte an.

Fünf Minuten später standen Rohwedder und seine Männer wieder bei ihren alten Stellungen am Südufer der Wieper.

Auf der anderen Seite des Flusses zeugten Dutzende in den blauen Sommerhimmel steigende Rauchfahnen von den Überresten der Roten Armee. Entlang des gesamten Südufers standen in Sichtweite deutsche Panzer Kette an Kette nebeneinander. Weitere fünf Minuten später tauchte in ihrer Nähe ein klobiger Brückenpanzer auf. Er fuhr einfach zwischen den Tigern, Panthern und Mäusen hindurch bis in die Mitte des Flussbettes. Dort klappte er seine Brückenteile aus. Mächtige Hydrauliken schoben die Teile tief summend auf die passende Länge auseinander, bis beide Flussufer verbunden waren.

Sofort setzten sich die Panzer in Bewegung und fuhren über die in wenigen Minuten entstandene neue Brücke.

Nachdem auch die Halbkettenfahrzeuge und Artilleriepanzer drüben waren, saßen die Fallschirmjäger und Panzergrenadiere wieder auf und folgten den schwer gepanzerten Fahrzeugen in den Transportern. Hinter ihnen fuhren die Landkreuzer einfach durch den Fluss. Die Brückenpanzer waren für sie wesentlich zu schmal und hätten ihr Gewicht bei Weitem nicht tragen können.

*

Major Rohwedder saß nachdenklich auf der spartanischen Holzbank des Truppentransporters.

In groben Zügen war ihm der Plan des Oberkommandos bekannt.

Die 2. Kastrup-Panzerarmee, der er angehörte, hatte die Aufgabe, Warschau östlich in fünfzig Kilometern Abstand zu umgehen. Beginnend mit der geographischen Breite des Stadtzentrums hatte die Zweite dann die Aufgabe, eine stabile Front im Rücken des Gegners bis rund achtzig Kilometer nach Norden zu errichten. Wenn alles glatt ging, sollten sich die nördlich operierenden Verbände mit den Panzerspitzen der bald vorstoßenden 16. Panzerarmee des Heeres vereinen.

Die 1. Kastrup-Panzerarmee hatte die Aufgabe, einen südlichen Bogen von der Weichsel bis zum südlichen Ende der Stellungen der Zweiten zu bilden. Falls dieser Plan erfolgreich sein sollte, waren die drei Warschauer Fronten, idealerweise mit ihrer aus weiteren vier Asia-Armeen bestehenden nördlichen Flanke, eingekesselt. Im Westen hatten die 7. und 8. Armee vor Warschau und die Dritte bei Königsberg den Vorstoß der Sowjets nach Westen zu verhindern, was ohnehin mit jedem Tag ausbleibenden Nachschubs für die Rote Armee schwieriger werden würde. Dementsprechend rechnete das Oberkommando mit einem Ausbruchsversuch nach Osten, genauer nach Nordosten, weil dort die zurückweichenden vier nördlichen Asia-Armeen ihre Kräfte mit den ausbrechenden Warschauer Fronten vereinen könnten.

Doch erst einmal musste es so weit kommen – der Kessel um Warschau musste geschlossen werden.

Die Stunden vergingen. Die Soldaten verhielten sich schweigsam. Jeder Versuch eines Kameraden, ein Gespräch zustande zu bringen, scheiterte schon nach einigen Sätzen. Zu sehr waren die Männer mit dem Gedanken beschäftigt, im Begriff zu sein, eine Vorentscheidung im Kampf gegen die Sowjetunion zu erzwingen. Sollte der Plan, Warschau nachhaltig einzukesseln, erfolgreich sein, war der Krieg im Osten für das Reich zwar noch lange nicht gewonnen – dazu war das Gebiet des Gegners viel zu groß und seine Ressourcen an Menschen und Material schier unerschöpflich. Sollte er jedoch scheitern, war es illusorisch, dass man die Rote Armee bei ihrem Marsch auf Berlin aufhalten konnte.

Immer mehr Panzer, Haubitzen, Flakpanzer und Sonderkraftfahrzeuge blieben zurück, um die Abwehrlinie gegen die im Westen stehenden sowjetischen Fronten zu bilden. Die Soldaten sprangen von den Fahrzeugen, kaum dass sie angehalten hatten, und begannen mit dem Bau von Schützengräben und Unterständen. Kleinere Dörfer und Städte auf dem Weg wurden von den Kastrup-Soldaten meist kampflos besetzt und in aller Schnelle zu Verteidigungsstellungen ausgebaut.

Der Mannschaftstransporter mit Rohwedder und seinen Kameraden fuhr jedoch immer weiter. Der Major hatte von den Panzergrenadieren erfahren, dass sie bei Augustow Stellung beziehen sollten, was nach seiner Schätzung eine Fahrt von mindestens zwei weiteren Stunden bedeutete.

Hin und wieder, sobald ein sowjetisches Flugzeug in Sicht kam, bellten die Vierfachgeschütze eines Wirbelwind in der Nähe. Ansonsten kam es nur zu kleineren Scharmützeln mit Patrouillen der Roten Armee, die nicht schnell genug vor den herannahenden Deutschen geflohen waren und sich angesichts der hundertfachen Übermacht recht schnell ergaben.

Ein kurioser Zwischenfall ereignete sich kurz vor 23.00 Uhr an diesem 09. Juli 1949: Die rote Scheibe der Sonne hatte sich längst unter den Horizont geschoben und mit einem letzten blutroten Aufleuchten der spärlichen Wolken verabschiedet. Lediglich das Licht des Mondes und der Sterne beleuchteten die flache Landschaft mit den ausgedehnten Feldern und vereinzelten Gutshöfen. Plötzlich ertönte von vorn Geschrei in russischer Sprache.

Der Mannschaftstransporter hielt an, die Soldaten sprangen von der Ladefläche. Rohwedder erkannte vor sich die Konturen einer Reihe von mindestens zweihundert Lastwagen, fein säuberlich zu einer Kette senkrecht zur Fahrtrichtung der vorstoßenden deutschen Verbände. Von den weiter vorn fahrenden Panzern wurden Entgegnungen auf Russisch gebellt.

Rohwedder verstand undeutlich so etwas wie: »Wir sind nicht von der Achtzehnten. Wir gehören zur 3. Division der 2. Kastrup-Panzerarmee; also macht keinen Ärger und werft die Waffen weg.«

Er näherte sich dem merkwürdigen Geschehen, wie die Mannschaften Dutzender Truppentransporter, im Laufschritt, bereit, sofort Deckung zu suchen, sobald Kampfhandlungen eröffnet wurden. Doch stattdessen erschallte eine Kombination von russischen Flüchen, die die Bediensteten eines mittelsibirischen Bordells vor Scham hätten erröten lassen. Beim Näherkommen erkannte Rohwedder die Rotarmisten an ihrer typisch halbkugelförmigen Helmform. Sie warfen ihre Waffen fort und kletterten von den Fahrzeugen, um mit erhobenen Händen Aufstellung zu nehmen.

Schließlich erreichten die Kastrup-Soldaten die sowjetische Lkw-Kolonne. Sie befand sich auf einer von Osten nach Westen führenden Landstraße. Rohwedder war einer der wenigen deutschen Offiziere, die fließend Russisch sprachen. Also fühlte er sich berufen, die Gesprächsführung zu übernehmen.

»Wer ist hier der ranghöchste Offizier?«

Ein hagerer, gut und gern zwei Meter großer Soldat stieß seine Kameraden unwirsch zur Seite und trat vor. Er legte die Rechte an den Helm und stellte sich vor. »Hauptmann Wienikow, 1. Versorgungskompanie, 18. Gardearmee.«

Der Russe unterbrach sich kurz, als er sah, wie der vor ihm stehende Deutsche den Kopf mit leicht angewidertem Gesichtsausdruck zur Seite drehte und mit der Rechten vor seiner Nase wedelte. Dann fuhr er fort: »Sie brauchen sich nicht darüber zu wundern, dass wir hier das eine oder andere Fläschchen Wodka geleert haben. Schließlich sind wir genau hierher bestellt worden, um unsere Achtzehnte zu versorgen oder eben weitere Befehle zu erhalten. Nichts von alledem ist geschehen.

Niemand wollte versorgt werden, keiner ließ sich herab, uns weitere Befehle zu erteilen. Also stehen wir uns nun seit...« – der Offizier hielt erneut inne und blickte auf seine Armbanduhr – »zweiundfünfzig Stunden hier die Beine in den Bauch und warten darauf, dass uns irgendein verdammter« – es folgte erneut eine Reihe nicht wiedergabefähiger russischer Flüche – »Idiot endlich sagt, wie es weitergehen soll. Doch nun wissen wir schließlich, wie's weitergeht: Es war offensichtlich von den genialsten unserer Strategen geplant, dass wir die 2. deutsche Kastrup-Panzerarmee versorgen.« Die Stimme des Hauptmanns troff vor Zynismus. »Wir haben Waffen, Munition und Treibstoff geladen.« Er machte eine weit ausholende Geste, als wolle er den gesamten Konvoi umfassen. »Das könnt ihr alles haben. Lasst nur die Finger von unserem Wodka. Jeder Feind, und sei er noch so hart, sollte so viel Menschlichkeit und Anstand haben einzusehen, dass wir ihn brauchen, um dieses Lehrstück militärischer Koordinationsarbeit seelisch zu verkraften.«

Wienikow beendete seine Ausführungen mit einem ironischen Lächeln, bei dem er zwei Reihen blendend weißer Zähne entblößte. Der sowjetische Offizier war Rohwedder auf Anhieb sympathisch. Nicht nur, weil er seine Männer nicht in blindem Kadavergehorsam geopfert hatte; ihm gefiel auch die ironische Art, mit der er das wenig rühmliche Schicksal seiner Versorgungskompanie ertrug.

»Also gut«, spielte er das Spiel mit und verhandelte, wo es streng genommen nichts zu verhandeln gab. »Wir tasten den Wodka nicht an. Schließlich wollen wir keinen Ärger.«

Wienikows Lächeln wurde breiter. Er ließ es sich nicht nehmen, seinem Gegenüber freundschaftlich auf die Schultern zu schlagen. »Ihr Deutschen scheint ja gar nicht so schlimm zu sein, wie man bei uns erzählt.«

»Was sollte auch schlimm an uns sein?« Rohwedder grinste. »Vielleicht, dass wir unseren Unwillen darüber ausdrücken, dass ein paar Millionen Russen ohne Visum bei uns Urlaub machen wollen und dabei eine Stadt nach der anderen abfackeln? In dem Punkt sind wir tatsächlich etwas pingelig, aber sonst ganz in Ordnung.«

Die umstehenden Deutschen und russischen Soldaten brachen in Gelächter aus, wobei bei den Russen wohl die Erleichterung darüber mitschwang, dass sie entgegen der sowjetischen Propaganda wohl doch nicht erschossen oder misshandelt werden sollten.

Oberst von Markstedt, der Kommandeur des 342. Kastrup-Panzergrenadierregiments, trat hinzu. Er empfand das Gelächter der Soldaten beider Kriegsparteien wohl als etwas befremdlich, denn er zog seine buschigen graublonden Augenbrauen so weit hoch, dass sich die normalerweise nach oben gezwirbelten Enden seines Schnurrbartes leicht zur Seite stellten.

»Was geht hier vor?«

Rohwedder erklärte seinem seit dem Auftauchen der Panzerverbände vor der Wieper neuen Vorgesetzten kurz den Sachverhalt, wobei er die ironischen Details der Unterhaltung, den Wodka und vor allem die fürchterlichen Flüche Wienikows unerwähnt ließ.

»Die Fahrzeuge nach versteckten Waffen durchsuchen«, ordnete der Oberst an. »Danach können die Russen wieder aufsitzen. Wir nehmen ihren Konvoi mit.« Mit diesen Worten drehte er sich auf dem Absatz um und ging zu seinem Befehls-Panzer zurück, von dem aus er das Dreihundertzweiundvierzigste befehligte.

Rohwedder gab den Befehl an die Panzergrenadiere weiter und übersetzte anschließend auf Russisch. An den Gesichtern der Rotarmisten erkannte er, dass sie keinerlei Einwände gegen die Anordnungen des Kastrup-Obersten hatten.

Zwei junge Feldwebel traten an Rohwedders Seite. »Meiner Versorgungskompanie ist es da weniger gut ergangen«, sagte der eine an den Major gewandt. Seine tiefblauen Augen funkelten im Mondlicht. »Sowjetische MiGs haben uns zusammengeschossen. Die meisten meiner Kameraden wurden von Explosionen zerfetzt oder verbrannten bei lebendigem Leib.«

»Was wollen Sie damit sagen, Feldwebel?«, fragte Rohwedder mit einem gefährlichen Unterton in der Stimme. »Sollen wir die Russen etwa erschießen, obwohl sie sich ergeben haben?«

»Nein, nein, so war das nicht gemeint, Herr Major«, beeilte sich der junge Soldat zu entgegnen. »Manche Dinge scheinen mir in diesem Krieg jedoch nicht gerecht zuzugehen.«

Rohwedder lachte trocken. »Wir sind im Krieg, wie Sie richtig erkannt haben, Feldwebel. Krieg hat mit Gerechtigkeit nicht das Geringste zu tun. Beim Kriegsziel mag es auch um Gerechtigkeit gehen, nicht jedoch bei den Geschehnissen seines Verlaufs. Wie heißen Sie überhaupt?«

»Mein Name ist Gerhard Wolf.«

»Glauben Sie, Sie sind ein guter Soldat?«

»Einer der Besten, Herr Major!«

Der zweite Feldwebel, im gleichen Alter wie Wolf, verdrehte die Augen.

Rohwedder lächelte still in sich hinein. Wenn ein junger Soldat, der nur an wenigen Feldzügen teilgenommen hatte und die Grausamkeiten des Krieges nicht kannte, behauptete, einer der Besten zu sein, hätte er dies als jugendlichen Übermut gepaart mit romantischer Verklärtheit abgetan. Der Jüngling, der da mit funkelnden, ungebrochene Tatkraft ausstrahlenden Augen vor ihm stand, war aber vor wenigen Stunden durch die Hölle gegangen – eine Hölle, die die meisten seiner Kameraden auf furchtbare Art das Leben gekostet hatte. Trotzdem war er davon überzeugt, einer der besten Soldaten zu sein. Rohwedder nahm sich vor, ein Auge auf den jungen Kameraden zu halten – er würde es entweder weit bringen oder bald fallen.

»Und wie lautet Ihr Name?«, fragte Rohwedder den anderen jungen Soldaten.

»Ralf Hölzen!«

»Glauben Sie, so gut zu sein wie Ihr Kamerad?«

»Ich glaube nicht unbedingt, dass ich zu den Besten gehöre, aber so gut wie Wolf bin ich allemal.«

Seine Worte hatten ein wütendes Funkeln Wolfs zur Folge. Es sah aus, als hätte er sich am liebsten auf Hölzen gestürzt.

Die beiden Feldwebel legten die Rechte an ihre Helme und traten weg, um bei der Durchsuchung der sowjetischen Lastwagen nach Waffen zu helfen. Die Prozedur nahm eine knappe Stunde in Anspruch. Danach machte sich das Dreihundertzweiundvierzigste, den sowjetischen Konvoi in der Mitte, wieder auf den Weg nach Augustow.

Knapp zwei Stunden später zeichnete sich die dunkle Silhouette des Städtchens mit dem dominierenden Kirchturm im fahlen Mondlicht vor dem Horizont ab.

Augustow war vollkommen unbeleuchtet. Die Reichsprovinz Polen war vor dem Eintreffen der Roten Armee fast vollständig evakuiert worden. Nur jene, die entgegen der eindringlichen Empfehlung der Reichsregierung hatten bleiben wollen, sowie einige versteckt in den Wäldern operierende Partisanen waren zurückgeblieben.

Rohwedder war von der Holzbank des Mannschaftstransporters aufgestanden und spähte durch die Heckscheibe des Führerhauses. Er erkannte drei vor ihnen fahrende Panther-, einen Tigerpanzer und fünf Halbkettenfahrzeuge mit angehängter PaK. Links und rechts lagen Felder, weiter vorn die von ein paar Baumgruppen umgebene dunkle Stadt.

Je näher sie kamen, umso weiter schoben sich die Baumgruppen nach außen. Hinter einer Baumgruppe war plötzlich ein schwaches Leuchten zu sehen. Als sei das schwache Licht ein geheimes Signal, blitzte es an mehreren Stellen der Stadt hell auf.

»Mündungsfeuer!«, entfuhr es Rohwedder. Mehrere Granaten krachten in der Nähe in den Boden und tauchten die Landschaft bis zum Abebben der Salve in flackerndes Licht.

Dann schossen die Geschütze des Dreihundertzweiundvierzigsten zurück. Die Kanoniere visierten die Stellen an, an denen sie zuvor das Mündungsfeuer ausgemacht hatten. Trocken knallten die Abschüsse und raubten den Soldaten auf den Mannschaftswagen fast das Gehör. Die Granaten schlugen in und zwischen die Gebäude des südöstlichen Stadtrandes. Von dort stiegen fast zeitgleich Dutzende Leuchtkugeln in den Himmel. Die ländliche Gegend und die verlassen geglaubte Stadt erschienen in dem rötlich-violetten Licht vollkommen unwirklich.

»Die Russen haben unsere Motoren natürlich kilometerweit gehört«, stellte Feldwebel Wolf, der neben ihn trat, mit ruhiger Stimme fest.

Rohwedder nickte nur. Der Mannschaftstransporter hielt an, um den Soldaten Gelegenheit zu geben, Deckung zu suchen. Gegen die Granaten der Sowjets bot das Fahrzeug keinen hinreichenden Schutz. Noch während sie von der Ladefläche sprangen, flog die nächste Salve heulend heran. Die Männer warfen sich sofort zu Boden. Pfeifend schwirrten die Granatsplitter umher. Erde prasselte auf die Elitesoldaten.

Rohwedder hob kurz den Kopf und sah die Plane des Transporters in Fetzen auf dem Gestänge hängen. Sie waren keine Sekunde zu früh abgesprungen. Seitlich gingen nun mehrere Begleitpanzer in Stellung. Unaufhörliches Trommelfeuer schlug in die Außenbezirke der deutschen Stadt ein. Rohwedder sah die Fassade eines dreistöckigen Gebäudes komplett in sich zusammenfallen. Als der Staub sich legte, lagen die einzelnen Stockwerke – bis auf das völlig verschüttete unterste – frei. In fünfzig Metern Entfernung wurde einem Panther der Turm weggerissen, ein weiterer verging in einem hellen Feuerball.

Die Mannschaften der Sonderkraftfahrzeuge hängten ihre PaK ab. Minuten später stimmten sie ebenfalls in das Feuer auf die von sowjetischen Truppen besetzte Stadt ein.

Wahrscheinlich ist Augustow Zwischenstation eines russischen Regiments auf dem Weg zur Front, kombinierte Rohwedder.

Mehrere Wellen der gefürchteten Raketengeschosse der Stalinorgeln jagten heran. Zwei Mannschaftswagen explodierten.

»Vorwärts!«, rief Rohwedder.

In gebückter Haltung rannten die Soldaten los. Jedes Mal, wenn eine gegnerische Salve pfeifend und heulend heranraste, musste der Vorstoß notgedrungen unterbrochen werden und alle warfen sich auf den Boden.

Befriedigt stellte Rohwedder fest, dass das feindliche Feuer langsam schwächer wurde. Die deutschen Panzer und weiter hinten stehenden Hummeln hatten den Stadtrand mittlerweile in ein Trümmerfeld verwandelt, aus dem sich die überlebenden Russen nun zurückziehen mussten. Rohwedder war klar, dass die Eroberung der Stadt hauptsächlich von Grenadieren durchgeführt werden musste. Panzer eigneten sich nicht besonders zum Häuserkampf; sie waren auch im Rahmen der bevorstehenden Kämpfe um die Einkesselung Warschaus zu wertvoll, um jetzt schon verheizt zu werden.

Der Zug, den Rohwedder aus der Situation heraus befehligte, konnte immer weitere Strecken zurücklegen, bevor man sich vor den herannahenden Granaten erneut in den Dreck werfen musste. Von den Deutschen in Stellung gebrachte Nebelwerfer[11] ließen nun ihre Geschosse heulend über die Köpfe der angreifenden Soldaten hinweg in die weiter nordwestlich liegenden Stadtgebiete einschlagen und verstärkten so erheblich die Wirkung der Artillerie.

Als sie den Stadtrand erreichten, sorgte der VB dafür, dass der Beschuss sich komplett auf die aus ihrer Sicht weiter hinten liegenden Gebiete verlagerte, um die eigenen Soldaten nicht zu gefährden. Die Männer stiegen über Geröllhalden hinweg.

---

[11] Zu Raketenwerfern weiterentwickelte Granatwerfer.

Die ersten Häuserreihen waren völlig zerstört – kein lebender Gegner konnte sich darin aufhalten. Dazwischen lagen halb verschüttete Stellungen mit Panzerabwehrkanonen. Zwei sowjetische Panzer ragten qualmend aus dem Schutt im Blickfeld Rohwedders hervor.

Er trat die Eingangstür des ersten halbwegs unversehrten Hauses auf und ging sofort hinter der Außenwand in Deckung.

Wütendes Gewehrfeuer bellte ihnen entgegen. Ein Soldat, in dem Rohwedder Feldwebel Wolf erkannte, löste eine Eierhandgranate von seinem Gürtel, zog den Stift, ließ den Hebel wegspringen, zählte drei Sekunden und warf sie hinein.

Mit lautem Knall drang brauner Qualm durch die Türöffnung und aus einem zersplitternden Fenster daneben.

Rohwedder spähte durch den Türrahmen ins Innere des Gebäudes. Vier Rotarmisten lagen zwischen völlig zerstörten Möbeln.

Eine Tür in der gegenüberliegenden Wand war aus den Angeln gerissen worden. Dort lugte der Kopf eines Russen halb hervor. Dann erschien sein Arm mit einer Pistole. Sein Schuss krachte in den Türrahmen unmittelbar neben Rohwedders Gesicht. Holzsplitter drangen ihm schmerzhaft in die Wange.

Rohwedder zuckte zurück. Gleichzeitig flog eine Eierhandgranate von drinnen vor ihre Füße. Blitzschnell nahm Feldwebel Wolf sie auf und schleuderte sie dorthin zurück, woher sie gekommen war. Eine heftige Detonation in dem Raum, aus dem der Russe geschossen hatte, war die Folge.

»Viele trauen sich nicht, bis drei zu zählen, deswegen werfen sie die Granaten zu früh«, war der trockene Kommentar des Feldwebels.

»Und wenn sich der Russe nun doch getraut hätte?«, hakte Rohwedder nach.

»Dann wären wir jetzt so oder so tot – ob ich versucht hätte, die Granate zurückzuwerfen, oder nicht.«

Ein weiterer Feldwebel trat neben Wolf. Rohwedder erkannte Ralf Hölzen. »Gar nicht mal so schlecht, Gerhard«, sagte er.

Bestechende Logik, gestand sich Rohwedder ein, als er Wolf folgte, der schon ins Gebäude stürmte. In dem dahinter liegenden Raum fanden sie vier weitere tote Rotarmisten. Die Durchsuchung der anderen Zimmer blieb ohne Erfolg. Das Gebäude war gesäubert.

Rohwedder verließ das Haus als Erster durch die eingetretene Tür. Aus dem linken Augenwinkel nahm er die Bewegung von etwas Großem wahr. Noch während er zurückzuckte und den hinter ihm befindlichen Wolf ins Gebäude zurückstieß, sah er das Aufblitzen von Mündungsfeuer.

Er riss den Feldwebel mit zu Boden, was Hölzen veranlasste, sich ebenfalls hinzuwerfen. Schon detonierte unmittelbar vor der Tür eine Panzergranate. Sie riss ein Stück des Mauerwerks weg. Bruchstücke prasselten auf die drei Soldaten.

Als der Staub sich verzogen hatte, sah Rohwedder einen Kameraden im Fenster eines Hauses auf der gegenüberliegenden Straßenseite auftauchen: Leutnant Grabenstock. Er bückte sich kurz, um mit einer Panzerfaust auf der Schulter wieder zum Vorschein zu kommen. Er schlug das wie durch ein Wunder unversehrte Fenster ein, lehnte sich mit dem Oberkörper hinaus und feuerte die Waffe ab. Ein Feuerstrahl schoss zischend in die entgegengesetzte Richtung zur Flugbahn des Geschosses aus dem Rohr des Panzerschrecks.

Rohwedder, Hölzen und Wolf robbten gleichzeitig nach vorn und lugten durch das gezackte Loch in der Hauswand, wo sich zuvor die Haustür befunden hatte. Sie sahen einen blendend weiße Funken sprühenden Gluttrichter am Drehturm des T-34 – rechts neben der Kanone. Nach einem kurzen Zischen folgte die dumpfe Detonation. Durch das Einschussloch der Panzerfaust und die aufspringende Luke des Drehturms quoll schwarzer Rauch.

Hinter dem zerstörten Panzer tauchten mehrere Rotarmisten auf. Rohwedder und die beiden Feldwebel eröffneten gleichzeitig das Feuer aus ihren Maschinenpistolen. Ein Maschinengewehr fiel in den Beschuss ein und mähte die Russen erbarmungslos nieder. Rohwedder blickte Richtung Stadtrand und sah ein Halbkettenfahrzeug, dessen schweres MG diesen Kampf entschieden hatte.

Deutsche Soldaten stürmten aus gesicherten Häusern und drangen, jeden Mauervorsprung als Deckung nutzend, weiter in die Stadt vor. Rohwedder trat die nächste Haustür ein.

»Nicht schießen!«, kam es auf Russisch aus dem Inneren. »Wir ergeben uns.«

Mehrere Karabiner flogen durch die gewaltsam geöffnete Tür auf die Straße. Es folgten ein halbes Dutzend Rotarmisten mit hinter den Köpfen verschränkten Händen. Sie wurden von nachrückenden Kastrup-Soldaten in Empfang genommen.

Rohwedder, Wolf, Hölzen, Grabenstock und Hauser stürmten schon weiter. Überall in der Stadt ertönten das Rattern automatischer Waffen und das trockene Knallen von Karabinern. Eine Welle Katjuschas[12] orgelte grässlich heulend über ihre Köpfe hinweg.

An der nächsten Straßenkreuzung erlebten die Deutschen eine böse Überraschung: Aus einem Fenster auf der schräg gegenüberliegenden Seite schlug ihnen MG-Feuer entgegen. Die Soldaten warfen sich zu Boden. Grabenstock schrie seinen Schmerz heraus. Wolf und Hauser packten den verletzten Kameraden und zogen ihn kriechend aus der Schusslinie. Es war pures Glück, dass der vorausgegangene Artilleriebeschuss die Kreuzung in ein Trümmerfeld verwandelt hatte, weshalb sie ausreichende Deckung bis hinter die nächste Häuserwand fanden.

---

[12] Die Raketengeschosse der so genannten »Stalinorgeln«.

»Ich umgehe den Häuserblock und greife den Iwan von Nordosten her an«, schlug Gerhard Wolf vor. In seinen Augen lag wieder das gefährliche Funkeln. Hauser war dabei, dem an der Hauswand lehnenden Grabenstock dass durchschossene Bein abzubinden.

»Zu gefährlich«, entgegnete Rohwedder. »Wir wissen nicht, in welchen Häusern des Blocks sich noch Sowjets befinden.«

»Von überall her dringen unsere Jungs weiter vor. Sie sind sicher schon dabei, den Block zu säubern. Ich kann es schaffen.«

»Na gut«, entschied Rohwedder. »Ich komme mit.«

»Ich auch!«, meldete sich Hölzen.

»In Ordnung. Hauser, Grabenstock, könnte ihr uns Feuerschutz geben, wenn wir drüben ankommen?«

»Klar«, entgegnete Hauser lakonisch.

»Ich hab' noch was gut beim Iwan«, presste Grabenstock zwischen den Zähnen hervor.

Rohwedder und die beiden Feldwebel machten sich auf den Weg zurück. An der nächsten Kreuzung bogen sie links ab. Dort waren tatsächlich bereits ein Dutzend Kastrup-Soldaten dabei, in die Häuser einzudringen. Sie schienen jedoch nicht besetzt zu sein.

Zwei weitere Male bogen sie links ab und befanden sich nun auf der Straße, in deren Eckhaus zur nächsten Kreuzung das MG-Nest der Russen untergebracht war. Sie überquerten die Straße und wurden prompt aus einem Gebäude hinter ihnen beschossen. Doch der Feind schien übereilt reagiert zu haben, denn den drei Kastrup-Soldaten gelang unverletzt der Sprung hinter eine Geröllhalde. Nachrückende Kameraden nahmen das Gebäude unter Beschuss. Funken sprühend schlugen die Kugeln in die Hauswand und pfiffen als Querschläger nach allen Seiten fort. Ein Soldat nutzte das Feuer, während dessen sich die Russen vom Fenster zurückziehen mussten. Er sprang vor und warf gut gezielt eine Handgranate in den Raum. Eine heftige Detonation beendete das kurze Feuergefecht.

»Danke, Kameraden!«, rief Rohwedder den Soldaten hinter sich zu und rannte dem schon weiterstürmenden Wolf hinterher.

Hölzen rappelte sich hoch und folgte ebenfalls. Aus einem Haus jenseits der Kreuzung schlug ihnen das Feuer aus einer Maschinenpistole entgegen.

Rohwedder warf sich hinter einen weiteren Schuttberg. Letzterer wurde jedoch von Wolf geschickt umkurvt. Wie ein Hase Haken schlagend rannte er weiter und feuerte mit seiner MPi ungezielt in die Richtung des Schützen. Dies zwang den Russen offenbar in Deckung, denn das Rattern seiner Waffe erstarb.

Rohweder und Hölzen nutzten die Pause, um zu Wolf aufzuschließen, der sich in einen Hauseingang begeben hatte und das Fenster anvisierte, aus dem er unter Beschuss genommen worden war. Kaum ließ sich der Russe auf der gegenüberliegenden Straßenseite hinter der Kreuzung wieder in einem Fensterrahmen blicken, zog Wolf den Abzug durch. Rohwedder sah, dass der Mann von mehreren Treffern weggerissen wurde und im Innern des Zimmers verschwand.

Wolf rannte sofort weiter an der Häuserreihe entlang, bis er das Gebäude mit dem MG-Nest erreicht hatte. Dort bückte er sich mit katzenhafter Geschmeidigkeit, löste eine Granate von seinem Gürtel, machte sie scharf und rannte bis unter das Fenster, aus dem das MG feuerte. Dort hielt er kurz inne, um die drei Sekunden zu überbrücken und schleuderte die Granate dann in den Raum.

Unmittelbar darauf donnerte mit der Explosion graubrauner Qualm aus dem Fenster.

Schon sprang Wolf hinein.

Rohwedder hörte einen überraschten Schrei, der nicht von dem Feldwebel stammen konnte. Er schaute zusammen mit Hölzen durch das Fenster. Im sich verziehenden Qualm sahen sie, dass Wolf einen Russen an dessen MPi-Lauf aus einem weiter hinten liegenden Raum zerrte.

Die Waffe entglitt dem Rotarmisten. Bevor Wolf sie auf den Gegner anlegen konnte, schlug dieser ihm die Waffe aus der Hand. Dann schlug der Rotarmist mit beiden Fäusten auf ihn ein. Wolf duckte sich weg, sprang zur Seite und trat seinem Gegner gegen das Kniegelenk. Der Unterschenkel knickte in unnatürlicher Richtung weg; der Russe landete vor Schmerzen schreiend auf den Knien. Wolf versetzte ihm einen Schlag auf die Kinnspitze, was den Rotarmisten sofort ins Reich der Träume schickte.

»Ich habe ihm das Bein gebrochen und wollte ihm die Schmerzen ersparen«, kommentierte Wolf den Faustschlag gegen das Kinn des Besiegten.

»Wirklich nicht schlecht«, erkannte Hölzen ein weiteres Mal an.

Rohwedder sah seinen Augen an, dass aus seiner anfänglichen Rivalität nun ehrlicher Respekt geworden war.

Wolfs Selbstsicherheit ist wohl berechtigt. Ein Großmaul ist er jedenfalls nicht.

Hauser und Grabenstock näherten sich langsam den Kameraden, wobei sich Letzterer auf Ersteren stützte, um sein zerschossenes Bein zu entlasten. Von den Schmerzen schien er nicht mehr viel zu spüren. Offenbar war er von Hauser ausreichend mit Morphium versorgt worden.

»Bleibt hier, bis die Sanis[13] eintreffen«, sagte Rohwedder. »Wolf, Hölzen und ich rücken weiter vor.«

Während sie sich dem nordwestlichen Stadtrand näherten, nahm der Gefechtslärm merklich ab. Offenbar hatte sich das Gros der Rotarmisten nur bis knapp über das Stadtzentrum hinaus vor dem deutschen Artilleriebeschuss zurückgezogen. Rohwedders Zug und einige hundert weitere Soldaten über-

---

[13] Sanitäter

prüften die restlichen Gebäude, doch weder flammten weitere Kämpfe auf noch wurden zusätzliche Gefangene gemacht.

Zusammen mit den beiden Feldwebeln kehrte er wieder zum südlichen Stadtrand zurück, wo inzwischen die Verwundeten versorgt wurden. Die rund fünfhundert Kriegsgefangenen hatte man in der Kirche des Städtchens zusammengetrieben.

Oberst von Markstedt stand in einer Gruppe von Offizieren und gab Anweisungen. Rohwedder trat hinzu, um den Ausführungen seines Vorgesetzten zu folgen.

»Die Kriegsgefangenen werden zum Ausbau unserer Stellungen eingesetzt«, hörte er von Markstedt sagen. »Wir bereiten uns gegen einen Ausbruchversuch der Russen aus dem Kessel von Südwesten her vor – und gleichzeitig auf einen Versuch, diese Truppen von Osten her zu entsetzen.«

Damit, nahm Rohwedder an, begann die lange Zeit des Wartens und des Ausbaus der Verteidigungsstellungen. Doch ganz so lange sollte es nicht dauern, bis die größte Schlacht in der Geschichte der Menschheit die Männer in Augustow erreichen sollte.

*

»Die Deutschen haben unsere Flanke von Süden her angegriffen und unsere vier Asia-Armeen vollständig aufgerieben«, polterte Generaloberst Tschernikow eine Spur lauter als beabsichtigt.

Josef Stalin, der Generalsekretär der KPdSU, verzog ob des Tonfalls missbilligend die Lippen. »Und wo, zum Teufel, sollen die Deutschen hergekommen sein?«

»Sie sind aus dem Lubliner Hügelland vorgeprescht. Es müssen vier oder fünf hervorragend ausgestattete Panzerarmeen gewesen sein. Sie haben unsere asiatischen Genossen völlig überrascht.«

Stalin lief rot an. »Sie behaupten allen Ernstes, die Deutschen hätten vier oder fünf Panzerarmeen südlich der Front gesammelt, ohne dass wir es gemerkt haben? Haben Sie schon mal überschlagen, wie groß das Aufmarschgebiet für eine solche Menge Menschen und Material sein muss? Glauben Sie, die haben ihre Panzer vor dem Angriff im Hügelland *gestapelt*?«

Der Generaloberst war sich im Klaren, dass ein weiteres falsches Wort ihn den Kopf kosten konnte. Deshalb backte er lieber kleinere Brötchen. »Vielleicht waren es auch weniger Armeen. Doch dann verstehe ich nicht, wie sie vier der unseren innerhalb weniger Tage vollständig ausradieren konnten.«

»Vielleicht waren unsere Armeen einfach schlecht geführt«, sagte Stalin mit einem süffisanten Lächeln.

Tschernikow zuckte zusammen. Er wusste, dass dieses Lächeln meist einem Ausbruch des Diktators vorausging, der für einen in Ungnade Gefallenen leicht den Tod bedeuteten konnte.

Natürlich sind unsere Armeen schlecht geführt. Seine Wangen zuckten. *Ein Umstand, der auf deine brutalen Säuberungsaktionen bis zur Unteroffiziersebene hinunter zurückzuführen ist, du selbstgerechtes Arschloch. Davon hat sich die Rote Armee bis heute nicht erholt.* Natürlich sprach er seine Gedanken nicht aus. Seine Stimme wurde eine halbe Oktave höher, womit er unbewusst seine Unterwürfigkeit ausdrückte. »Bitte, Genosse Generalsekretär, vergessen Sie nicht die Luftüberlegenheit der Deutschen und ihre sehr fortschrittliche Technologie... Außerdem handelt es sich bei den angreifenden Truppen um Angehörige der Kastrup. Diese Männer kennen kein Erbarmen und fürchten weder Tod noch Teufel. Erinnern Sie sich bitte an die Leichtigkeit, mit der die Kastrup Anfang der Zwanziger die Briten aus Afrika hinauswarf.«

Da Stalin keine Anstalten machte, seinen höchsten Militär zu unterbrechen, traute Tschernikow sich hinzuzufügen: »Damit meine ich nicht, dass die Kastrup über bessere Soldaten verfügt als unsere Garde-Verbände. Doch bedenken Sie, dass es sich bei diesen Leuten um das Beste handelt, was Deutschland aufzubieten hat; dass sie die Überraschung auf ihrer Seite hatten und ihnen nur Asia-Armeen gegenüberstanden, die weit davon entfernt sind, die Moral und die Kampfkraft zahlenmäßig gleichstarker Gardetruppen zu erreichen.«

Das süffisante Lächeln war nach Tschernikows Ausführungen keineswegs aus Stalins Gesicht verschwunden. Im Gegenteil – er zupfte mit der Rechten an seinem Oberlippenbart.

War dies vielleicht ein weiteres Zeichen für eine bevorstehende Exekution?

»Nehmen wir als Gedankenspiel mal an«, sagte Stalin, «ich ließe Ihnen Ihr Versagen durchgehen. Was würden Sie vorschlagen, um die Kastrup-Armeen zu vernichten und unseren Durchbruch bei Warschau zum Erfolg zu führen?«

Da Tschernikow sich ohnehin schon vor dem Erschießungskommando sah, entschloss er sich in einem Anflug von Heldenmut seine ungeschminkte Sicht der Lage zum Besten zu geben.

»Von einer Vernichtung der Kastrup-Armeen kann zunächst nicht die Rede sein. Es sollte unser Hauptanliegen sein, unsere wertvollen Gardearmeen, die die Warschauer Fronten bilden, vor der Einkesselung und damit der Vernichtung zu bewahren.«

Stalin lachte trocken – und mit einem leicht hysterischen Unterton. »Sie wollen mir also allen Ernstes weismachen, die Kastrup hätte nach den Kämpfen mit unseren vier Asia-Armeen noch die Kraft, unsere besten Truppen zu vernichten?«

Dies war natürlich eine rhetorische Frage. Doch der Generaloberst ließ sich nicht beirren. Er empfand sogar eine gewisse Genugtuung, dem Mann, der seine Hinrichtung anordnen würde, durch die Schilderung der Lage psychische Schmerzen zu bereiten. »Bitte folgen Sie mir zum Kartentisch, Genosse Generalsekretär.«

Die Männer durchquerten den elegant ausgestatteten Salon des ehemaligen Gutshauses in der Nähe von Brest. Anschließend traten sie in einen prunkvollen Raum mit goldenen Kron- und Wandleuchtern, der ursprünglich für größere Empfänge genutzt worden war.

Auf einem riesigen Eichentisch, an dem eine große Gesellschaft speisen konnte, war eine drei mal drei Meter messende Karte der baltischen und polnischen Reichsprovinzen ausgerollt worden. Eine Vielzahl hölzerner Symbole stellte die eigenen und gegnerischen Truppen sowie die entsprechenden Waffengattungen dar. Mit einem an einem langen Stock befestigten Schieber entfernte Tschernikow zunächst die Symbole der vier südlichen Asia-Armeen. Anschließend schob er die vier angenommenen Kastrup-Armeen nach Norden – an die Stelle, an der sich zuvor die Asia-Armeen befunden hatten. Im Westen stand die 14. Armee des deutschen Heeres – die einzige, mit der das sowjetische Oberkommando zunächst im Süden gerechnet hatte. Im Norden lagen die Symbole von drei mal drei Gardearmeen – also drei Fronten – vor Warschau, ihnen gegenüber lagen die 7. und 8. deutsche Armee.

Tschernikow beließ eine Kastrup-Armee im Süden und positionierte die drei anderen in weitem östlichen Bogen um die drei Warschauer Fronten herum bis in die Nähe der vier weiteren Asia-Armeen im Norden, denen im Westen die deutsche 3. Armee und die 16. Panzerarmee gegenüberstanden.

»Wie Sie sehen, Genosse Generalsekretär, könnten die Kastrup-Armeen dazu übergehen, den Nachschub der drei Warschauer Fronten von Süden, Osten und Nordosten abzuschneiden. Ich jedenfalls würde so handeln, wenn ich der deutsche Befehlshaber wäre.« Er räusperte sich. »Der Munitions- und Treibstoffbedarf unserer neun vor Warschau liegenden Armeen ist schier unersättlich. Ohne Nachschub können sie einfach nicht auf Dauer weiter kämpfen und müssen letztendlich unterliegen. Wir haben also drei Möglichkeiten.«

»Ich höre.« Stalin nickte.

»Erstens: Wir lassen die Warschauer Fronten weiter gegen die deutsche Siebte und Achte anstürmen und brechen den Sperrriegel der Kastrup-Verbände im Osten auf. Dazu könnten wir allerdings in den nächsten sechs Wochen – länger dürfte die Munition der Warschauer Fronten besonders wegen der ständigen Luftangriffe nicht reichen – nur die 6. und 9. Garde-Panzerarmee in den Kampf werfen, die ja schon weniger als hundert Kilometer östlich von Warschau stehen. Dabei handelt es sich jedoch um stark aufgefrischte Verbände. Ob deren Kampferfahrung reicht, um sich ausgerechnet gegen Kastrup-Einheiten durchzusetzen, halte ich für fragwürdig.«

»Fahren Sie fort«, sagte Stalin und zupfte an seinem Schnauz.

»Zweitens: Wir ziehen einen Teil der Warschauer Fronten zurück und greifen den Sperrriegel von Westen – also aus dem in der Entstehung begriffenen Kessel – her an, während die Sechste und Neunte gleichzeitig von Osten her zuschlagen. Damit erhöhen wir die Wahrscheinlichkeit, den Riegel zu durchbrechen, beträchtlich, vermindern allerdings unsere Siegchancen im Westen gegen die deutsche Siebte und Achte.«

»Hm«, machte Stalin.

»Drittens: Wir beschränken uns darauf, die Warschauer Fronten von Norden her, durch das von den vier Asia-Armeen gehaltene Gebiet von der Ostseeküste östlich Königsberg bis rund hundert Kilometer weiter südlich zu versorgen. Diese Variante birgt jedoch die immense Gefahr, dass die Dritte und/oder 16. Panzerarmee im Norden durchbricht und sich mit dem durch die Kastrup gebildeten Riegel vereint. In diesem Fall wären nicht nur unsere drei Warschauer Fronten, sondern auch noch die vier Asia-Armeen abgeschnitten. Mit anderen Worten: Wenn unsere gesamten Truppen in Polen vernichtet werden, stehen den Deutschen zunächst nur noch die Sechste und Neunte gegenüber. Die Deutschen könnten mindestens tausend Kilometer weit nach Osten vordringen, bis wir ihnen mit neu aufgestellten Verbänden ernsthaften Widerstand leisten können.«

Generaloberst Tschernikow machte eine Pause und wartete auf die Reaktion Stalins. Es dauerte fast eine Minute, bis der sichtlich erblasste Stalin die Sprache wiederfand. »Sie sehen tatsächlich die Möglichkeit, dass wir diesen Krieg *verlieren*?«

»So weit möchte ich nicht gehen, Genosse Generalsekretär. Ich sehe jedoch die Möglichkeit, dass wir räumlich um tausend Kilometer und zeitlich um ein Jahr zurückgeworfen werden. In dieser Zeit haben die Deutschen sicherlich wieder Atomwaffen hergestellt. Deshalb wären wir in den kommenden Monaten von unseren Verbündeten abhängig, denn falls unsere Alliierten nicht auf dem europäischen Festland landen und eine zweite Front eröffnen, könnte der Krieg tatsächlich verloren gehen.«

»Wie also lautet Ihr Vorschlag?«

Tschernikow bemerkte am Klang der Stimme Stalins, dass die Exekution vom Tisch war. Er vernahm deutliche Erleichterung in seiner Stimme, als er fortfuhr: »Wir geben den Angriff im Westen Warschaus auf und lassen die Fronten nach Osten durchbrechen, während sie von der Sechsten und Neunten dabei unterstützt werden. Gleichzeitig ziehen wir die vier Asia-Armeen zurück und lassen sie von den baltischen Staaten bis zu den durchgebrochenen Warschauer Fronten eine neue Front bilden. Auf diese Weise können wir eine stabile Front entlang der Ostgrenze Polens quer durch die Ukraine bis zur Krim errichten. Ein zweites Mal können uns die Deutschen nicht mit aus dem Nichts auftauchenden Armeen überraschen. Diese Front wäre also zu halten, bis wir, durch frische Verbände verstärkt, in zwei oder drei Monaten erneut zur Offensive übergehen.«

»Damit verlieren wir zwei- bis dreihundert Kilometer erobertes Gebiet«, knurrte Stalin, »und verschenken die historische Chance, die deutschen Linien vor Warschau zu durchbrechen und mit einem schnellen Vorstoß auf Berlin das Reich endgültig zu Fall zu bringen.« Er wirkte empört. »Das kommt nicht in Frage!«

»Es ist richtig, dass wir die einmalige Chance haben, Deutschland – und damit den Nordischen Bund – zu vernichten.« Tschernikow nickte. »Doch diese Chance birgt nun einmal auch ein gigantisches Risiko. Falls die deutsche Verteidigung vor Warschau hält – und das wird sie, wenn unsere Truppen unterversorgt sind – und die Deutschen unsere Armeen in Polen nachhaltig abschneiden, könnte dies der Anfang vom Ende der Sowjetunion und damit der kommunistischen Weltrevolution sein.«

Die Farbe kehrte auf Stalins Wangen zurück. Die Erläuterungen Tschernikows hatten ihn nur kurz verunsichern können. »Ich lasse mir doch nicht die einzigartige Gelegenheit entgehen, das europäische Festland und später die Welt dem rechtmäßigen Herrscher dieses Planeten zu übergeben: dem Arbeiter und Bauern; und das nur aufgrund der Unfähigkeit meiner Offiziere!« Seine letzten Worte fielen ziemlich laut aus und klangen in Tschernikows Ohren etwas zu theatralisch. »Die Warschauer Fronten haben endlich durchzubrechen, die Sechste und Neunte greifen den Sperrriegel der Kastrup von Osten her an, und bis die durchgebrochen sind, kann die Versorgung Warschaus durch das Gebiet der Asia-Armeen im Norden bewerkstelligt werden. Falls diese Operationen nicht gelingen sollten, lasse ich die verantwortlichen Offiziere wegen Feigheit vor dem Feind hinrichten.«

Stalins Stimme wurde von einem Moment zum andern ruhig, fast flüsternd. »Mein lieber Tschernikow«, fuhr er fort, »schauen Sie einfach mal auf Ihre eigene Karte.« Er machte eine weit ausholende Bewegung mit dem linken Arm, als wolle er die gesamte Landkarte umfassen. »Trotz der Vernichtung der Asia-Armeen im Süden sehe ich dreizehn unserer Armeen, denen fünf deutsche gegenüber stehen. Dass der Sperriegel aus vier Armeen besteht, halte ich für übertrieben. Es handelt sich wahrscheinlich nur um zwei. Aus dem Osten werfen wir die Sechste und Neunte in den Kampf. Unsere Stärke beträgt also rund das Dreifache der des Gegners.«

Erneut veränderte sich übergangslos seine Stimme. Sie wurde laut, brüllend, fast hysterisch. »Und da wollen Sie mir einreden, unser Angriff auf das Reich wäre mit einem ernsthaften *Risiko* verbunden?! Auf welcher Seite stehen Sie eigentlich, Genosse Tschernikow?«

Gütiger Himmel, dachte Tschernikow. *Er verliert jeglichen Bezug zur Realität. Wir waren zu nahe an einem endgültigen Sieg, als dass er nun einen Rückschlag hinnehmen kann. Sein Vergleich der Armeen hinkt, weil die deutsche Truppeneinteilung eine andere ist als unsere. Eine unserer Armeen weist nur sechzig Prozent einer deutschen auf. Hinzu kommt die technologische Überlegenheit des Feindes... und seine Luftüberlegenheit. Weiß dieser Idiot denn nicht, dass die 1. Warschauer Front sich mit über fünfzig Prozent Verlusten längst zurückgezogen hat und die Zweite am Ende ihrer Kräfte gegen die stabile deutsche Siebte und Achte anrennt? Nur die drei Armeen der 3. Front sind weitgehend intakt. Realistisch betrachtet müssen wir zum Rückzug blasen.*

Doch er wagte keinen dieser Gedanken zu äußern. Er hatte kurz vor der Exekution gestanden und wollte einen erneuten Stalinschen Stimmungsumschwung vermeiden.

Er wusste, dass der Generalsekretär nicht umzustimmen war. Er würde die Armeen nicht auf eine stabile Verteidigungslinie zurückziehen. Tschernikow war aber auch klar, dass er als einer von Stalins engsten Vertrauten von der russischen Opposition kein Verständnis für seine Taten erwarten durfte, falls dieser Krieg verloren ging und die heutigen Widerstandskämpfer mit Unterstützung des deutschen Kaisers an die Macht gelangten.

Folglich blieb ihm nichts anderes übrig, als das Beste aus der Situation zu machen. Das Beste war, dass der wahnsinnige Plan Stalins tatsächlich noch funktionieren würde. Immerhin hatte er einen Trumpf: Er glaubte ziemlich genau zu wissen, wie die nächsten Schritte der Deutschen ausfielen. Also wollte er seine Armeen möglichst gut darauf vorbereiten.

Tschernikow wartete, bis Stalin den Planungsraum verlassen hatte. Dann begab er sich in den Kommunikationsraum und ließ sich von einem Verbindungsoffizier über die terrestrisch verlegten Kabel mit Generalmajor Petrow, dem Befehlshaber der vier nördlichen Asia-Armeen, verbinden.

Bereits fünf Minuten später hörte Tschernikow die raue Stimme seines Untergebenen. »Generalmajor Petrow hier. Wie lauten deine Befehle, Genosse?«

Tschernikow, dem die Truppen im Nord- und Mittelabschnitt unterstanden, schilderte dem Offizier kurz die Lage. Er verschwieg auch nicht, dass er die Befehle Stalins für falsch hielt und der Ansicht war, es bliebe ihnen nichts anders übrig, als das Beste aus ihnen zu machen. Er wusste, dass er in Petrow einen verlässlichen Verbündeten hatte: Erstens war er Europäer und deswegen nicht mit dem Virus verseucht, den die deutsche Propaganda den asiatischen Genossen über das Vorrücken der Japaner im fernen Osten eingepflanzt hatten. Zweitens hatte er sich seit Jahren in der KPdSU engagiert, weshalb das Scheitern des Feldzuges gegen den Nordischen Bund für ihn ähnlich fatale Folgen haben dürfte wie für Tschernikow selbst.

»Du musst die Kräfte ganz im Norden in Küstennähe massieren«, befahl Tschernikow seinem guten Freund und Kampfgefährten. »Dort versuchen die Deutschen mit Sicherheit durchzubrechen, weil sie dann keine eigene nördliche Flanke zu schützen brauchen und bei ihrem geplanten Vorstoß zu den Verbänden der Kastrup deine Asia-Armeen gleich mit umfasst und so vom Nachschub abgeschnitten haben.«

»Das glaube ich nicht«, entgegnete Petrow. »Im Norden steht die deutsche Dritte, der wir mit unserer Offensive ganz schön zugesetzt haben. Außerdem eignen sich die Offensivqualitäten der weiter südlich stehenden 16. deutschen Panzerarmee viel besser für einen solchen Angriff. Die Deutschen werden also rund hundert Kilometer südlich von Königsberg zuschlagen.«

»Vertrau mir, mein Freund. Die Deutschen schlagen ganz oben im Norden los. Ihre Kräfte werden umso stärker sein, je näher sie an der Küste operieren. Aus diesem Grunde werden sie die Positionen der Dritten und Sechzehnten in den vergangenen Tagen ausgetauscht haben.«

»Bei einem solchen Austausch wäre ihre Defensivstärke jedoch erheblich gesenkt worden.«

»...was ihnen aber scheißegal ist, weil sie verdammt genau wissen, dass deine vier Armeen weit davon entfernt sind, erneut anzugreifen, sondern nur die Aufgabe haben, die nördliche Flanke der Warschauer Fronten zu sichern.«

»Hm... Mag sein, dass du Recht hast...«

»Auch wenn der Genosse Generalsekretär die Lage anders einschätzt: Wir stehen mit dem Rücken zur Wand. Unsere einzige Chance besteht nun darin, das weitere Vorgehen der Deutschen so genau wie möglich vorherzusagen und uns entsprechend einzurichten. Also: Verstärke deine Truppen im Norden so weit wie möglich. Baue so viele Verteidigungslinien auf, wie es in der Zeit bis zum deutschen Angriff möglich ist.«

»Dir ist aber schon klar, dass die Moral meiner asiatischen Truppen aufgrund der gerissenen deutschen Propaganda nicht unbedingt die beste ist?«

»Dann belüge sie eben! Wir müssen auf jeden Fall verhindern, dass die Deutschen ihren Ring um unsere sämtlichen Truppen in Polen schließen. Es würde uns so weit zurück werfen, dass das ernsthafte Risiko besteht, dass wir den gesamten Krieg verlieren. Ist die Schlacht um Warschau erst mal gewonnen, reichen unsere Gardearmeen sicherlich, um Berlin einzunehmen. Also kann ich den Genossen Stalin dann höchstwahrscheinlich überreden, die Asia-Armeen nach Osten zu verlegen, um die Japaner aufzuhalten. Erzähl das deinen Soldaten. Falls es wirklich dazu kommt, dass wir den deutschen Angriff im Norden abwehren und unsere Fronten bei Warschau durchbrechen, können wir immer noch weitersehen.«

»Hm. Falls sich der Genosse Generalsekretär aber nach unserem Sieg nicht darauf einlässt, habe ich meine Glaubwürdigkeit gegenüber meinen Soldaten auf ewig verloren.«

»Falls wir siegen, ist das ein echtes Luxusproblem. Mach dir lieber Gedanken, was passiert, wenn wir *nicht* siegen; wenn die Deutschen mit ihrer Umfassung Erfolg haben. *Dann* haben wir wirklich Probleme.«

Dem konnte der Generalmajor nichts entgegensetzen. Er erklärte, dass er unverzüglich die Konzentration der Truppen im Norden befehlen und sie sich auf einen Angriff der Deutschen vorbereiten lassen würde.

»Na, dann sollen die Deutschen mal kommen«, sagte Tschernikow mit einer gehörigen Portion Optimismus in der Stimme. »Unsere Armeen im Süden haben sie überrannt, weil die Genossen nichts von den dort urplötzlich auftauchenden Kastrup-Verbänden wussten. Mal sehen, was die Deutschen machen, wenn sie auf bestens vorbereitete Verteidigungsstellungen treffen. Außerdem haben wir ja auch noch eine nette Überraschung für unseren überheblichen Gegner, von der er mit Sicherheit noch nichts weiß.«

»Überraschung? Welche Überraschung?«

»Lass auch du dich überraschen, mein Freund.«

*

Major Burgstein wäre nur allzu gern an der Stelle der Soldaten der 1. und 2. Kastrup-Panzerarmee gewesen. Endlich einmal griffen größere deutsche Verbände an, ohne sich auf höheren Befehl hin kurz darauf wieder zurückziehen zu müssen.

Burgstein selbst hatte vor wenigen Tagen seine Panzerabteilung südlich von Königsberg gegen den Feind geführt und so dazu beigetragen, dass die vier Asia-Armeen den Vormarsch gegen die deutsche Dritte abbrechen mussten. Anschließend hatte er sich mit seinen Panzern wieder in die Ausgangsstellungen begeben müssen, wobei sie allerdings mehrere hundert deutsche Soldaten der Dritten aus sowjetischer Gefangenschaft befreien konnten.

In den vergangenen Tagen hatten die Dritte und 16. Panzerarmee klammheimlich die Positionen getauscht. Die Sechzehnte, durch ihre Panzer besser zum Angriff geeignet, war nach Norden bei Königsberg verlegt worden, während die Dritte, prädestiniert zur Verteidigung, nach Süden geschickt worden war.

Der Grund für die Umgruppierung war einfach: Nach den abgebrochenen Angriffen der Asia-Armeen im Norden rechnete niemand mehr damit, dass diese ihre Angriffe in naher Zukunft wieder aufnehmen würden. Im Gegenteil – nach der Vernichtung ihrer vier Schwesterarmeen im Süden durch die Kastrup musste das sowjetische Oberkommando höchsten Wert darauf legen, dass die vier Armeen im Norden den Nachschub der drei Warschauer Fronten sicherten, also ihre Stellungen um jeden Preis hielten.

Im Gegensatz dazu plante die deutsche militärische Führung nun das, worauf Burgstein seit Anbeginn des Krieges sehnsüchtig wartete: die Offensive. Nach monatelangem Zurückweichen, dem so genannten ›kontrollierten Rückzug‹, hatte die deutsche Großoffensive nun endlich mit dem Vormarsch der 1. und 2. Kastrup-Panzerarmee begonnen. Im Rahmen der Gesamtplanung sollte nach einem Erfolg im Süden und Osten die 16. Panzerarmee im Norden die Verteidigungslinien der vier nördlichen Asia-Armeen durchbrechen, um sich mit den Kastrup-Verbänden im Nordosten zu vereinen.

Den Erfolgsmeldungen nach zu urteilen, die vom Vormarsch der Kastrup im Hauptquartier der Sechzehnten eintrafen, rechnete Burgstein stündlich mit dem Befehl zum Angriff.

Am Abend des 10. Juli hatte er sich mit einigen Soldaten seiner Abteilung in lockerer Atmosphäre im Mannschaftszelt zusammengesetzt. Die Männer hatten über ihre Heimat, ihre Familien, über schöne Mädchen, auf die sie sich Hoffnungen machten, über ihre Frauen und Kinder oder über berufliche Dinge gesprochen, denen sie sich nach dem Krieg widmen wollten. Der unmittelbar bevorstehende Einsatz war jedoch kein Thema gewesen. Jeder Soldat wusste, dass es um die Zukunft des Reiches ging, und damit um all jene Dinge, über die sie geredet hatten und die ihnen so viel bedeuteten. Deshalb wusste auch jeder, dass die bald stattfindenden Kämpfe, die für die Kastrup bereits in vollem Gange waren, mit nie dagewesener Härte und Rücksichtslosigkeit geführt werden würden.

Schon um halb zehn hatte Burgstein sich schlafen gelegt. Falls es am nächsten Tag losgehen sollte, wollte er ausgeruht sein.

Doch dann ging alles viel schneller als erwartet. Burgstein träumte von einer Ausfahrt mit seinem silbernen Mercedes Cabriolet an einem herrlichen Sommertag. Eine wunderschöne blonde junge Frau saß auf dem Beifahrersitz. Der Fahrtwind strich durch ihr Haar. Sie wandte sich ihm zu und zauberte ein Lächeln auf ihre Lippen, das jeden gesunden Mann an den Rand der Selbstbeherrschung hätte bringen können.

Doch irgendetwas stimmte nicht. Burgstein spürte die Gefahr. Unruhe breitete sich in ihm aus wie ein Tropfen Öl auf einer Pfütze. Dann schlug das Lenkrad in seinen Händen heftig hin und her.

»Ein Reifen ist geplatzt!«, stellte die schöne Blondine fest. Ihr Lächeln war verschwunden. Das Rauschen des Fahrtwindes wurde durch ein schrilles Kreischen ersetzt. »Wir fahren auf der Felge!«, fügte sie hinzu.

Rasend schnell verdunkelte sich der Himmel. Das Kreischen der metallenen Felge auf dem Asphalt nahm immer mehr zu und schmerzte schließlich in den Ohren. Das Rütteln des Lenkrades wurde schließlich so stark, dass Burgsteins Körper durchgeschüttelt wurde. Dann war Dunkelheit um ihn herum.

Gedämpftes Licht kam von irgendwo her. Er lag auf seinem Feldbett und erkannte das Gesicht von Leutnant Emstel. Das flackernde Licht zauberte ein seltsames Schattenspiel auf seine Züge.

»Es geht los!«, hörte er Emstel sagen. Er hatte aufgehört, ihn zu schütteln. Burgstein hörte das schrille Signal der Trillerpfeifen.

Was für ein grausames Schicksal, das eine Blondine von einer Sekunde auf die andere durch Emstel ersetzt, dachte Burgstein nicht ohne Zynismus.

Er sprang mit einem Satz aus dem Bett, holte die Uniform aus dem Spind und kleidete sich an. Anschließend rannte er mit dem Leutnant nach draußen. Überall strömten Soldaten aus Zelten und begaben sich zu ihren Fahrzeugen.

Plötzlich lag ein Grollen in der Luft. Sehr schnell gesellte sich ein helles Pfeifen hinzu. Sowohl das tiefe, als auch das hohe Geräusch nahmen bald ohrenbetäubende Ausmaße an. Eine Dreiecksformation von Düsenflugzeugen schoss über sie hinweg. Burgstein glaubte sie als Henschel HS 132 zu identifizieren.

Es folgte eine zweite Formation. Dann eine dritte. Die Maschinen flogen weniger als hundert Meter hoch. Die Erde unter den Füßen der Soldaten vibrierte bei jeder folgenden Welle.

Burgstein sah die Begeisterung in den Augen der Männer. Diese beeindruckende Machtdemonstration gefiel ihnen. Jedermann wusste, dass die Stuka-Schwärme auf dem Weg zu den Stellungen der Asia-Armeen waren. Sie würden es nicht bei einer Demonstration belassen, sondern mit ihren schweren Bomben und den neuen Von-Richthofen-Geschützen den Angriff der Bodentruppen vorbereiten.

Weiter südlich traten Artilleriepanzer und Raketenwerfer in Aktion. Mündungsblitze erhellten die Nacht wie das Unwetter, das dereinst den Jüngsten Tag einläuten würde. Grelle Feuerschweife hinter sich herziehend jagten hunderte Raketengeschosse gen Osten. Erst Sekunden später kam das Donnern des Mündungsfeuers und das furchtbare Geheule der Raketensalven bei den Soldaten von Burgsteins Abteilung an und vermischte sich mit dem Lärm der nicht enden wollenden Wellen angreifender Stukas.

»Jetzt machen wir sie fertig!«, rief Emstel voller Euphorie.

Burgstein lächelte in sich hinein. Neben der verheerenden Wirkung, die dieses Feuerwerk bei den Russen anrichten würde, hatte es natürlich eine ebenso bedeutsame Wirkung auf die Moral der eigenen Truppe.

Er kletterte über eine Leiter am Heck auf die Wanne seines Maus-Panzers. Von dort stieg er auf den Drehturm und ließ sich durch die offene Luke ins Innere des überschweren Gefährts gleiten. Kaum hatte er auf dem Sitz des Kommandanten Platz genommen, begann der mächtige Kampfwagen zu vibrieren.

»Was ist das denn?«, rief Leutnant Federsen, der Schütze der 12,8-cm-Kanone. »Feindliches Artilleriefeuer?«

»Ich höre keine Explosionen«, entgegnete Burgstein lakonisch. »Ich schau mal nach.«

Wenn Burgstein geglaubt hatte, der beginnende Artilleriebeschuss und die Stuka-Wellen seien beeindruckend gewesen, so wurde er nun Zeuge eines Schauspiels, das selbst seine Nackenhaare sträubte: Im Norden schoben sich zwei gigantische dunkle Schatten aus der nächtlichen Dunkelheit.

Im flackernden Licht der fernen Artillerie konnte er Einzelheiten erkennen: Zwei gigantische Landkreuzer fuhren in hundert beziehungsweise hundertfünfzig Metern Entfernung gen Osten. Ihnen voraus marschierten rund fünfhundert Kampfläufer im Gleichschritt, die am Heck der Landkreuzer mit Munition und Treibstoff versorgt werden konnten und deshalb mit diesen Ungetümen im Verbund operierten. Hinter den beiden Giganten lag die Ostsee. Von dort blitzte es unaufhörlich auf, was die beiden Landkreuzer wie zwei Monstren wirken ließ, die sich in einem Gewittersturm näherten.

»Unsere Flotte hat ebenfalls das Feuer eröffnet!«, rief Burgstein zu seinen Kameraden in den überschweren Panzer hinab. Nachdem die Schlachtschiffe von Admiral von Brauchitsch die angloamerikanische Armada besiegt hatten, war die deutsche Flotte im Seegebiet vor Königsberg verblieben, um den Spieß umzudrehen: Es war die Absicht der Amerikaner und Briten gewesen, die deutschen Stellungen für einen Durchbruch der Roten Armee sturmreif zu schießen. Nun feuerte die deutsche Flotte auf die zur Verteidigung übergegangene 13. Asia-Armee der Sowjets, um der in Kürze angreifenden 16. Panzerarmee die Arbeit zu erleichtern.

Doch die überschweren 38-cm-Granten wurden nicht nur von den Schlachtschiffen der Flotte verschossen. An diesem ungeheuren Vernichtungsfeuer beteiligten sich auch die beiden monströsen Landkreuzer, die im äußersten Norden des geplanten Vorstoßes operierten. Die gigantischen Vierfachketten der beiden 2200-Tonnen-Ungetüme waren es, die den Boden vibrieren ließen. Hinzu kam das Donnern des Gleichschritts der fünfhundert je zwölf Tonnen schweren Kampfläufer.

Ob dies die Zukunft der bodengestützten Kriegsführung ist?, überlegte Burgstein. *Ultraschwere, praktisch unzerstörbare Riesenpanzer mit durch Kernreaktoren unbegrenzter Reichweite in Kombination mit extrem beweglichen und sowohl für die Bekämpfung von Infanterie als auch zur Panzerabwehr hervorragend bewaffneten Kampfläufern?*

»Zwei Landkreuzer und fünfhundert Kampfläufer, die sich auf der Küstenlinie nach Osten bewegen«, rief er in den Panzer hinab, woraufhin er ausgelassenen Jubel erntete. »Entschuldigt, Männer, aber dass die unserer Sechzehnten zugeteilt wurden, war selbst mir nicht bekannt. Das soll wohl eine ganz besondere Überraschung für den Iwan werden, die man ihm auch dann nicht nehmen wollte, wenn er den einen oder anderen von uns gefangen genommen hätte.«

Verhaltenes Lachen aus dem Innern des überschweren Panzers war die Folge seiner Worte. Burgstein begab sich auf seinen Sitz zurück und stellte über Funk die Verbindung zu den Kompaniechefs her. Jeder Einzelne meldete seinen Verband bereit zum Abrücken.

Mittlerweile hatte das Vibrieren des Bodens und das rhythmische Stampfen der Kampfläufer aufgehört. Sie hatten ihre befohlene Ausgangsposition eingenommen. Jetzt hieß es nur noch darauf zu warten, dass Generaloberst von Fürstenheim den Angriffsbefehl gab.

*

Wieder einmal lag Rittmeister David von Blankenau bäuchlings in seiner Henschel He 132.

Doch diesmal war etwas anders: Oberhalb des Mundstücks seiner Sauerstoffversorgung trug er ein neuartiges Nachtsichtgerät in Miniaturbauweise. Erst in der vergangenen Woche hatte die Firma Zeiss die ersten zweihundert Geräte ausgeliefert, die den Stukas nun auch Nachteinsätze ermöglichen sollten.

Diese Absicht des Herstellers wurde nach von Blankenaus Ansicht vollkommen erfüllt. Die kurische Landschaft vor Königsberg lag in zartem Grün vor ihm. Er konnte die Details wie am Tage erkennen, lediglich der Farbeindruck fehlte. Alles war in Grüntöne unterschiedlicher Helligkeitsstufen getaucht.

Königsberg kam in Sicht. Mit siebenhundert Kilometern pro Stunde jagte das BMW 005-A-Turbostrahltriebwerk die Henschel in nur dreihundert Metern Höhe über die ruhig daliegende Stadt. Obwohl der Stuka nur einer innerhalb der Sechserformation seines Schwarms war und ein Schwarm nach dem anderen die einst malerische Stadt überflog, wurde kein Zivilist aus dem Schlaf geschreckt. Schon als die Rote Armee zweihundert Kilometer von Königsberg entfernt gewesen war, hatte man die Stadt evakuiert. Im Verlauf der weiteren Kämpfe hatte eine britisch-amerikanische Flotte die historische Ordensstadt in Schutt und Asche gelegt. Die rasend schnell unter von Blankenau hinweggleitenden Ruinen zeugten vom Vernichtungsfeuer der sechs angloamerikanischen Schlachtschiff-Verbände.

Räumpanzer hatten die Straßen mittlerweile gesäubert. Heute glich die Stadt einem Heerlager. Ein Teil der 16. Panzerarmee bereitete sich dort auf den entscheidenden Angriff auf die 13. Asia-Armee vor, die nördlichste der vier die Warschauer Fronten flankierenden Armeen.

Dann kam wieder freies Gelände in Sicht. Von Blankenau blickte nach rechts und erkannte die nicht enden wollenden Ketten der Artillerie-Batterien. Sie bestanden aus Hummel-Panzern und Wotan-Raketenwerfern auf von Halbkettenfahrzeugen gezogenen Lafetten. In der Nachtsichtoptik leuchteten Mündungsfeuer und Abgasstrahlen der Raketengeschosse in grellem Weiß.

Zur Linken sah er zwei gewaltige Landkreuzer, die sich ganz im Norden zusammen mit einigen hundert Kampfläufern positionierten und auf den Angriffsbefehl warteten.

Dann war das deutsche Aufmarschgebiet überflogen. Ein kilometerbreiter Steifen Niemandsland zog unter den Stukas hinweg. Baumgruppen wechselten sich mit Feldern und vereinzelten Gehöften ab. Schließlich erkannte von Blankenau die wie mit dem Lineal gezogenen Linien der von Nord nach Süd verlaufenden russischen Schützengräben. Dahinter befanden sich mit Sandsäcken abgesicherte PaK-Stellungen und teilweise bis zur Oberkante ihrer Wannen eingegrabene Panzer.

Die schiere Zahl des aufgebotenen Kriegsgeräts in mehreren Auffanglinien gestaffelt überraschte den Rittmeister allerdings.

Es sieht ganz anders aus als bei unseren beiden Störangriffen gestern, stellte er fest. *Sieht so aus, als wüsste die Rote Armee von unserem bevorstehenden Angriff und hätte sich in den letzten vierundzwanzig Stunden sehr gut darauf vorbereitet.*

Er gab seine Beobachtung an die Staffelkoordination des südlich von Königsberg wieder in Betrieb genommenen Flughafens weiter. Dann verteilte er die erkannten Ziele an die fünf weiteren Piloten seines Schwarmes.

Die Maschinen gingen in eine enge 180-Grad-Kurve und griffen von Osten kommend an. David von Blankenau selbst visierte einen eingegrabenen Panzer an, von dem er nicht sicher sagen konnte, um welchen Typ es sich handelte. Seine 2-cm-Urangranaten schossen mit einer Kadenz von eintausend pro Sekunde aus der unter dem Flugzeugrumpf angebrachten Rotationskanone. Die grellweiße Leuchtspur der Geschosse raste vor dem lindgrünen Hintergrund der Landschaft auf das Ziel zu. Hellgrüne Wolken aus hochgewirbelter Erde schnellten auf den Panzer zu, der schließlich vollständig eingehüllt war. Von Blankenau wusste nicht zu sagen, ob das Ziel vernichtet war oder ob die aufgeschichtete Erde die Urangranaten stark genug abgebremst hatte, um das Durchschlagen der Panzerung zu verhindern.

Nach dem ersten Angriff seines Schwarms war nur die Zerstörung einer einzigen PaK-Kanone sicher.

Erneut legten sich die Maschinen in eine enge Kurve, um weitere Ziele anzugreifen und, nachdem der Staub sich gelegt hatte, etwas mehr über den Erfolg des ersten Angriffs zu erfahren.

»Achtung!«, kam es aus den Helmkopfhörern des Schwarmführers. »Hier Staffelkoordination. Wir haben zweihundertfünfzig sich von Osten her nähernde Echos auf der Mikroortung[14]. Die Ho 229 gehen auf Abfangkurs.«

Von Blankenau wusste, dass fünf Kilometer über ihnen dreißig Jäger den Angriff der Stukas begleiteten. Sie waren bereit, sich sofort auf sowjetische MiGs zu stürzen, sollten sie es wagen, die Deutschen anzugreifen. Selbst bei einem Zahlenver-

---

[14] Radar

hältnis von rund eins zu acht hatte er keine Bedenken, dass die Deutschen Nurflügler siegreich sein würden. Sie waren erheblich schneller und nur geringfügig weniger wendig als die MiGs. Was aber den Ausschlag gab, waren die Luft-Luft-Raketen der Deutschen, gegen die die Sowjets im Luftkampf nicht den Hauch einer Chance hatten. Meist hatten die Horten die Gegner schon vom Himmel geholt, bevor diese auf Reichweite ihrer Bordkanonen herangekommen waren.

Von Blankenau blickte nach oben und sah die Horten die Nachbrenner ihrer zweistrahligen Triebwerke zünden, um den Gegner weit vor Erreichen des Kampfgebietes der Stukas zu bekämpfen. Dreißig mal zwei gleißend helle, nah beieinander liegende Punkte entstanden am Nachthimmel. Er wusste, dass sie bei Betrachtung mit dem bloßen Auge in einem kräftigen Blau erstrahlten.

Von Blankenau kümmerte sich nicht weiter darum, sondern konzentrierte sich auf die nächsten Ziele. Die sechs Stukas griffen drei Panzer, zwei Flakstellungen und eine PaK an. Wieder war nicht sicher, ob die Ziele vernichtet waren. Lediglich die beiden Flak hatten aufgehört, ihre Leuchtspurmunition den Henschel entgegenzurotzen, weshalb von Blankenau davon ausging, dass sie dazu einfach nicht mehr in der Lage waren.

Den nächsten Angriff flogen sie wieder von Osten nach Westen. Diesmal detonierte der anvisierte Panzer in greller Glut. Für einige Sekunden zeigte das Nachtsichtgerät nur blendendes Weiß, weshalb von Blankenau fürchtete, das Wunderwerk deutscher Ingenieurskunst habe den Geist aufgegeben. Doch von einem Augenblick auf den nächsten war das Bild wieder da und zeigte die vertraute Landschaft in unterschiedlichen Grüntönen.

Nachdem sie wieder gewendet hatten, sahen die Piloten am östlichen Horizont ein wahres Feuerwerk.

»Sieht aus, als ob der Iwan mächtig Prügel bezieht«, meinte Leutnant Harald Meixner. Er war einer der drei neuen Piloten des Schwarms, denn Sprick und Bader waren bei ihrem Angriff auf die angloamerikanische Flotte gefallen. Drechsler wurde vermisst.

Immer wieder platzten Glutbälle in die Dunkelheit – diesmal jedoch viel zu weit entfernt, um die Funktion der Nachtsichtgeräte zu beeinträchtigen.

Noch während der Stuka-Schwarm die nächsten Ziele anflog, wurde die Zahl der Explosionen oberhalb des Horizontes geringer.

»Achtung!«, kam es unvermittelt aus den Helmlautsprechern. »Die sowjetischen Maschinen haben unsere Abfangjäger vollständig vernichtet. Sie verfügen ebenfalls über Luft-Luft-Raketen. Etwa hundert MiGs sind übrig. Sie nähern sich mit Höchstgeschwindigkeit.«

David von Blankenau ließ sich zunächst nicht aus der Ruhe bringen. In aller Ruhe visierte er einen weiteren eingegrabenen Panzer an. Er ging besonders tief, in der Hoffnung, den durch das aufgeschüttete Erdreich ungeschützten Turm zu erwischen. Sein Geschosshagel traf in sehr flachem Winkel auf und riss die Erde fast horizontal mit. Dann schlugen die Granaten in den Turm des Panzers. Splitter flogen, das Geschützrohr wurde abgerissen. Von Blankenau riss die Henschel in eine enge Linkskurve, um nicht von fliegenden Trümmern erwischt zu werden. Er blickte nach rechts und sah die MiGs, die schon die Hälfte der Strecke zwischen der Schlacht mit den Horten und der Position der Stukas zurückgelegt hatten.

Die feindlichen Jäger fächerten auf, um sich auf die überall entlang der Front operierenden Stuka-Schwärme zu stürzen.

»Mit Höchstgeschwindigkeit zurück zur Basis«, bellte von Blankenau in sein Mikrophon. »Gegen MiGs mit Luft-Luft-Raketen haben wir keine Chance.«

Erneut zog er seine Henschel in eine Linkskurve, bis Kurs Westen anlag. Er gab volle Leistung auf das Triebwerk. Er wusste, dass die Höchstgeschwindigkeit der Stukas etwas höher war als die der sowjetischen Jäger. Sie hatten also eine Chance, dem bevorstehenden Gemetzel zu entkommen.

Überall oberhalb der Front drehten die Stukas nach Westen ab und versuchten, den so unvermittelt auftauchenden Gegnern zu entkommen. Niemand hatte ernsthaft damit gerechnet, dass sich die russischen Maschinen gegen die Horten durchsetzen konnten.

Die Überschussgeschwindigkeit der MiGs reichte jedoch aus, um die beschleunigenden Henschel in einigen Frontabschnitten bis auf Gefechtsdistanz ihrer Luft-Luft-Raketen einzuholen. Dutzende der mit Infrarot-Suchköpfen ausgestatteten Geschosse lösten sich unter den Deltatragflächen der Jäger und rasten den fliehenden Deutschen hinterher.

In hundert Metern Entfernung links von Davids Maschine entstand ein Glutball, aus dem rauchende Trümmer nach allen Seiten davonflogen. *Meixner hat's erwischt. Eine lange Lebensdauer haben meine Kameraden wahrlich nicht.*

Der kleine Heckmonitor zeigte eine weitere Rakete, die auf seine eigene Maschine zuraste. Im letzten Moment ließ er den wendigen Stuka zur Seite kippen. Das Geschoss zischte vorbei und krachte in ein bis zwei Kilometern Entfernung in den Boden.

»Geht so tief runter wie möglich«, rief er seinen verbliebenen vier Kameraden über die Schwarmfrequenz zu. »Im letzten Moment abdrehen, und die Rakete schlägt mit hoher Wahrscheinlichkeit in den Boden.«

Während er wild manövrierend nur wenige Meter über die Felder hinwegraste und durch den erzeugten Unterdruck Pflanzen und Staub hinter sich in die Höhe riss, sah er im Süden immer neue Glutwolken entstehen. Sie zeugten vom Erfolg der sowjetischen Piloten. Kurz bevor er endlich die eigenen Linien erreichte, wich er einer weiteren Rakete aus, die erneut weit vor ihm auf dem Boden detonierte.

Die MiGs kamen bei ihrer Verfolgungsjagd zwangsläufig in Reichweite der deutschen Flak. Ein mörderisches Vernichtungsfeuer schlug ihnen entgegen. Auf der gesamten Front wurden vier Dutzend ihrer Maschinen hauptsächlich von den Wirbelwind-Flakpanzern getroffen. Sie mussten beschädigt abdrehen, explodierten in der Luft oder zerplatzen, manövrierunfähig geschossen, am Boden.

Immerhin fünfzig MiGs schafften den Durchbruch durch die deutschen Linien und verfolgten weiter die fliehenden Stukas. Doch durch den Luftkampf mit den Horten und die anschließenden Angriffe auf die Henschel schienen ihre Luft-Luft-Raketen aufgebraucht zu sein. Nur noch vereinzelt lösten sich welche von den Jagdflugzeugen, um die Deutschen zu jagen. Zum Einsatz ihrer Bordwaffen waren die Russen allerdings von ihren Gegnern zu weit entfernt.

Langsam erreichten die Stukas ihre Höchstgeschwindigkeit, wodurch sie den Abstand sogar noch vergrößerten. Die Russen sahen die Sinnlosigkeit einer weiteren Verfolgung ein und drehten nach Norden ab, um über dem Meer wieder Kurs nach Osten zu nehmen, um ein erneutes Überfliegen der deutschen Stellungen zu vermeiden.

Trotzdem sah David von Blankenau acht weitere heftige Explosionen unter den Gegnern entstehen, die die Küstenlinie schon erreicht haben mussten. Er konnte die Ursache der Abschüsse zwar nicht erklären, nahm sie jedoch zufrieden zur Kenntnis.

Doch dem Feind war gelungen, was für den bevorstehenden Angriff der deutschen Bodentruppen fatal sein konnte: Er hatte verhindert, dass die Stukas die Reihen der Verteidiger in größerem Ausmaß lichteten.

*

Eine grauenhafte Detonation fand in ihrer Nähe statt.

Artilleriebeschuss!, war Burgsteins erster Gedanke.

»Einer unserer Landkreuzer hat gefeuert!«, war der lakonische Kommentar Leutnant Emstels, der als Fahrer des Maus-Panzers fungierte.

Unmittelbar darauf erfolgte ein zweiter Knall derselben Intensität.

»Und das war dann auch schon der Zweite«, bemerkte der Leutnant seelenruhig. Dann überschlug sich seine Stimme: »Unsere Stukas kommen zurück! Jede Menge MiGs hängen an ihnen dran! Die Scheißrussen ballern mit Raketen! Zwei von unseren sind gerade explodiert!«

Schon war das Grollen und Pfeifen der Düsentriebwerke zu hören, das sich mit dem Rattern des Abwehrfeuers der Flak vermischte.

»Die Wirbelwinde haben mehrere MiGs erwischt«, informierte Federsen seine Kameraden. Als Kanonier hatte er den besten Überblick.

Dann war der Spuk vorbei. Die Besatzung der Maus konnte nicht sehen, wie die Henschel ihren Verfolgern langsam aber sicher entkamen und Letztere schließlich nach Nordosten abdrehten, um in wenigen Kilometern Entfernung die Küstenlinie Richtung Meer zu überfliegen.

»Da klappt etwas aus den Landkreuzern hoch«, meldete Federsen. »Das sind gepanzerte Halterungen, an denen weiße Raketen mit roten Sprengköpfen befestigt sind. Jetzt jagen jeweils zwei in den Himmel. Aus dem Innern der Landkreuzer werden Raketen in die Halterungen nachgeschoben. Nun rasen auch diese vier den ersten hinterher.«

Federsen konnte allerdings nicht beobachten, dass die Raketen ihre Ziele unter den MiGs fanden und acht der Maschinen in Glutbälle verwandelten. Dies waren die Explosionen, die Rittmeister von Blankenau unter den abdrehenden MiGs beobachtet hatte und deren Ursache er sich nicht erklären konnte.

Plötzlich fuhr ein mörderischer Schlag durch den Panzer. Es hörte sich an wie der Gongschlag eines Titanen, dessen Dröhnen langsam in ein tiefes Grollen überging.

»Treffer an der vorderen Wanne«, meldete Leutnant Emstel. »Artilleriebeschuss! Aber keine Sorge – gerade der vordere Wannenteil hält ziemlich viel aus.«

Dann ging es Schlag auf Schlag: Als Antwort der Sowjets auf die deutsche Artillerie detonierten Unmengen von Granaten und Raketen in den deutschen Reihen, die vor wenigen Minuten mit ihrem Dauerfeuer zur Vorbereitung des Angriffs begonnen hatten. Die Intensität des gegnerischen Beschusses war jedoch ungewöhnlich hoch. Es schien, als habe die Rote Armee sämtliche Artilleriebrigaden der vier Armeen im Norden zusammengezogen und das Feuer auf den nördlichen Abschnitt der Front konzentriert.

»Der verdammte Iwan weiß genau, was wir vorhaben«, mutmaßte Major Burgstein. »Ich fürchte, das wird eine härtere Nuss, als wir gedacht haben. Wir…«

Seine weiteren Worte gingen in einem erneuten Gongschlag unter. Nachdem das Dröhnen einigermaßen abgeklungen war, hörte die Panzerbesatzung erneut seine Stimme. »Generaloberst von Fürstenheim hat gerade den Befehl zum Vorrücken geben lassen. Also vorwärts.«

Diese Worte wurden auch an die anderen Regimentskommandeure der Abteilung Burgsteins übertragen. Die Panzermotoren brüllten auf und setzten die stählernen Kolosse in Bewegung.

»Auch die Kampfläufer greifen an«, erklärte Federsen. »Die Abteilungen weiter südlich setzen sich ebenfalls in Bewegung.«

Burgstein schaute auf die Uhr. Die Sonne würde erst in eineinhalb Stunden aufgehen. Genau diese Zeit galt es auszunutzen, weil die Nachtsichttechnologie den Deutschen einen gewaltigen Vorteil gegenüber den sowjetischen Gegnern bot. *Doch diesmal wird unser Vorteil gering sein. Die Russen rechnen mit einem Angriff, weshalb sie mit Sicherheit unaufhörlich Leuchtmunition verschießen werden, sobald sie unser Vorrücken bemerken.*

Die deutschen Verbände überquerten den rund zwei Kilometer breiten Streifen Niemandsland. Dann trat genau das ein, was Burgstein erwartet hatte: Die Landschaft wurde in ein unwirkliches rötliches Licht getaucht. Entlang der Frontlinie schossen Dutzende Leuchtraketen in den Himmel. Sobald sie abgebrannt waren, wurden sie durch neue ersetzt. Dies hüllte das Schlachtfeld in eine einigermaßen gleichmäßige Helligkeit.

Weiter vorn blitzte Mündungsfeuer auf. Einem rund fünfzig Meter neben Burgstein fahrenden Panther wurde der Turm abgerissen. Federsen nahm die Quelle trotz der vollen Fahrt ins Visier. Donnernd löste sich der erste Schuss.

»Daneben!«, kommentierte Emstel den in einer Entfernung von einem Kilometer hochspritzenden Trichter aus Erde und Staub.

Der nächste Schuss des Gegners, von dem die Besatzung nicht sehen konnte, um was es sich handelte, galt der Maus. Ein Ruck fuhr durch den Panzer. Ein Dröhnen, wie sie es schon zweimal in dieser Schlacht gehört hatten, ließ die Zelle des Kampfwagens vibrieren wie eine Glocke.

»Wieder nur ein Wannentreffer«, bemerkte Emstel trocken. »Wenn du uns beeindrucken willst, musst du schon dickere Dinger auffahren, Iwan.«

Der nächste Schuss Federsens saß. Er musste den Munitionsvorrat der PaK oder des eingegrabenen Panzers getroffen haben: Ein Feuerball blähte sich an der Position des Gegners auf, verblasste und wurde zu einer schmutzigbraunen Pilzwolke, in die sich ein durch das Licht der Leuchtraketen verursachtes unnatürliches Gelb mischte.

Doch die Rote Armee blieb dem Deutschen Heer nichts schuldig: Immer wieder explodierte ein Panzer der Angreifer oder wurde bewegungsunfähig geschossen. Im Gegenzug benötigten die Deutschen oft mehrere Treffer, um die mit aufgeschütteter Erde und Sandsäcken zusätzlich geschützten gegnerischen Stellungen zu vernichten.

Trotzdem ging der Angriff der deutschen Panzerarmee ungebremst weiter. Jeder wusste, worum es in dieser Schlacht ging und dass ein Zurückweichen keine Option war.

Die nächste Meldung machte Burgsteins Hoffnung jedoch zunichte, mit einem zwar verlustreichen, letztlich aber erfolgreichen Durchbrechen der feindlichen Linien das Ziel – die Umklammerung der asiatischen Armeen – zu erreichen.

»Dreihundert Feindmaschinen aus östlicher Richtung im Anflug!«, plärrte es aus seinen Helmlautsprechern. Die nächsten Worte verstand er schon nicht mehr, denn erneut verwandelte sich die Panzerung der Maus durch einen Feindtreffer in eine überdimensionale Glocke.

*

Die Druckwelle der ersten Granate des sowjetischen Artilleriefeuers hatte Leutnant Uhlands Kampfläufer einfach umgeworfen.

Durch das Gestänge, das seine Bewegungen auf den Stahlkrieger übertrug, ließ er Letzteren die zweizehigen Füße in den Boden rammen und sich über die Fußgelenke wieder aufrichten. Dann blickte Uhland durch die Optiken seines KL-38 zu dem Krater, den die Granate in nur zehn Metern Entfernung gerissen hatte. An seinem nördlichen Ende lag der Torso, am südlichen Ende die mit Drehkranz versehenen Beine eines weiteren Kampfläufers.

»Ausschwärmen!«, hörte er die Stimme Oberst Rundsteins, der von einem der Landkreuzer aus den Einsatz koordinierte.

Sofort vergrößerten die Kampfläufer den Abstand zueinander und nahmen dem Beschuss der gegnerischen Artillerie die Wirkung.

Weitere Granaten schlugen zwischen den mechanischen Kriegern ein. Mehrere wurden umgeworfen, doch ein weiterer Totalverlust war vorerst nicht zu beklagen. Dann kam der erlösende Befehl: »Vorrücken!«

Der Einsatzplan der Kampfläufer war denkbar einfach: Sie sollten über den Strand im Sichtschutz der Dünen vorrücken, dann auf Höhe der feindlichen Linien nach Süden abschwenken und die gegnerische Flanke angreifen.

Leutnant Uhland rannte los. Oder besser: Er bewegte seinen Körper wie ein Läufer, was der mechanische Krieger, in dessen Inneren er sich befand, im Detail nachahmte. Eine entsprechende Rückkopplung übertrug sich auf das Gestänge, in dem Uhland sich aufhielt. Auf diese Weise ›spürte‹ er jede Bewegung des Vier-Meter-Riesen – als liefe er selbst die Düne hinauf, hinter der sich der breite Strand und die Ostsee befanden.

Fast fünfhundert Kampfläufer – drei waren mittlerweile durch den nicht enden wollenden Artilleriebeschuss vernichtet worden – eilten auf der anderen Seite der Düne wieder hinab, um dann, am Strand angekommen, nach Osten abzubiegen. Auf dem sandigen Untergrund erreichten die Maschinen nicht ganz ihre Höchstgeschwindigkeit von sechzig Stundenkilometern. Trotzdem kam schon nach drei Minuten der Befehl des Obersten, landeinwärts vorzudringen.

Auf einem Bildschirm in der Zentrale des Landkreuzers wurden die via Satellit bestimmten Positionen sämtlicher Kampfläufer von einem Zuse-Rechner auf einer schematischen Geländekarte graphisch dargestellt.

Martin Uhland hatte gerade den Dünenkamm erreicht, als eine weitere Meldung eintraf. »Achtung! Dreihundert Feindmaschinen aus östlicher Richtung im Anflug!«

Uhland ließ die Optiken seiner Maschine in die angegebene Richtung blicken. Zwischen den Feldern und Baumgruppen der Landschaft jenseits der Düne erkannte er mehrere PaK-Stellungen, eingegrabene Panzer und Schützengräben, und weiter westlich auf Lkw-Ladeflächen montierte Stalin-Orgeln, die gerade eine neuerliche Salve fürchterlich heulender Geschosse nach Westen jagten. Am östlichen Himmel waren jedoch noch keine Feindflieger zu sehen.

»Wir sollten sofort angreifen«, funkte Uhland an die Zentrale des Landkreuzers zurück. »Wenn wir zwischen den gegnerischen Stellungen sind, können uns die Maschinen nicht angreifen, ohne ihre eigenen Leute am Boden zu gefährden.«

Oberst Rundsteins Antwort folgte auf dem Fuße, doch sie war nicht nur an ihn, sondern an sämtliche über die Düne rennenden Kampfläufer gerichtet: »Sturmangriff!«

Genau dazu waren die Maschinen konstruiert worden. Sie rasten auf breiter Front los und näherten sich den feindlichen Linien von Norden her, die einen Angriff aus dem Westen erwarteten.

In diesem Moment wurde die Landschaft in das Licht unzähliger Leuchtraketen getaucht. Uhlands Nachtsichtoptik regelte automatisch die Empfindlichkeit herunter. Er näherte sich einer PaK-Stellung, deren Mannschaft nun erst die von Norden her auf sie zustürmenden Ungetüme wahrnahm. Uhland ließ durch die Bewegung des linken Arms das Fadenkreuz für die Rotationskanone, die sich beim Kampfläufer anstelle eben jenes Arms befand, auf die Stellung zulaufen. Als sich das Ziel im Visier befand, löste er durch Druck auf einen Knopf am Gestänge seiner linken Hand den Beschuss aus. Einhundertfünfzig 2-cm-Geschosse verließen die acht Läufe der Rotationskanone pro Sekunde. Sie trafen Funken schlagend auf Sandsäcke, das Geschütz und menschliche Körper. Fast gleichzeitig mit Uhland eröffneten hunderte Kampfläufer das Feuer auf unterschiedliche Ziele. Die ersten Excalibur-Raketen lösten sich von den Maschinen und wurden von den Schützen während des Fluges über kevlarverstärkte Drähte ins Ziel gelenkt.

Wie Stahldämonen stürzten sich die Maschinen auf die ahnungslosen Russen, die aus dieser Richtung nicht mit einem Angriff gerechnet hatten. Dutzende Explosionen donnerten über die Landschaft und verrieten so auch den weiter im Landesinneren stationierten Rotarmisten, dass von Norden her ein Angriff auf sie zurollte.

»Sirenen einschalten«, gab Oberst Rundstein über Funk durch, weil die Überraschung nun keine mehr war.

Die Schalldämpfer der 1,5-Liter-Wankelmotoren wurden automatisch durch Resonatoren ersetzt. Ein Gekreisch, als ob die Schergen des Teufels aus der Tiefe aufgestiegen seien, um die Sterblichen in die Hölle zu holen, schallte über das Land und erschütterte die sowjetischen Soldaten bis ins Mark.

Vor den heranstürmenden Kolossen flohen die Soldaten aus ihren Stellungen. Panzer gruben sich mit Vollschub aus, um nach Südosten zu fliehen. Die meisten wurden Opfer der Excalibur-Raketen, ehe sie hinter einem schützenden Gebäude oder einer Baumgruppe verschwinden konnten.

Der Angriff der Kampfläufer von Norden und das Vorrücken der Panzerverbände von Westen hätten sicherlich den Zusammenbruch der sowjetischen Verteidigung bewirkt. Doch unter dem Schutz mehrerer Dutzend MiGs näherten sich zweihundert sowjetische Schlachtflieger. Die Bombenschächte der zweimotorigen Propellermaschinen waren schon geöffnet. Die nördlich operierenden Iljuschin[15] ließen einen Hagel schwerer Sprengbomben auf die Reihen der Kampfläufer herabregnen. Uhland sah die Zylinder aus den von Osten anfliegenden Maschinen herabfallen und auf den Boden schlagen. Gewaltige Detonationen zerrissen weiter östlich Dutzende von kämpfenden Stahlkriegern. Uhland sah deutlich, dass einige von ihnen durch die Splitter und Druckwellen förmlich auseinandergerissen wurden.

Schnell kam die Kette detonierender Bomben auf ihn zu. Der Boden wankte wie bei einem schweren Erdbeben. Die trichterförmig die Erde hochreißenden Explosionen rasten urweltlich donnernd über die kurische Landschaft.

Uhland ließ seinen KL-38 rücklings auf den Boden stürzen. Auf diese Weise versuchte er die nicht so stark gepanzerte Rückenpartie der Maschine vor Bombensplittern zu schützen. Erde, Pflanzen und Teile zerfetzter Kameraden regneten auf ihn

---

[15] Sowjetischer Flugzeugbauer

herab. Dann entfernten sich die Bombeneinschläge. Uhland stieß die Füße des Kampfläufers in den Boden und richtete sich über die Fußgelenke wieder auf.

Ein Blick nach Osten offenbarte ihm die durch das Bombardement entstandenen Schäden. Grob geschätzte neunzig Prozent der stählernen Kameraden erhoben sich wieder. Zwischen ihnen gähnten die hässlichen Bombentrichter, wobei aus der aufgewühlten Erde an mehreren Stellen die Überreste vernichteter Kampfläufer in die Luft ragten.

Im Westen regneten weiter Bomben auf die mechanischen Krieger hinab. Uhlands Herz setzte einen Schlag aus, als er Dutzende von Maschinen mit den blauen Feuerzungen ihrer Nachbrenner am Heck von Westen auf die Sowjets zurasen sah.

Die MiGs lösten sich schon von den Schlachtfliegern, um sich dem Gegner zu stellen. Dann war der Himmel erfüllt von den weißgrauen Abgasstrahlen von Luft-Luft-Raketen, die zwischen den beiden Luftflotten hin- und hergeschickt wurden.

Uhland beobachtete, wie die von Westen kommenden Maschinen den anfliegenden Raketen in akrobatischen Manövern auswichen. Nur wenige Glutbälle entstanden in den sich schnell auflösenden Formationen. Umgekehrt hielten die deutschen Raketen unter den Sowjets furchtbare Ernte. Nach wenigen Minuten standen Dutzende von Glutbällen am Himmel, die in einem ähnlichen rötlichen Licht wie die gerade aufgehende Sonne erstrahlten. Im Gegensatz zum ewigen Gestirn verblassten sie jedoch nach wenigen Sekunden und wurden zu braunschwarzen Wolken.

Doch etwas stimmte nicht mit den deutschen Jagdflugzeugen.

Je weiter sich die Luftschlacht nach Osten verlagerte, umso deutlicher konnte Uhland ihre Gestalt erkennen. Es waren zweifellos die den deutschen Militärflugzeugbau immer stärker dominierenden Nurflügler, weshalb er zunächst angenommen hatte, es handele sich um Horten Ho 229, das Rückgrat der deutschen Jagdfliegerei.

Diese Maschinen waren jedoch deutlich kleiner. Sie waren auch nicht mit zwei Düsentriebwerken versehen, wie die 229. Nur ein einziges, vollkommen in den Rumpf integriert und seine Existenz nur durch die Austrittsöffnung am Heck verratendes Triebwerk schob die wendigen Maschinen mit brachialer Gewalt voran.

Uhland sah eine dieser Maschinen vor einer sowjetischen Rakete fliehen, indem sie auf dem Strahl blauen Feuers aus ihrem Heck einfach senkrecht in die Luft stieg und diesen Kurs über eine halbe Minute beibehielt. Einer Ho 229 wäre dies unmöglich gewesen. Schließlich stürzte die Verfolgerrakete, antriebslos geworden, zur Erde.

Der Kampfläufer-Pilot hatte den Prototypen einer solchen Maschine vor einigen Monaten in einer Militärzeitschrift abgebildet gesehen: Es handelte sich um die einsitzige Horten J1, einen Nurflügler mit fünfzehn Metern Spannweite, der um ein überdimensioniertes Triebwerk herumgebaut war und in zwanzig Kilometern Höhe eine Höchstgeschwindigkeit von mehr als dreitausend Stundenkilometern erreichte.

Für wenige Sekunden hatte sich der Leutnant von den wild mit den unglaublichsten Flugmanövern am Himmel kurvenden Maschinen vom Geschehen am Boden ablenken lassen.

Die beiden Landkreuzer überquerten, gerade, mächtige Walzen zur Minenräumung vor sich herschiebend, eine flache Hügelkette im Westen. Ihre mächtigen 38-cm-Kanonen feuerten nach Südosten. Hinter den gewaltigen Drehtürmen stiegen jeweils vier Boden-Luft-Raketen in den Himmel und suchten ihr Ziel unter den sowjetischen Schlachtenfliegern und MiGs. Doch dann hatten die Kettenbomben auch die mächtigsten von Menschenhand je gebauten Panzer erreicht. Bei einem der Riesen sah Uhland zwischen den Kaskaden hochgewirbelter Erde eine heftige Detonation an der vorderen Wanne, bei dem anderen an der rechten Panzerkette.

Als die Detonationswolken sich langsam verzogen, setzte der an der Wanne getroffene Landkreuzer seinen Kurs unbeirrt fort.

Der andere hatte eine leichte Rechtskurve beschrieben und war stehen geblieben. Deutlich war die zerfetzte Panzerkette zu sehen. Wie zum Trotz feuerten beide Stahlkolosse eine weitere Salve ihrer Schlachtschiffgeschütze gen Südosten.

Während die Luftschlacht sich dem Ende näherte, setzten die noch etwa vierhundert Kampfläufer den Sturm auf die sowjetischen Stellungen fort. Die wendigen J1 holten einen Gegner nach dem anderen vom Himmel und erhielten durch den Raketen- und Flakbeschuss der Landkreuzer wertvolle Unterstützung. Doch der todesmutige Angriff der sowjetischen Schlachtflieger hatte das Ende von rund einhundert Kampfläufern bedeutet und einen der beiden Landkreuzer bewegungsunfähig gemacht.

Uhland wusste, dass die Versorgung der Maschinen dadurch umso schwieriger werden würde, je weiter sie nach Süden vorstießen, um die russische Front aufzurollen. Lediglich ein einziger Landkreuzer würde sich zur Versorgung der Kampfläufer in der Nähe befinden, während der andere sich auf das unterstützende Artilleriefeuer seiner schweren Kanonen beschränken musste.

Weiter südlich tauchten nun die ersten deutschen Panzerverbände auf, die sich den feindlichen Stellungen in voller Fahrt feuernd von Westen her näherten, während die mechanischen Krieger von Norden heranstürmten. Die Rotarmisten, die keine Chance mehr hatten, vor dem von beiden Seiten schnell vorrückenden Feind zu fliehen, wehrten sich verzweifelt. Mehrere Kampfläufer fielen Panzerfäusten zum Opfer, die aus Ein-Mann-Löchern abgefeuert wurden.

Uhland erreichte einen von Norden nach Süden verlaufenden Schützengraben, der sich über mehrere hundert Meter erstreckte.

Zwei- bis dreitausend Rotarmisten feuerten mit Maschinengewehren, Karabinern und Panzerfäusten auf die Deutschen. Uhland sah einen Russen, der mit von Panik verzerrtem Gesicht eine Panzerfaust auf ihn richtete. Dem Kampfläuferpiloten blieb nichts anderes übrig, als den Knopf für die Rotationskanonen zu betätigen. Hundertfünfzig Schuss pro Sekunde verließen die acht rotierenden Läufe und richteten unten im Schützengraben ein Inferno an.

In diesem Moment fühlte sich Uhland eher wie ein Schlächter denn wie ein Soldat.

*

Die Maus Major Burgsteins näherte sich mit satt brummendem 4800-PS-Turbodieselmotor einem Schützengraben, aus dem den deutschen Panzern unsinnigerweise aus tausenden Gewehren Feuer und Blei entgegenschlug.

Dahinter befanden sich mehrere PaK-Stellungen und eingegrabene IS-2. Fast im Sekundentakt explodierten Panzer des Heeres oder Stellungen der Roten Armee. Burgstein schätzte, dass zwanzig Prozent seiner Kampfwagen schon vernichtet oder bewegungsunfähig geschossen waren. Doch dann stürmten aus seiner Perspektive einige hundert Kampfläufer von links auf die sowjetischen Stellungen zu. Excalibur-Raketen hämmerten in die feindlichen Stellungen und verschoben das Abschuss-Verhältnis deutlich zu Gunsten der angreifenden Deutschen.

Der Schützengraben kam immer näher. Bald würden die ersten Kampfwagen – darunter seine Maus – in Reichweite der sowjetischen Panzerfäuste sein. Außerdem musste der Schützengraben überwunden werden, was das Risiko barg, dass die gegnerischen Soldaten Haftminen an der Unterseite der Panzer anbrachten.

Erste Panzerfaustgranaten zischten aus dem Schützengraben heran. Die meisten gingen ins Leere, ein halbes Dutzend Panzer wurden jedoch von der ersten Salve vernichtet. Ein Geschoss traf Burgsteins Mauspanzer seitlich am Turm, allerdings in einem zu flachen Winkel, um Schaden anzurichten.

Ein Kampfläufer hatte das nördliche Ende des Grabens erreicht. Burgstein sah die Rotationskanone des metallenen Ungeheuers Tod und Verderben in den Schützengraben rotzen. Er konnte sich sehr gut vorstellen, dass viele hundert sowjetische Soldaten dem Geschosshagel zum Opfer fielen. Erleichterung machte sich in ihm breit. Er konnte nicht ahnen, dass sich der Kampfläuferpilot als Schlächter empfand.

Ohne Mühe überfuhr die Maus den zwei Meter breiten Graben und stürmte auf die nächste Verteidigungslinie der Sowjets zu, die schon im Feuerbereich der weiter östlich vorrückenden Kampfläufer lag.

Eine halbe Stunde später war ein fünf Kilometer breiter Streifen von der Ostsee nach Süden freigekämpft.

Die Panzerverbände schwenkten nach Süden ab, um ihre tiefer im Landesinneren gegen die Front anstürmenden Kameraden zu unterstützen.

Gegen Mittag war eine der blutigsten Schlachten des nun über drei Monate währenden 2. Weltkriegs zu Ende. Die Deutschen hatten gut dreißig Prozent ihrer Panzer und Kampfläufer verloren. Dutzende von deutschen und hunderte von sowjetischen Flugzeugen waren vernichtet worden. Die 13. Asia-Armee war vollständig aufgerieben. Von den ursprünglich 150 000 Mann hatten nur 40 000 die Schlacht überlebt und waren von den Infanterieverbänden der nachrückenden 3. Armee gefangen genommen worden. Die Panzerspitzen der Sechzehnten befanden sich derweil auf dem Vormarsch nach Südosten, um auf die Verbände der 2. Kastrup-Panzerarmee zu treffen, womit die größte Kesselschlacht in der Geschichte der Menschheit beginnen würde. Zwölf sowjetische Armeen mit ursprünglich fast zwei Millionen Mann – man rechnete mit rund hunderttausend Toten und etwa viermal so vielen Verwundeten unter den Rotarmisten der ersten beiden Warschauer Fronten – würden bald im Großraum der Hauptstadt der Provinz Polen vom Nachschub abgeschnitten sein... Wenn alles glattlief.

*

Auf dem Marktplatz von Gehlenburg, südöstlich des in Ostpreußen gelegenen Roschsees, hatten drei Hundertschaften des Heeres in Paradeuniformen Aufstellung genommen.

Das Städtchen war im Zuge des Vorstoßes der 16. Panzerarmee praktisch kampflos eingenommen und von nachstoßenden Verbänden der 3. Armee besetzt worden. Die wenigen versprengten Rotarmisten, die es nach Gehlenburg verschlagen hatte, waren überrannt worden und hatten sich nach kurzem Widerstand ergeben. Aus diesem Grund war die malerische Stadt weitgehend unbeschädigt und daher von Generaloberst von Fürstenheim für den Besuch des Oberkommandierenden aller nordischen Streitkräfte gewählt worden.

Die heiße Mittagssonne des 12. Juli 1949 schien auf den Generaloberst und die angetretene Truppe herab. In regelmäßigen Abständen nahm von Fürstenheim die dunkelblaue Schirmmütze ab und wischte sich mit einem Taschentuch den Schweiß von der Stirn. Es herrschte eine unwirkliche Ruhe in dem evakuierten Städtchen, die lediglich von gelegentlich im Tiefflug vorbeidonnernden Maschinen der Luftwaffe unterbrochen wurde.

Schweiß lief den Soldaten über die Wangen und tropfte von ihren Nasen. Die Sommerhitze stand auf dem Marktplatz. Kein Lüftchen regte sich. Schließlich näherte sich die Erlösung in Form eines anfangs leisen, dann schnell lauter werdenden Brummens: Eine aus fünf Fahrzeugen bestehende Kolonne fuhr auf den Marktplatz. Es handelte sich ausnahmslos um luxuriöse Cabriolets der Marken Mercedes, Horch und BMW. Die Karosserien waren verstaubt und wirkten zur Beförderung ihrer hohen Fahrgäste unangemessen verschmutzt.

Kaum waren die Fahrzeuge zum Stillstand gekommen, erhob sich der Kaiser als Erster, öffnete die Türe im Fond, stieg aus und ging zügigen Schrittes auf Generaloberst von Fürstenheim zu. Letzterer rührte sich nicht – zu perplex war er über den Verzicht auf jegliches Protokoll. Der Kommandierende der 3. und 6. Armee beeilte sich zu salutieren. Der Kaiser, in einen hellblauen Gehrock mit zwei Reihen goldener Knöpfe gekleidet, grüßte kurz zurück und sagte mit ruhiger Stimme: »Wie ist die Lage? Hält die Umklammerung?«

»Nun, Majestät... Die Rote Armee hat bisher noch nicht auszubrechen versucht – wenigstens nicht nach Osten, Süden oder Norden... Und das, obwohl der Kessel im Nordosten noch nicht ganz geschlossen ist. Sie rennt immer noch gegen die Siebte und Achte an und versucht den Durchbruch nach Westen, als wäre nichts geschehen.«

»Und? Halten unsere beiden Armeen im Westen weiterhin stand?«

»Die 1. Warschauer Front musste mit fast fünfzig Prozent Verlusten aus dem Kampf genommen werden, Majestät. Die 2. Front versucht weiterhin in aufreibendem Häuserkampf unsere Truppen aus dem westlichen Stadtgebiet zu vertreiben.« Von Fürstenheim machte eine kurze Pause und zupfte nachdenklich an seinem Kinnbart. »Es tobt ein gnadenloser Kampf um jedes Gebäude. Generaloberst von Gaalen ist sich jedoch sicher, dass auch die 2. Front der Roten abgewiesen wird.

Wir gehen davon aus, dass die Russen den Ansturm bald einstellen, denn wenn sie sich nicht einen Korridor nach Osten oder Norden durch unseren bald vollständig geschlossenen Riegel kämpfen, gehen ihnen über kurz oder lang Nahrung, Munition und Treibstoff aus. Selbst wenn die 3. Front im Westen durchbrechen würde, würde sie letztlich bewegungs- und schließlich verteidigungsunfähig liegen bleiben.« Er räusperte sich. »Das kann also keine Option für Herrn Stalin sein. Meiner Meinung nach steht der sowjetische Angriff auf den östlichen Riegel unmittelbar bevor. Von dort nähern sich zwei weitere Armeen, die bestimmt versuchen werden, die Eingekesselten zu entsetzen.«

Kaiser Friedrich IV. blickte seinem Gegenüber ein paar Sekunden in die Augen. Wollte er dem Blick des Generalobersten weitere Informationen entlocken? Dann befahl er: »Lassen Sie die Männer wegtreten. Es ist nicht nötig, dass sie hier in der prallen Sonne stehen. Wir können das Gespräch auch drinnen fortsetzen. Ich hätte gern Generalfeldmarschall von Dankenfels und die Reichsmarschälle Brachem und von Grefe telefonisch dazugeschaltet.«

Von Fürstenheim gab einem Hauptmann das Zeichen zum Wegtreten der drei Hundertschaften. Der Kaiser folgte ihm mit seinem Stab in ein direkt am Marktplatz gelegenes Gasthaus. In einem größeren Saal, der in Friedenszeiten für Familienfeste und Hochzeiten genutzt wurde, waren mehrere Tische zusammengeschoben worden, auf denen eine zwei mal zwei Meter messende Karte der Reichsprovinz Polen ausgebreitet war.

Jemand hatte mit einem schwarzen Filzschreiber einen Halbkreis um das Warschauer Stadtzentrum gezogen, der einen Radius von rund vierzig Kilometern aufwies und im Westen von einer geraden Linie begrenzt wurde, die durch die westlichen Vorstädte der Großstadt verlief.

An den Wänden des Saales waren mehrere Tische mit Satellitentelefonen und herkömmlichen Funkgeräten aufgebaut worden, an denen ein Dutzend Verbindungsoffiziere Dienst taten.

»Stellen Sie Verbindung zu von Dankenfels, Brachem und von Grefe her«, befahl von Fürstenheim. »Die Herren warten sicher schon auf unseren Anruf.«

Wenig später drang die Stimme von Grefes aus dem Lautsprecher, kurz meldete sich von Dankenfels.

»Schildern Sie uns kurz die Lage aus Ihrer Sicht, meine Herren«, forderte der Kaiser die Mitglieder des Nordischen Oberkommandos auf. »Bitte beginnen Sie, Herr von Dankenfels.«

»Ich muss Ihnen ehrlich sagen, ich verstehe den Iwan nicht, Majestät.« Der Generalfeldmarschall räusperte sich kurz, dann fuhr er zackig fort: »Ich habe schon kurz nach unserer Einkesselung mit einem Ausbruchversuch der Warschauer Fronten gerechnet. Doch nichts ist geschehen. Die rennen weiter gegen unsere Armeen im Westen an, als ob sie den Rücken noch immer frei hätten.

Ich vermute, sie befolgen einfach stur die Befehle Stalins, der sich offenbar noch nicht dazu durchringen konnte, von seinem Durchbruch nach Westen Abstand zu nehmen. Zu verlockend erscheint ihm wohl die Aussicht, den Krieg so schnell für sich zu entscheiden, was aber, realistisch betrachtet, eine reine Illusion ist.«

»Werden Sie den Versuch der sowjetischen Sechsten und Neunten, von Osten her den Kessel zu entsetzen, unterbinden können?«, hakte der Kaiser nach.

»Wenn uns die 3. Warschauer Front nicht gleichzeitig von Westen her angreift, glaube ich schon, dass wir mit den beiden Armeen fertig werden, Majestät.«

»Reichsmarschall von Grefe, wie beurteilen Sie die Lage?«

»Die Panzerspitzen der Sechzehnten sind auf dem Weg zum nördlichen Ende des von der 2. Panzerarmee gebildeten Riegels und werden somit den Kessel bald schließen. Ich muss allerdings darauf hinweisen, Majestät, dass die Sechzehnte bei ihrem Sturmangriff auf die 13. Asia rund dreißig Prozent Verluste hatte. Hinzu kommt, dass ein Landkreuzer östlich von Königsberg mit zerbombter rechter Panzerkette liegengeblieben ist und die ihm zugeteilten Kampfläufer in ihrem Aktionsradius nun stark eingeschränkt sind. Mit anderen Worten: Im Nordosten, dort wo wir den Ausbruch und Entsatzversuch des Iwans erwarten, ist die Landkreuzer-Kampfläufer-Waffenkombination nur noch mit halber Stärke vertreten. Ich pflichte meinem Vorredner bei: Falls die Roten mit zwei Armeen von Osten und gleichzeitig aus dem Kessel heraus angreifen, werden sie wahrscheinlich Erfolg haben – besonders dann, wenn der Angriff auf den von der Sechzehnten gehaltenen Frontabschnitt erfolgt.«

»Welche Vorschläge gibt es, um einen Entsatz der Russen zu verhindern?« Diese Frage des Kaisers war an alle Anwesenden gerichtet. Er hatte sie kaum ausgesprochen, als von Dankenfels sich wieder meldete.

»Wir sollten alle Stukas, die wir haben, den beiden Armeen im Osten entgegenschicken, um sie so weit wie möglich zu schwächen, bevor sie unsere Linien erreichen. Zusätzlich werde ich zwei Divisionen aus der 1. Kastrup-Panzerarmee im Süden herauslösen und im Nordosten zur Verstärkung der Zweiten unterstellen.« Der Generalfeldmarschall machte eine bedeutungsschwangere Pause. »Und schließlich sollten wir Warschau dem Erdboden gleichmachen.«

»Wie bitte?«, platzte es unisono aus dem Kaiser und dem Generaloberst heraus.

Von Dankenfels fuhr ungerührt fort: »Den von uns besetzten westlichen Stadtrand verschonen wir natürlich. Das Stadtzentrum, die nördlichen und südlichen Vorstädte und vor allem den Osten sollten wir mit Brandbomben angreifen. Die Stadt ist evakuiert, wir treffen also keine Zivilisten und werden nur materielle Verluste erleiden. Ganz davon abgesehen ist die Stadt durch die Kämpfe ohnehin schon erheblich in Mitleidenschaft gezogen worden.« Er hielt erneut kurz inne. »Vor zwei Jahren hat die Luftwaffe in Zusammenarbeit mit der Kastrup ein Forschungsprojekt namens ›Höllensturm‹ gestartet, das die Auswirkungen eines massiven Einsatzes von Brandbomben auf eine Großstadt beleuchten sollte. Hintergrund des Projekts war die Annahme eines begrenzten konventionellen Konflikts, in dem aus politischen oder strategischen Gründen keine Nuklearwaffen eingesetzt werden sollten. Ziel von ›Höllensturm‹ war es herauszufinden, unter welchen Umständen eine zur Atombombe vergleichbare Vernichtungswirkung mit Brandbomben erzielt werden kann.«

Generalfeldmarschall von Dankenfels blickte in die Runde, um zu ergründen, ob die Anwesenden die ungeheuerliche Bedeutung seiner Worte verstanden hatten. Er las in den Augen des militärischen Oberkommandos des Nordischen Bundes pure Neugier – wenn man von Reichsmarschall von Brachem absah, der das Projekt ›Höllensturm‹ natürlich kannte. Mit ruhiger Stimme, als spräche er von neuartigem Saatgut zur Steigerung der Agrarproduktion, fuhr der Mann mit der schneeweißen Bürstenfrisur fort: »Bei einer Großstadt mitteleuropäischer Bauweise reichen nach den Ergebnissen des Forschungsprojekts fünf- bis siebentausend Tonnen Brandbomben, um einen sogenannten Feuersturm entstehen zu lassen. Dabei wird die Hitze im Stadtzentrum so groß, dass die Luft mit hoher Geschwindigkeit aufsteigt und kalte Luft aus der Umgebung nachströmt. Diese kontinuierliche Versorgung mit Sauerstoff heizt die Brände weiter an, sodass sie sich rasend schnell ausbreiten. Soldaten am Boden werden kaum eine Möglichkeit haben, dem Feuersturm zu entkommen. Befinden sie sich in Gebäuden, werden sie ersticken oder in den Flammen umkommen. Halten sie sich im Freien auf, werden sie vom Sturm in die Feuersbrunst gezogen.« Der Generalfeldmarschall ließ seine Worte kurz wirken. »Mein Vorschlag läuft darauf hinaus, dass wir zweihundert Horten B1 mit Brandbomben beladen nach Warschau schicken. Sowohl die Stukas, die im Osten die Sechste und Neunte angreifen, als auch die Horten müssen mit allem, was wir an Jägern aufbieten können, geschützt werden. Sie wären ansonsten für die neuerdings mit Luft-Luft-Raketen ausgestatteten MiGs eine leichte Beute. Wir würden Monate brauchen, diese Verluste zu ersetzen. Speziell bei den zweihundert B1 dürfte es sich wohl um fast alle Maschinen handeln, die uns zur Verfügung stehen.

Bei fünfzig Tonnen Bombenlast pro Flugzeug würden zehntausend Tonnen Brandsätze über der Stadt abgeworfen, was für den beabsichtigten flächendeckenden Feuersturm auf jeden Fall ausreichen sollte.«

»Von was für Brandbomben sprechen Sie?«, wollte der Kaiser wissen. »Und wieso ist ihre Wirkung mit der einer nuklearen Explosion vergleichbar?«

Von Dankenfels kratzte sich kurz am Hinterkopf, als hälfe ihm dies, die technischen Details aus dem Gedächtnis hervorzuholen. »Es handelt sich um ein Gemisch aus Benzin und Aluminiumseifen der Naphthen- und Palmitinsäure. Die Seife macht aus dem Benzin ein zähflüssiges Gel, das am Ziel haften bleibt, bis es bei Temperaturen bis zu tausendzweihundert Grad abgebrannt ist. Aus den Anfangsbuchstaben der Säuren ergibt sich der Name, den wir dem Wirkstoff der Brandbomben gaben: Napalm.

Das Napalm wird in Behälter zu je 2,5 Kilogramm verpackt, die mit kleinen Sprengsätzen versehen sind, die ausreichen, es zu entzünden. Je vierzig der 2,5-Kilo-Streubomben werden wiederum in Brandbomben zu je zweihundert Kilogramm Gewicht verpackt. Das höhere Gewicht ergibt sich durch den zusätzlichen Behälter sowie aus den Sprengladungen und luftdruckempfindlichen Zündern, die die Streubomben über ein größeres Gebiet verteilen.

Im Vergleich zu einer Nuklearexplosion hat der Einsatz von Brandbomben den Nachteil, dass wir eine Flotte von Bombern für den Einsatz benötigen. Die Wirkung ist jedoch noch katastrophaler, wenn man von schweren Wasserstoffbomben absieht. Der Grund dafür ist die Verteilung der Streubomben über eine weite Fläche. Mit den von uns geplanten zehntausend Tonnen können wir ein Quadrat mit einer Seitenlänge von knapp achtzehn Kilometer in einen Höllenbrand verwandeln.«

»Ihre technischen Ausführungen mal kurz außen vor gelassen«, meldete sich Reichsmarschall Brachem mit einer nicht zu überhörenden Portion Ablehnung in der Stimme zu Wort. Seine Worte kamen hart und schneidend aus den Lautsprechern. »Nur – wo, zum Teufel, soll ich die Jäger für den Geleitschutz hernehmen? Wir haben fast hundert Horten Ho 229 über der

Ostfront verloren, seit diese vermaledeiten MiGs ebenfalls über Luft-Luft-Raketen verfügen.«

»Wir müssen einen Großteil der Jäger aus dem Westen abziehen«, entgegnete von Dankenfels ungerührt. »Der Tommy hat bei seinem Angriff auf Nokwat tausendfünfhundert viermotorige Bomber verloren. Davon kann er sich nun, dreieinhalb Monate später, noch nicht erholt haben.«

»Und was ist mit den Amis?«, hielt Brachem dagegen. »Unseren Geheimdienstberichten zufolge haben die hunderte Bomber nach England verlegt. Und täglich kommen neue hinzu! Wenn die Yankees spitzkriegen, dass wir unsere Jäger im Westen abziehen, bombardieren sie unsere Städte. Darauf können Sie Gift nehmen.«

»Dazu müssten sie genau das Zeitfenster erwischen, in dem unsere Bomber mit dem Jagdschutz von den westlichen Basen nach Warschau und wieder zurück fliegen. Selbst wenn ihnen das gelänge, was ich nicht glaube, träfe uns ein Bombardement von ein oder zwei Städten wesentlich weniger, als wenn die Russen aus dem Kessel ausbrechen. Ich sage Ihnen hier und jetzt mit aller Überzeugung: Wenn wir die Armeen in Warschau vernichten beziehungsweise zur Aufgabe zwingen, sind die Sowjets auf keinen Fall früher als in einem Jahr wieder in der Lage, zur Offensive zu blasen. Mit ein wenig Glück haben wir in dieser Zeit den Krieg aber schon für uns entschieden. Die Schlacht um Warschau spielt eine Schlüsselrolle für den gesamten Kriegsverlauf. So hart es klingt: Aber selbst wenn wir durch ein Bombardement von Amsterdam, Brüssel oder dem Ruhrgebiet einige zehntausend Tote zu beklagen hätten, nähme ich eine solche Katastrophe in Kauf, wenn ich damit im Osten die Oberhand gewinne.«

Generaloberst von Fürstenheim wollte protestierend in die Diskussion eingreifen, doch der Kaiser wischte dessen geplante Entgegnung mit einer Handbewegung zur Seite. Die Worte blieben dem Kommandierenden der 3. und 6. Armee im Halse stecken.

»Nun gut, Herr von Dankenfels, wir nehmen Ihren Vorschlag an. Herr von Brachem – ziehen Sie die Jäger im Westen bis auf eine absolute Notbesetzung ab, und bereiten Sie Ihre Stukas, und zwar alle, die wir haben, auf den Angriff auf die beiden Armeen im Osten vor. Unsere Bomberflotte soll sich auf den Angriff auf Warschau mit diesen Napalm-Bomben vorbereiten. Beide Aktionen sollen sofort anlaufen.«

Generaloberst von Fürstenheim fragte sich, ob er Kaiser Friedrich falsch eingeschätzt hatte. Er hatte ihm nicht zugetraut, dass er das Leben zehntausender deutscher Zivilisten riskieren würde – auch dann nicht, wenn es den Kriegsverlauf entscheidend beeinflusste –, denn das Risiko einer Bombardierung der Großstädte im Westen stand zweifellos außer Frage, sobald sie des Großteils ihres Jägerschutzes beraubt waren.

Natürlich konnte er nicht wissen, was sein Kaiser wusste: In nur vier Jahren würde eine gigantische Katastrophe die Erde treffen und einen Großteil der Menschheit ausradieren. Aus diesem Grunde hatte es für den Monarchen höchste Priorität, den Krieg möglichst schnell zu beenden. Der Kaiser war zutiefst davon überzeugt, dass die Vorherrschaft des Nordischen Bundes über den gesamten Planeten Erde Voraussetzung für die bestmögliche Vorbereitung auf die bevorstehende Katastrophe war. Wahrscheinlich würden durch die Kreativität und den Erfindungsreichtum der Menschen des Nordischen Bundes viele hunderttausend, wenn nicht gar Millionen Leben zusätzlich gerettet werden können – soweit die Gedanken Friedrichs, von denen vermutlich nur der in alles eingeweihte von Dankenfels etwas ahnen konnte.

Kapitel 3: Der Kessel von Warschau

Natürlich wusste Iwan, dass sein Vorname von den Deutschen verallgemeinernd für »den Russen« schlechthin verwendet wurde. In gewisser Weise empfand er sogar Stolz bei dem Gedanken, wenn die Deutschen sagten, »der Iwan« habe Lindenheim, Riga oder Lublin erobert.

Und bald würde es heißen: Der Iwan hat Warschau genommen und rückt auf Berlin vor. Sobald sie dort angekommen waren, würde er sich dem deutschen Kaiser gern persönlich als Iwan vorstellen – zumindest hatte er dies seinen Kameraden gesagt und natürlich einen Heiterkeitsausbruch erzeugt.

»Was schaust du so abwesend?«, fragte Pjotr, sein bester Freund, der dem gleichen Zug angehörte. Iwan löste seinen Blick von den Flammen des Feuers, das sie in der Ruine eines fünfstöckigen Wohnhauses im Stadtzentrum von Warschau entzündet hatten, um die mitgeschleppten Konserven zu erhitzen.

Die breite Nase Pjotrs warf im flackernden Licht des Feuers einen noch breiteren Schatten auf seine linke Wange. Die wasserblauen Augen blickten fragend mit einer Spur tiefen Ernstes, den Iwan von dem lebensfrohen, stets gut gelaunten Kameraden nicht gewohnt war.

»Ach, nichts!«, entgegnete er, weil er seine Gedanken über seinen Namen und das, wozu er den Deutschen diente, für nicht erwähnenswert hielt.

»Machst du dir Sorgen über unseren morgigen Einsatz ganz vorn? Also, ich denke schon manchmal darüber nach, warum die ersten beiden Fronten nicht durchbrechen konnten und wir deshalb jetzt ran müssen.« Der Ernst in Pjotrs Blick nahm bei seinen Worten noch eine Spur zu.

»Nein. Wenn du's genau wissen willst: Ich dachte über die vielen glorreichen Siege nach, die die Deutschen mit meinem Namen verbinden.« Ein Lächeln umspielte Iwans schmale Lippen. Um das Thema zu beenden, nahm er die Pfanne mit dem Bohneneintopf von dem Metallgestell, das sie über dem Feuer positioniert hatten.

»Was ist los?«, ließ Pjotr nicht locker. »Glaubst du etwa, ich würde denken, du hättest Angst, nur weil du dir Gedanken über unseren Einsatz machst?«

»Nein, ehrlich – darüber habe ich nicht nachgedacht. Die Deutschen werden durch die Angriffe der ersten beiden Fronten so geschwächt sein, dass wir ihnen nur noch den Rest geben müssen. Ich mache mir darüber keine Sorgen – wirklich nicht.«

Pjotr schlug Iwan kameradschaftlich auf die Schulter. »Du bist ja noch abgebrühter, als ich dachte«, sagte er belustigt. »Morgen früh ziehen wir in den Häuserkampf – gegen einen Feind, der sich in den westlichen Stadtteilen festgekrallt hat, als hinge sein Leben davon ab.«

Iwan neigte den Kopf leicht zu Seite und blickte Pjotr in die Augen. »Das Leben der deutschen Soldaten da drüben« – er deutete mit dem Daumen nach Westen – »ist wohl nicht das, wofür sie kämpfen. Im Gegenteil, *sie* setzen es aufs Spiel, weil sie genau wissen, dass wir den Krieg gewinnen, wenn wir durchbrechen. Und genau das ist der Grund, warum *wir* unser Leben morgen aufs Spiel setzen werden: Wir wollen und werden diesen Krieg gewinnen.«

»Ganz genau so ist es«, mischte sich Jurij ein, der dritte Soldat am Lagerfeuer. Er nahm seine Pfanne vom Feuer, die neben der riesigen Pranke, die den Stiel umklammerte, ziemlich verloren wirkte. Jurij hielt die Pfanne knapp unter seinen breiten, wulstlippigen Mund und schaufelte die Bohnen mit einem Löffel in sich hinein. Seine Essgeschwindigkeit wurde nicht von der Verarbeitung der Nahrung im Mund, sondern durch die Schaufelbewegungen des Löffels bestimmt. Als wolle er zeigen, dass er mit seinem Nahrungsaufnahmetempo keineswegs überfordert war, fügte er, ohne die Bewegung des Löffels zu verlangsamen, hinzu: »Die Deutschen sind den ganzen bisherigen Krieg immer nur zurückgewichen, weil sie wissen, dass sie gegen uns keine Chance haben. Jetzt haben sie sich zum ersten Mal zum Kampf gestellt, was wohl ein Akt der Verzweiflung ist, ein letztes Aufbäumen gegen das unabwendbare Schicksal, das da lautet: Wir gewinnen!«

Pjotr und Iwan klatschten Beifall. Pjotr klatschte aus Überzeugung, doch Iwan erinnerte sich einerseits an die Bemerkung seines Freundes, dass die beiden ersten Fronten bereits gescheitert waren. Dass die Deutschen nachhaltig geschwächt waren, hielt er andererseits für eine unbewiesene Behauptung, die sich erst noch bewahrheiten musste.

Ein schlechtes Gefühl machte sich trotz der leckeren Bohnen in Iwans Magengegend breit. Hinter sich hörte er das Poltern von Steinen. Er blickte über seine linke Schulter und sah Boris über das Geröll der Ruine balancieren. Die ersten Worte des Neuankömmlings bestätigten Iwans plötzlich dunkle Ahnungen.

»Ich komme gerade vom Leutnant. Er hat vom Hauptmann erfahren, dass seit vier Tagen kein frischer Nachschub angekommen ist.«

»Immer dasselbe«, kommentierte Jurij und schaufelte fleißig weiter Bohnen. »Die Genossen von der Nachschubkompanie saufen einfach zu viel. Die liegen wahrscheinlich breit wie die Otter in ihrem vollen Depot.«

»Nein«, widersprach Boris leicht außer Atem. »Der Leutnant meint, der Hauptmann hätte gesagt, dass die gesamte Fünfte keinen Nachschub gekriegt hat.«

»Und was ist mit der 18. und 12. Panzerarmee?« Boris wollte wissen, wie es um die Versorgungslage der beiden anderen Armeen der 3. Front bestellt war.

»Keine Ahnung«, sprudelte es aus Boris hervor. »Über die strategische Lage pflegen Offiziere einfachen Frontschweinen selten etwas mitzuteilen. Er hat nur gesagt, wir sollen sparsam mit der Munition umgehen, bis der Nachschub wieder läuft.«

»Sparsam mit der *Munition* umgehen?«, äffte Jurij die Worte des Hiobsbotschafters nach und schickte sogar ein paar Bohnen vom Mund zurück in die Pfanne. »Und *womit* sollen wir dann den Fritz verjagen? Sollen wir ihn etwa zu Tode *erschrecken*?«

»Guter Vorschlag!«, meinte Iwan trocken. »Du brauchst den Deutschen nur deine Tischmanieren vorzuführen, dann nehmen sie schon vor Entsetzen Reißaus.«

Boris und Pjotr kicherten. Jurij stellte die Schaufelbewegungen ein, um die Häme seines Kameraden zu verarbeiten. Dann winkte er ab und schob die letzten drei Löffel Bohnen in sich hinein. Die Pfanne war gerade leergekratzt, was ihm ermöglichte innezuhalten, als Pjotr mit einer horizontalen Handbewegung und einem »Seid mal still! Hört ihr das auch?« jegliches weitere Geräusch unterband.

Ein leises, doch kontinuierliches Donnern war vor dem Hintergrund der Stille zu hören. Seit drei Stunden hatte die Artillerie auf beiden Seiten geschwiegen, nur vereinzelte Gewehrschüsse waren hin und wieder zu vernehmen. Vor diesem stillen Hintergrund nahm sich das Donnern bedrohlich aus.

Es wirkte unheimlich, nicht von dieser Welt.

Plötzlich blitzte es draußen auf. Eine Sekunde später folgte eine Serie weiterer Blitze. Wiederum Sekunden: das trockene Knallen weit entfernter Explosionen. Auf- und abschwellendes Sirenengeheul mischte sich in die Geräuschkulisse.

»Luftalarm!«, schrie Boris.

Iwan flitzte durch das Loch in der Wand der Ruine, das früher mit zusätzlichem Mauerwerk und einer Tür verschlossen gewesen war, um freie Sicht auf den Nachthimmel zu haben. Seine drei Kameraden folgten unmittelbar hinter ihm.

Am Himmel zerplatzten in dichter Folge Flakgranaten in grellen Detonationen. Ihr Licht beleuchtete die schwarzen Rauchwolken, die von ihren Vorgängern übrig geblieben waren. Dann sah Iwan die feindlichen Flugzeuge: Viele Dutzend mächtige dreieckige Schatten näherten sich in großer Höhe. Sie waren von kleineren schwarzen Punkten umgeben; unzweifelhaft der Geleitschutz.

Dann sah Iwan eine Vielzahl weiterer Punkte unterhalb der dreieckförmigen Riesen. Sie glänzten metallisch im flackernden Licht des Flugabwehrfeuers. Zunächst dachte er an tiefer fliegende Begleitjäger, doch dann wurde ihm bewusst, was es war.

»Ausgeklinkte Bomben!«, schrie er aus Leibeskräften und rannte zurück in die Wohnhausruine. Seine Kameraden folgten ihm auf dem Fuße.

*

Wir sollen was? Der frischgebackene Major Wilhelm von Timmer konnte nicht fassen, was Luftwaffengeneral von Lichtenfeld den Offizieren des 5. Bombergeschwaders gerade unterbreitet hatte. *Großflächiger Einsatz von Napalm-Bomben auf Warschau? Seit wann machen wir unsere eigenen Städte dem Erdboden gleich?*

»Von hier«, gemeint war Schiphol bei Amsterdam, »starten alle fünfundfünfzig B1, in Begleitung von einhundertzwei J1 und einundsiebzig 229«, fuhr von Lichtenfeld fort. Das gedämpfte Licht der Offiziersmesse spiegelte sich in dem obligatorischen Monokel, das er vor dem rechten Auge trug. Es wirkte, als würde das Auge funkeln, um die Bedeutung seiner

Worte zu unterstreichen. »Auf dem Weg nach Warschau werden weitere Bomberverbände mit Geleitschutz zu Ihnen aufschließen, meine Herren. Insgesamt werden wir den Angriff mit zweihundertvierzehn B1 durchführen, jede mit fünfzig Tonnen Napalm beladen. Jede Maschine erhält die Zielkoordinaten für den Abwurf der ersten Bombe. Danach ist nur Kurs Osten zu halten – bei fünfhundert Kilometern pro Stunde. In jeder Sekunde werden dann etwas mehr als zwei Bomben von der Automatik abgeworfen. Jede B1 deckt einen Streifen von zwanzig Kilometern Länge ein.«

Hinter dem auf einem Podium stehenden General wurde eine kurze Animation des Angriffes an die Wand projiziert. Von Timmer wusste, dass die filmische Darstellung von einem neuartigen Zuse-Graphik-Großrechner erzeugt wurde, den das Oberkommando zum Zwecke der Illustration von Angriffen im Kaiser-Wilhelm-Institut für Informatik hatte herstellen lassen.

»Ich bitte nun um Fragen«, ließ der fast zwei Meter große Kommandeur des Luftwaffenstützpunktes Schiphol verlauten.

Major von Timmer hatte die Rechte als Erster nach oben gestreckt. Auffordernd nickte von Lichtenfeld in seine Richtung.

»Woher haben wir denn so viele Napalmbomben? Das sind ja mehr als zehntausend Tonnen, die abgeworfen werden sollen.«

Der General räusperte sich kurz und entgegnete in einem wenig formellen Tonfall: »Die Kastrup hat nach erfolgreicher Durchführung des Projekts ›Höllensturm‹ fünfzigtausend Tonnen des Teufelszeugs in mehreren Depots auf dem Gebiet des Nordischen Bundes einlagern lassen.«

Da er keine Anstalten machte weiterzusprechen, hakte von Timmer nach. »Und wozu hat die Kastrup eine solche Menge herstellen lassen?«

»Mein lieber Herr von Timmer!« Der General schmunzelte. »Gehen Sie davon aus, dass ich mit Generalfeldmarschall von Dankenfels Golf spiele und er dabei mit mir seine Pläne bespricht, damit ich sie an meine Offiziere weitergeben kann?«

Von Timmer hatte das unangenehme Gefühl, dass er errötete.

»Offen gesagt...« Von Lichtenfeld seufzte. »Ich habe nicht die geringste Ahnung, wofür die Kastrup das gefährliche Zeug ursprünglich vorgesehen hatte. Fest steht nur, dass wir in wenigen Stunden etwa ein Fünftel davon auf Warschau herabregnen lassen werden. Ich darf Ihnen allen versichern, dass es mir ebenso gegen den Strich geht wie Ihnen, eine deutsche Stadt in Schutt und Asche zu legen. Doch Zivilisten sind keine mehr da, wir werden also nur der Roten Armee, die sich unaufgefordert da eingenistet hat, aufs Haupt spucken und den Allerwertesten rösten.« Er grinste. »Das wird unseren Kameraden vom Heer die Arbeit wesentlich erleichtern, die rote Flut aufzuhalten. Weitere Fragen?«

*

Schon eine Stunde später saß Major von Timmer in der Kanzel seiner B1 und rollte mit den donnernden Nachbrennern der sechs Triebwerke die Startbahn entlang. Bei knapp dreihundert Kilometern pro Stunde hoben die Räder des hinteren Fahrwerks von der Asphaltpiste ab, während sich die Spitze des Riesen bereits nach oben gereckt hatte.

In der Luft bildeten die Maschinen fünf Dreiecke aus je zehn Maschinen, wobei jeder Gruppe eine weitere B1 vorausflog. In losen Formationen positionierten sich die Jäger als schützende Hülle um die Bomber.

Die deutschen Verbände flogen mit einer Geschwindigkeit von nur fünfhundert Stundenkilometern, um den aufschließenden Maschinen der anderen Stützpunkte Gelegenheit zu geben, mühelos ihre Positionen einzunehmen und weil dies die Geschwindigkeit war, mit der Streubomben abgeworfen werden mussten, um größtmögliche Wirkung zu erzielen.

Immer neue Maschinen reihten sich in die Formationen ein, bis der deutsche Verband mit 214 der schwersten je von Menschen gebauten Bomber in Begleitung von 544 Jagdflugzeugen das Ziel anflog: das in den vergangenen Jahrzehnten zur Perle des östlichen Mitteldeutschland gewordene Warschau – jene Stadt, in der sich ost- und westgermanische Kultur zu einer Geburtsstädte der edlen Künste und der Wissenschaft vereint hatten. Doch weite Teile dieser vor Monaten noch als »Wien an der Weichsel« gerühmten Stadt waren nach den Häuserkämpfen und Artilleriegefechten der vergangenen Wochen schwer gezeichnet. Von Timmer wusste jedoch, dass die bisherigen Schäden lediglich ein Kratzer im Vergleich zu dem waren, was nun kommen würde.

»Du bist heute so nachdenklich«, stellte Kopilot Leutnant Robert Meier fest.

»Nun... Ich denke an die Reise, die meine Frau Karin und ich vor zwei Jahren nach Warschau gemacht haben. Eine wundervolle Stadt mit zahlreichen Museen, Theatern und einer ausgezeichneten Oper. Karin und ich waren eine Woche da und hatten den Eindruck, längst nicht jede Sehenswürdigkeit besucht zu haben. Und jetzt sind wir auf dem Weg, diese in den letzten dreißig Jahren aufgeblühte Stadt vom Erdboden zu tilgen. Mein lieber Freund... Was wir hier tun, fällt mir alles andere als leicht.«

»Mir auch nicht. Aber es ist nicht zu ändern. Wenn wir die Rote Armee in Warschau nicht entscheidend schwächen, kostet es wahrscheinlich Zehntausende unserer Kameraden am Boden das Leben. Zerstörte Gebäude lassen sich zwar wieder aufbauen, aber getötete Soldaten nicht wieder zum Leben erwecken.«

»Dafür wird unser Angriff aber zehntausende Russen töten.«

»Na und? Sie sind die Angreifer. Es ist unsere Pflicht, sie an der Eroberung unseres Vaterlandes zu hindern, damit sie uns nicht mit ihrer Unkultur beglücken.«

»So kann man es nicht sagen«, entgegnete von Timmer. »Auch die Russen haben eine Jahrhunderte alte Kultur…«

»Die meine ich ja nicht, denn die ist mir auch lieb und wert.« Meier feixte. »Ich meine den kommunistischen Blödsinn, die dem Versager und dem Faulpelz den gleichen Lohn zugesteht wie dem Schwerarbeiter.«

»Ideologische Diskussionen brauchen wir nun wahrlich nicht zu führen. Ich möchte so wenig unter der Herrschaft von Funktionärsbonzen leben wie du. Es ist nur eine verdammt harte Sache zu wissen, dass wir bald eine der schönsten Städte Europas und einige zehntausend Menschenleben auslöschen werden.«

»So ist es nun mal im Krieg.« Meiers Stirn runzelte sich. »Und glaube mir, mein Freund, wir kämpfen auf der richtigen Seite – ohne eine neue Ideologiediskussion beginnen zu wollen. Was Warschau betrifft, mach dir mal keine Sorgen. Mit der Kraft, die der Nordische Bund nach dem Ersten Weltkrieg an den Tag gelegt hat, wird Warschau schon in wenigen Jahren schöner sein als jemals zuvor.«

Die Worte seines Freundes hatten von Timmer beruhigt. Die aus den Helmlautsprechern schallende Stimme des Generals riss ihn nun endgültig aus seinen Gewissensbissen.

»Zweihundertsechsundsechzig Rote im Anflug aus Osten. Entfernung einhundertfünfzig Kilometer.«

Der Luftwaffengeneral befand sich an Bord einer Horten Ü1, einer zur Luftraumüberwachung und fliegenden Kommandozentrale umgebauten B1. Die Ü1 befand sich in einer Höhe von zwanzig Kilometern, also fünfzehn Kilometer oberhalb des Bomberverbandes. Aus dieser Höhe konnte sie mit ihrer überdimensionalen Bordmikroortung feindliche Verbände weit früher ausmachen als die Bomber.

Auf dem Bildschirm der Heckkamera sah Wilhelm von Timmer die von der untergehenden Sonne blutrot angestrahlten Wolkenbänder vor dem hellblauen Himmel. Aus den Seitenfenstern der Kanzel nahm er Dutzende vor dem dämmerigen Himmel hell leuchtende blaue Streifen wahr, die von den gerade gezündeten Nachbrennern der Begleitjäger kündeten.

Etwa die Hälfte der Maschinen jagte dem sich nähernden Feind entgegen. Die andere Hälfte blieb zurück, um die Bomber vor eventuell auftauchenden weiteren feindlichen Jägern zu schützen.

»Ich wüsste verdammt gern, woher der Iwan weiß, dass wir kommen«, überlegte Meier laut.

»Wir sind ja wohl nicht zu überhören.« Von Timmer lachte. »Und irgendwelche geistig Verwirrten, die auf der Seite der Roten Armee stehen und sich gern von Arbeiterräten regieren lassen würden, gibt es in Deutschland sicher auch noch. Einer dieser Tröpfe wird den Roten gesteckt haben, dass eine riesige Luftflotte auf dem Weg nach Osten ist.«

»Ja, so wird's wohl sein.« Von Timmer seufzte. »In unserer modernen Zeit muss man als Verräter ja nur noch zum Telefon greifen. Viele Leitungen sind ja noch nicht unterbrochen.«

Es entwickelte sich eine kurze Diskussion, ob es nicht besser wäre, sämtliche Telefonverbindungen in die von den Sowjets besetzten Gebiete zu kappen.

»Ich glaube, es wäre für uns mehr von Nachteil als für den Iwan«, meinte von Timmer. »Denk nur mal an die kaiserfreundliche Partisanenaktivität hinter der Front. Die dort kämpfenden Männer verfügen nicht unbedingt alle über Satellitentelefone, was sie wohl auch verraten würde, wenn die Roten sie bei ihnen fänden. Also geben sie per Telefon wertvolle Informationen über sowjetische Truppenbewegungen an uns weiter und erhalten umgekehrt Anweisungen, welche Ziele sie anzugreifen haben.«

Grelle Punkte wie glühende Stecknadelköpfe entstanden am Horizont in der dort bereits vorherrschenden Dunkelheit.

»Die Luftschlacht hat begonnen«, kommentierte Meier.

»Waidmannsheil!«, wünschte von Timmer den Jagdpiloten.

Immer neue Glutpunkte entstanden in vielen Dutzend Kilometern Entfernung. Einige schienen zunächst zu verharren, um dann langsam zu verblassen, andere bewegten sich auf die

Erde zu, was aus der großen Entfernung betrachtet unnatürlich langsam wirkte.

Wenige Minuten später kam die völlig unspektakuläre Meldung des Generals: »Abschussverhältnis zehn zu eins für uns. Ursache sind die hochwertigeren Zielsuchköpfe unserer Raketen. Die MiGs drehen ab!«

Von Timmer stieß einen erleichterten Seufzer aus. »Seit der Iwan auch Luft-Luft-Raketen hat, kann er uns zwar ärgern, aber die Luftherrschaft kriegt er deswegen noch lange nicht. Dazu ist ihm unsere Technik noch immer ein paar Jährchen voraus.«

»*Noch immer?*«, frotzelte Meier. »Daran wird sich auch nichts ändern. Im Gegenteil: Unser Vorsprung wird mit der Zeit immer größer.«

Von Timmer lächelte still über den unerschütterlichen Optimismus seines Kopiloten. *Unser technischer Vorsprung ist dahin, wenn die Rote Armee hier durchbricht und der Widerstand des Reiches zusammenbricht. Das Erste, was die Sowjets nach einem Sieg machen würden, wäre der Raub unserer gesamten Technik und die Entführung unserer besten Wissenschaftler nach Russland. Umso wichtiger ist es, dass wir sie hier und heute aufhalten.*

»Wie viele Piloten mögen wohl gerade für das Reich gefallen sein?«, fragte Meier in einem Anflug von Sentimentalität.

»Kein einziger«, entgegnete von Timmer ungewöhnlich laut. »Kein Soldat stirbt *für* das Reich. *Für* das Reich wäre es besser, sie wären am Leben geblieben. Sie waren gute Soldaten, weil sie ihr Leben riskiert haben, um das Reich zu schützen. Aber zu sagen, sie wären *für* etwas gestorben, ist eine dumme Phrase.«

»Mann, bist du heute spitzfindig!« Meier verdrehte die Augen im Kopfe. »Bist du mit dem falschen Bein aufgestanden?«

»Nein – mir geht nur dieser heuchlerische Pathos auf die Nerven. Wir haben hier, verdammt noch mal, unsere Pflicht zu erfüllen und dafür zu sorgen, dass wir lebend aus dem Einsatz zurückkommen – *für* unsere Familien, *für* unsere Kultur – und *für* das Reich.«

»Du würdest also einen Einsatz ablehnen, bei dem das Risiko getötet zu werden, überwiegt?«

»Das würde ich selbstverständlich nicht tun. Ich würde das Risiko *für* das Reich eingehen. Ich würde *für* das Reich jedoch alles daransetzen, zu überleben – und natürlich *für* meine Familie und auch *für* mich selbst, denn welcher geistig gesunde Mensch möchte schon sterben?«

Es war General von Lichtenfeld, der die Diskussion nachhaltig mit den Worten unterband: »Angriffsformation einnehmen und auf Zielkurs gehen.«

Die 214 B1-Bomber bildeten nun drei gegeneinander versetzte, dicht gestaffelte Reihen mit einer Länge von zwanzig Kilometern. Das vor ihnen liegende Warschau lag in einer nur von wenigen Bränden unterbrochenen Dunkelheit.

Einzelne Gebäude wurden im Licht naher Feuersbrünste als dunkle Schatten sichtbar. Die Bomber benötigten jedoch keine optische Erkennung ihrer Ziele: Die Bombenschützen betrachteten das unter ihnen liegende Gelände auf ihren Monitoren über Außenkameras, die das Restlicht verstärkten. Doch auch dies wäre nicht notwendig gewesen. Wichtig waren die auf den Monitoren dargestellten Fadenkreuze und die geographischen Koordinaten, die unmittelbar daneben abgespult wurden. Die Bombenschützen hatten die Abwurfautomatik bereits auf eine bestimmte Koordinate programmiert. Sobald der jeweilige Bomber diesen Punkt erreichte, würden jeweils zwei Napalmbomben pro Sekunde die mächtigen Bäuche der Horten verlassen, in einer Höhe von zweihundert Metern explodieren und ihre jeweils vierzig Streubomben gleichmäßig verteilen.

Dreißig Sekunden vor Erreichen der jeweiligen Zielkoordinaten für die erste Bombe öffneten sich die riesigen Bombenschächte. Nun reflektierten die Giganten die Strahlung der Mikrowellenortung der Sowjets und wurden auf deren Monitoren sichtbar. Die ersten Bomben verließen schon die Schächte, als die Russen mit hektischem, doch ungezieltem Flakfeuer begannen. Sie waren darauf vorbereitet, gelegentliche Stuka-Angriffe zu bekämpfen, doch ihre Luftabwehr reichte bei Weitem nicht aus, um einen massiven Bombenangriff auf die Stadt anzuwehren.

Die ersten Flakgranaten zerplatzten in einer für von Timmers Maschine ungefährlichen Entfernung. Einzelne Splitter prasselten gegen die stark gepanzerte Unterseite des Bombers, sie hinterließen aber nur ein paar Kratzer. Auf dem Monitor für die Sicht nach hinten begann sich jedoch ein ungeheurer Feuerteppich auszubreiten, der die Besatzungen der Flakgeschütze erreichte, bevor sie sich eingeschossen hatten.

*

Die im Licht der Flakgranatenexplosionen metallisch schimmernden Punkte kamen rasend schnell näher.

Iwan hatte sich hinter die Wand der Ruine unterhalb eines ehemaligen Fensters gekauert und spähte über die stark in Mitleidenschaft gezogene Fensterbank.

Hinter einem von Granattrichtern übersäten Kinderspielplatz sah er die als Bomben identifizierten Objekte im unsteten Licht des Flakfeuers näherkommen. Die Dächer einer Häuserreihe auf der anderen Seite des Platzes entzogen die ersten Bomben seinem Sichtfeld, als sie tief genug gefallen waren. Fast in der gleichen Sekunde vernahm er gedämpfte Detonationen, was einen Moment lang die irrationale Hoffnung in ihm aufkommen ließ, dass wohl alles nicht so schlimm werden würde.

Doch dann erhob sich eine Glutwolke über den Hausdächern. In ihrem grellen Schein waren viele Dutzend weitere Bomben zu erkennen. Eine schien genau auf Iwan zuzukommen.

Er sah, dass sie wenige hundert Meter entfernt detonierte. Im Licht der Glut hinter den Häusern war deutlich zu erkennen, dass eine Vielzahl kleinerer Behälter aus der Explosion hervorschossen. Einige trafen die Hausdächer auf der anderen Seite, einige den Spielplatz; andere krachten in die nur noch teilweise vorhandenen Obergeschosse der Ruine, in der Iwan und seine Kameraden sich aufhielten. Die kleinen Behälter explodierten zu Feuerbällen, die sich wie kochende Lava zu glühenden Pfützen ausbreiteten. Die Gebäude in Iwans Sichtbereich standen in Flammen; selbst die in den letzten Tagen von Granaten umgepflügte Erde des Spielplatzes schien zu brennen.

Nie zuvor hatten die Rotarmisten etwas Derartiges gesehen oder für möglich gehalten. Von einer Sekunde auf die andere loderte draußen alles in heller Glut, aus der bläuliche Flammen emporzüngelten. Spritzer der »kochenden Lava« hatten sogar Teile der spärlichen Überreste des Mobiliars in dem Raum in Brand gesetzt, der ihnen als Zuflucht diente.

Erst jetzt wurden Iwan die unmenschlichen Schreie bewusst, die im tosenden Donner der allgegenwärtigen Flammen unterzugehen drohten. Er blickte zur Seite und sah Jurij, der sich die Uniformjacke vom Leib gerissen hatte und damit die Flammen auf dem rechten Arm des am Boden liegenden Boris zu ersticken versuchte. Immer, wenn er die Jacke hochriss, fing Boris' Arm erneut Feuer.

»Ein Spritzer von dem Teufelszeug hat ihn getroffen«, schrie Jurij dem entsetzt dastehenden Iwan zu. Seine Worte waren kaum noch zu verstehen, denn das Tosen der Flammen wurde immer lauter.

Auch Pjotr beteiligte sich nun an der Löschaktion – ohne Erfolg. Iwan löste sich aus seiner Starre, öffnete Boris' Uniformjacke, riss sie ihm herunter und warf das aufflammende Kleidungsstück in eine Ecke. Der rechte Arm seines Kameraden sah grauenhaft aus: Er war von Brandblasen übersät, zwischen denen Flammen in die Höhe züngelten und sich tiefer ins Fleisch fraßen. Pjotr goss eine Flasche Wasser darüber, was allerdings auch keinen Erfolg hatte.

Boris schrie gequält auf. Sekunden später verstummte er. Eine barmherzige Ohnmacht hatte ihn von seinen Schmerzen befreit. Eine halbe Minute züngelte das Feuer noch aus dem roten Stück Fleisch, das einst sein Arm gewesen war, dann erloschen die Flammen, denen wohl der Brennstoff ausgegangen war.

Die Temperatur hatte inzwischen ein unerträgliches Ausmaß erreicht. Die Häuser auf der anderen Seite des Spielplatzes standen lichterloh in rot, gelb und blau leuchtenden Flammen, die viele Dutzend Meter hoch in den Nachthimmel loderten. Was immer dieses grauenhafte Zeug war, das die Deutschen über ihrer Stadt abgeworfen hatten, es entwickelte eine derart hohe Verbrennungstemperatur, dass alles in der Umgebung Feuer fing, das brennen konnte.

Iwan trat auf das Geröll vor der Ruine, um sich einen Überblick zu verschaffen. Den Gedanken, aus dem beschädigten Haus zu fliehen, verwarf er wieder: Im Asphalt der Straße zwischen den Trümmern und dem Spielplatz steckten drei lodernde Gestalten fest, die er erst bei nochmaligem Hinsehen als Menschen identifizierte. Iwan konnte nicht erkennen, ob ihre Bewegungen von der Hitze des Feuers hervorgerufen wurden oder ob sie noch lebten – ob sie schrien oder längst tot waren. Sogar der Asphalt schien zu brennen: Er warf Blasen, die in unaufhörlichem Funkenregen zerplatzten.

Die heißen Böen, die Iwan beim Verlassen des Gebäudes empfangen hatten, entwickelten sich zu einem glühenden Orkan. Er stürzte ins Haus zurück und rief seinen Kameraden zu: »Wir müssen in den Keller!« Dabei griff er dem bewusstlosen Boris unter die Arme und zerrte ihn in Richtung Tür zum Flur, in dem sich der Kellereingang befand. Jurij sprang auf ihn zu und schlug wie wild mit seiner Uniformjacke auf ihn ein. »Deine Haare brennen!«

»Ich will hier nicht sterben!«, hörte Iwan die sich überschlagende Stimme Pjotrs, als er den Bewusstlosen aus dem Zimmer schleifte. Er sah Pjotr ins Freie rennen. Den darauf folgenden Anblick würde er sein Leben lang nicht vergessen: Pjotrs Haar fing sofort Feuer. Dann wurde er von einer unsichtbaren Faust gepackt, mehrere Meter hoch über den Spielplatz gerissen und wie ein welkes Blatt davon getragen. Er verschwand schließlich in dem Feuermeer der dahinter liegenden Häuserreihen, deren Fassaden nur noch als dunkle Konturen in der Glut zu erkennen waren.

Iwan stieß die Kellertür auf. Eine Betontreppe führte nach unten. Mit jeder Stufe, die er den Bewusstlosen unter den Armen gefasst nach unten mehr zog als trug, wurde es kühler. Jurij verschloss die Türe über ihnen. Schlagartig wurde es stockdunkel. Das grauenhafte Tosen des rasenden Feuers war jetzt nur noch gedämpft zu hören.

Jurij zündete sein Feuerzeug an. Im schwachen Licht der Flamme schleifte Iwan Boris vorbei an Regalwänden mit Konserven in den nächsten Kellerraum. Auch dort: Regale. Eins enthielt einen geflochtenen Korb mit Kerzen. Jurij nahm eine Kerze heraus, zündete sie an, ließ einige Tropfen Wachs auf den Fußboden tropfen und drückte die Unterseite der Kerze in die Paraffinpfütze, bevor sie erstarrte.

»Gott sein Dank«, presste der grobschlächtige Jurij die in der atheistischen Sowjetunion nicht gern gehörte Floskel hervor. »Ich glaube, hier unten haben wir eine gute Chance zu überleben. Hitze steigt ja nach oben, also müsste es hier einigermaßen kühl bleiben.«

»Verbrennen werden wir wahrscheinlich nicht«, krächzte Iwan. Seine Stimmbänder waren völlig ausgetrocknet. »Hoffen wir, dass uns der Sauerstoff nicht ausgeht.«

»Warum?«

Die Frage qualifizierte Jurij in Iwans Augen nicht unbedingt für die Zulassung zu einem Hochschulstudium. Doch er war zu müde, um den Kameraden über den immensen Sauerstoffbedarf einer Feuersbrunst aufzuklären.

Er wollte noch die Flamme der Kerze löschen, die immerhin einen kleinen Teil des Leben spendenden Gases in diesem Raum verbrauchte. Das Kerzenlicht hatte eine seltsam leuchtende Aura, die in unwirklich erscheinenden Farben strahlte.

Iwan schaute Jurij an, der ebenfalls von der ihm nun albern erscheinenden Aura umgeben zu sein schien. Er setzte dazu an, über die lächerliche Kerzenflamme ein paar witzige Bemerkungen zu machen, doch plötzlich fand er das Licht nicht mehr lustig. Es war ihm völlig gleichgültig. Ihm war alles egal. Es spielte überhaupt keine Rolle mehr.

Ein Rauschen durchströmte seine Gehörgänge wie ein Gebirgsbach. Es erinnerte ihn an das Wochenende, das er kurz vor Ausbruch des Krieges mit seinen Eltern und seiner Freundin auf der Datscha im Ural verbracht hatte. Auch dort hatte es so einen Gebirgsbach gegeben. Sein Wasser war klar und angenehm kühl gewesen. Iwan sah seine Hände in das erfrischende Nass eintauchen.

Dann zerplatzte das Bild in Myriaden heller, schnell verblassender Punkte, die einer undurchdringlichen Schwärze Platz machten.

*

Kaum hatte die letzte Napalmbombe den Schacht verlassen, ertönte auch schon die Stimme des Generals in den Helmlautsprechern. »Alles zurück zu den Basen! Auf Gipfelhöhe steigen!«

Wilhelm von Timmer zog seine B1 in eine weite Kurve nach Norden und schließlich nach Westen, wobei der Nurflügler ständig an Höhe gewann. Durch die Kanzelscheiben waren viele hundert Flugzeuge zu sehen, die ein ähnliches Manöver durchführten. Dann kam Warschau in Sicht.

»Mein Gott!«, entfuhr es Robert Meier.

Von Timmer schluckte. Ein Teppich aus rotgelb emporzüngelnden Flammen, an den Spitzen blau leuchtend, breitete sich links von ihnen aus. Feurige Wirbel tanzten auf dem Glutmeer und reckten sich mehr als hundert Meter in die Höhe, um dann wieder in sich zusammenzufallen oder wie ein Wirbelsturm weiterzuwandern.

»Der Einsatz einer Atombombe hätte nicht schlimmer sein können«, stellte Meier mit trockener Stimme fest.

Von Timmer fehlten die Worte, um darauf zu antworten. Erst jetzt verstand er den Brandbombeneinsatz in seiner vollen Tragweite: Laut dem Heer mussten sich mehr als 100 000 Rotarmisten in dem Teil der Stadt befunden haben, der sich nun als Inferno unter ihnen ausbreitete. Er rechnete bei diesem Anblick mit einer russischen Verlustquote von fünfzig bis achtzig Prozent. Bedachte man nun zusätzlich die verloren gegangene Munition und das vernichtete Kriegsgerät, war vor dem Hintergrund der sich abzeichnenden und möglicherweise schon vollzogenen Einkesselung klar, dass die Sowjets nun kaum noch in der Lage waren, erfolgreich gegen die im Westteil der Stadt stehende 7. und 8. deutsche Armee vorzugehen.

Von Timmer dachte an das namenlose Grauen, dass seine Kameraden und er unter den Rotarmisten angerichtet hatten.

Doch er empfand keine Reue. Es blieb dem deutschen Oberkommando seiner Meinung nach nichts anderes übrig, als mit allen Mitteln gegen die Invasoren vorzugehen, um die Heimat vor Unterdrückung und Fremdherrschaft zu bewaren. Hätte es einen humaneren Weg gegeben, dieses Ziel zu erreichen, so hätte er sich als Letzter dagegen gesträubt.

Von Timmer dachte an seine Familie, die in ihrem Reihenhäuschen in einem Vorort von Amsterdam auf ihn wartete. Vor seinem geistigen Auge sah er seine Frau Karin, seine Tochter Anna und seinen Sohn Anton. Er wünschte sich inständig, dass der Krieg für Deutschland und den Nordischen Bund bald entschieden war, damit sie die damit verbundenen Schrecken niemals erleben mussten.

*

Als der Adjutant eintrat, löste Kaiser Friedrich IV. langsam den Blick von der Karte auf dem großen Eichentisch im zum Konferenzraum umfunktionierten Festsaal des Gasthauses am Gehlenburger Marktplatz.

»Unsere Bomberverbände sind von sowjetischen Jägern angegriffen worden, Majestät. Sie konnten allerdings von unseren Begleitjägern zurückgeschlagen werden. Keine Verluste unter unseren Bombern.«

Der kaiserliche Adjutant, ein schneidiger Oberst in schwarzer Kastrup-Uniform, machte eine kurze Pause und blickte in die Runde einiger hoher Militärs des Nordischen Bundes.

Reichsmarschall von Grefe, der Oberbefehlshaber des Heeres, und Generalfeldmarschall von Dankenfels, Kommandeur der Kastrup, waren abwesend, da sie die Operationen vor Ort an der Front koordinierten. Reichsmarschall von Brachem war inzwischen eingetroffen und lauschte den Worten des Adjutanten ebenso wie Generaloberst von Fürstenheim, der Kommandeur der 3. und 16. Armee. Die Dritte sicherte das Gebiet hinter der weiter vorstoßenden 16. Panzerarmee und hob Verteidigungsstellungen aus, um den nördlichen Rand des Kessels zu befestigen.

»Die sowjetischen Abfangjäger haben schwere Verluste hinnehmen müssen«, fuhr der Adjutant fort. »Anschließend erfolgte die Bombardierung Warschaus durch unsere B1-Verbände ohne weitere Störung. Ein mehr als dreihundert Quadratkilometer großes, von den Sowjets besetztes Stadtgebiet steht in Flammen. Die vorhergesagten Feuerstürme haben sich gebildet. Es ist mit extrem hohen Verlusten der Rotarmisten zu rechnen. Im Laufe des morgigen Tages, wenn die Feuersbrünste auf ein erträgliches Maß geschrumpft sind, werden die Siebte und Achte vorrücken, um den Kessel zu verkleinern.«

»Ist der Kessel denn schon geschlossen?« Die Stimme Friedrichs klang ruhig und beherrscht, obwohl die Schlacht um Warschau das Schicksal des Nordischen Bundes entscheiden würde.

»Die Panzerspitzen der Sechzehnten sind auf dem Weg nach Südosten. Sie müssten zum Morgengrauen auf die nördlichsten Verbände der 2. Kastrup-Panzerarmee treffen, die bereits in Stellung gegangen sind.«

»Gibt es Neuigkeiten zur sowjetischen Sechsten und Neunten, die zum Entsatz des Kessels unterwegs sind?«

»Beide Armeen stehen zwischen fünfzig und siebzig Kilometer vom Rand des Streifens entfernt, den die 2. Kastrup östlich von Warschau gebildet hat. Da die meisten unserer Stukas noch nicht über die neuen Nachtsichtgeräte verfügen, wird deren Hauptschlag gegen die beiden sowjetischen Armeen erst bei Tagesanbruch erfolgen. Nur einzelne bereits entsprechend ausgerüstete Schwärme sind unterwegs, um dem Iwan das Leben schwer zu machen.«

Der Adjutant konnte sich diese laxe Wortwahl durchaus leisten, weil ein lockererer Umgangston selbst im Oberkommando üblich war, seitdem Friedrich IV. das höchste Amt im Staate von seinem Vater Wilhelm III. übernommen hatte. Nach einer kurzen Pause fügte er hinzu: »Durch die Aufklärung unserer Luftwaffe und durch am gestrigen Tage erstellte Satellitenaufnahmen wissen wir ziemlich genau, wo die beiden Armeen auf unseren Sperrriegel treffen. In diesen Gebieten haben wir die Artilleriebrigaden beider Panzerarmeen zusammengezogen, um den Roten einen herzlichen Empfang zu bereiten – darunter die vier Landkreuzer.«

»Und was geht im Kessel vor sich? Bereiten die Sowjets einen Ausbruchversuch im gleichen Gebiet, in dem die Sechste und Neunte von Osten her angreifen, vor?«

Friedrich spielte auf das Naheliegendste an: Die beiden frischen Armeen versuchten die Umklammerung von Osten her aufzubrechen, während ihnen die eingeschlossenen Verbände von Westen her entgegenkamen.

»Nein. Stalin war offenbar davon überzeugt, dass es spätestens der 3. Warschauer Front gelingen würde, im Westen gegen unsere Siebte und Achte durchzubrechen. Aus diesem Grunde war die 3. Front schließlich dabei, sich im Zentrum der Stadt und nördlich sowie südlich davon auf den Vormarsch vorzubereiten. Deshalb gehen wir davon aus, dass wir den Iwan durch unser Napalm-Bombardement auf dem falschen Fuß erwischt haben. Nach seinen Vorbereitungen für einen Durchbruch gen Westen und den Verlusten, die seine in der Stadt konzentrierten Kräfte erlitten haben dürften, ist eine zeitnahe Orientierung der eingekesselten sowjetischen Verbände nach Osten nicht realistisch. Um es kurz zu machen: Wenn die 2. Kastrup-Panzerarmee die beiden Armeen im Osten aufhalten kann, so ist ein baldiger Ausbruch der eingeschlossenen sowjetischen Truppen illusorisch. Im Gegenteil – wir brauchen den Kessel dann nur noch enger zu ziehen und die Rote Armee zur Verteidigung zu zwingen, dann wird ihnen schon in wenigen Tagen die Munition ausgehen – von der Verpflegung und vom Treibstoff ganz zu schweigen.«

Friedrich stand hinter dem Besprechungstisch auf und schob den einfachen Holzstuhl mit einem hässlich kreischenden Geräusch einige Zentimeter über den dunkelbraunen Parkettboden nach hinten. Er stützte sich mit beiden Armen auf den Tisch und blickte in die Runde. »Es hängt nun also alles davon ab, ob die 2. Kastrup-Panzerarmee dem Ansturm der beiden sowjetischen Armeen standhalten kann. Dies ist wiederum davon abhängig, wie stark unsere Stukas den Feind schwächen, bevor er unseren Sperrriegel erreicht. Zusätzlich haben wir unsere Artillerie im gefährdeten Gebiet verstärkt. Was können wir sonst noch tun, um die beiden Armeen aufzuhalten?«

»Dazu habe ich Ihnen die weitere Planung von Generalfeldmarschall von Dankenfels mitgebracht, Majestät«, entgegnete der Adjutant. Er beugte sich über den Eichentisch mit der ausgebreiteten taktischen Karte des Kampfgebietes von der Ostsee bis hinunter nach Lublin. Aus seinem Uniformrock fingerte er mit der Rechten einen metallischen Teleskopstab, den er mit der Linken auf eine Länge von eineinhalb Metern auseinanderzog. »Beide sowjetischen Armeen werden hier« – er strich mit dem Stab über die entsprechende Stelle der Karte – »auf einer Breite von fünfzig Kilometern angreifen, um den Riegel zu durchbrechen. An beiden Rändern dieses Streifens wird der Generalfeldmarschall je zwei Landkreuzer mit dazugehörigen fünfhundert Kampfläufern positionieren. Hinzu kommt ein weiterer Landkreuzer der Sechzehnten – der zweite der Sechzehnten wurde leider durch einen Bombentreffer bewegungsunfähig –, der sich von Nordwesten her nähert und zusammen mit weiteren zweihundertfünfzig Kampfläufern bis zum Morgengrauen den nördlichen Punkt des Streifens erreicht haben kann.« Erneut strich der Adjutant über den fünfzig Kilometer breiten Bereich, in dem die sowjetischen Armeen auf den Sperrriegel treffen würden, und tippte dann mehrmals mit dem Stab auf das nördliche Ende. »Der Generalfeldmarschall plant die Sowjets zunächst herankommen zu lassen. Sobald sie gegen die Verteidigungsstellungen der 2. Kastrup anrennen, werden im Norden siebenhundertfünfzig und im Süden fünfhundert Kampfläufer nach Osten vorstoßen, um dann die nördliche beziehungsweise südliche Flanke beider Armeen anzugreifen.« Der Adjutant reckte sich. »Falls Sie noch Fragen zu diesem Vorgehen haben, Majestät, so ist der Generalfeldmarschall natürlich via Satellitentelefon für Sie erreichbar. Er befindet sich gegenwärtig mit hoher Wahrscheinlichkeit an Bord des Landkreuzers LK-6.«

Friedrich nickte kurz in die Richtung des Verbindungsoffiziers, der für den Fall an dieser Besprechung teilnahm, dass der Kaiser einen der Befehlshaber an der Front über Funk sprechen wollte. Der hagere Soldat erhob sich etwas zu schnell, weshalb er seinen Stuhl beinahe umgestoßen hätte. Hastig ging er zu den Funkern, die an einfachen Holztischen vor den Saalwänden saßen und Meldungen entgegennahmen oder weiterleiteten. Er legte einem der Männer, die allesamt mit dem Rücken zum Kaiser und den hohen Militärs saßen, die Hand auf die Schulter. Der Soldat blickte auf und nahm den Kopfhörer ab.

»Verbindung zu Generalfeldmarschall von Dankenfels. Auf Lautsprecher geben«, lautete die knappe Anweisung des Verbindungsoffiziers.

Es dauerte weniger als eine halbe Minute, bis die tiefe, angenehm klingende Stimme des Oberbefehlshabers der Kastrup aus den Lautsprechern ertönte.

»Von Dankenfels hier! Wie lauten Ihre Befehle, Majestät?«

»Zunächst mal bitte ich Sie, mir eine Frage zu beantworten«, sagte der Kaiser. Er stand vor dem Kartentisch, stützte sich mit den Armen ab und beugte sich vor, um sich dem kleinen Standmikrophon zu nähern. »Mein Adjutant Oberst von Haberstadt berichtete mir soeben, dass sie den fünfzig Kilometer von Norden nach Süden verlaufenden Streifen, an dem die beiden sowjetischen Armeen Ihre 2. Panzerarmee angreifen werden, durch Zusammenziehen der Artillerie wesentlich verstärkt haben und dass Sie an beiden Enden des Streifens insgesamt tausendzweihundertfünfzig Kampfläufer und fünf Landkreuzer positionieren werden, die dem Iwan in die Flanken fallen, sobald er angreift. Nun meine Frage: Derartige Vorbereitungen nehmen einige Zeit in Anspruch. Folglich mussten Sie schon, bevor die Ergebnisse unserer Aufklärung vorlagen, ziemlich genau wissen, wo genau die beiden sowjetischen Armeen unseren Umschließungsring angreifen werden. Woher wissen Sie so gut über die Pläne des sowjetischen Oberkommandos Bescheid?«

»Der Adjutant des Generalobersten Tschernikow, seines Zeichens Oberbefehlshaber von Stalins Gnaden sämtlicher sowjetischer Armeen im Mittel- und Nordabschnitt, ist einer unserer Agenten.« Von Dankenfels hüstelte. »Es handelt sich um einen Neffen des Widerstandkämpfers Boris Illjanow, der erfolgreich mit meinen Leuten, speziell mit Major Rohwedder, zusammengearbeitet hat, indem der sowjetische Nachschub im Südabschnitt der Front empfindlich gestört wurde. Nicht zuletzt durch die Aktionen dieser tapferen Männer kam der Vormarsch der Roten Armee im Süden zum Stehen, weshalb unsere Ölversorgung durch Rumänien und das osmanische Reich ungestört fortgesetzt werden konnte.«

»Ach«, sagte Seine Majestät.

Von Dankenfels räusperte sich kurz. Was er noch zu sagen hatte, stand zwar mit der Frage des Kaisers nur in indirektem Zusammenhang, doch es war ihm ein Anliegen, ihm gewisse Zusammenhänge bewusst zu machen. »Von Illjanow erhielten wir vor wenigen Wochen die Aufmarschpläne der Roten Armee im Bereich Lublin-Warschau-Königsberg – eine wesentliche Voraussetzung für unsere Planung der Operation Donnerhall. Nach den Kämpfen gegen die asiatischen Armeen an der südlichen und nördlichen Flanke des sowjetischen Vorstoßes und dem Durchbruch unserer Panzerverbände im Süden war natürlich jedem im sowjetischen Oberkommando klar, dass wir die Truppen um Warschau einzukesseln beabsichtigten. Stalin bestand jedoch weiterhin auf einem Vorstoß der drei Fronten nach Westen, während unser Ring von Osten her durch die beiden zusätzlichen sowjetischen Armeen gesprengt werden soll. Die entsprechende Detailplanung wurde wiederum von Generaloberst Tschernikow durchgeführt. Diese Planung erhielten wir brühwarm von Illjanow, woraufhin ich meine Verbände vorteilhaft positionieren konnte. Wir rechnen mit dem Beginn der Kampfhandlungen kurz nach Sonnenaufgang. Die Russen werden hier ungefähr zur gleichen Zeit eintreffen, wenn der massive Luftschlag unserer Stukas erfolgen kann. Ich hätte mir gewünscht, dass sie etwas langsamer vorrücken, sodass unsere Luftangriffe sie bereits deutlich geschwächt hätten, bevor sie hier sind, aber Wünsche gehen nun mal nicht immer in Erfüllung.«

»Wie schätzen Sie die Chancen ein, den Iwan aufzuhalten?«, hakte der Kaiser nach.

»Nachdem Herr Stalin den unverzeihlichen Fehler machte, seine Warschauer Fronten weiter gen Westen angreifen zu lassen und wir diesen Fehler ausnutzten, indem wir seinen Truppen durch unseren Napalm-Angriff schwere Verluste zufügten, brauchen wir keinen gleichzeitigen Angriff aus dem Kessel heraus befürchten. Deshalb lautet meine ehrliche Meinung: Die Sowjets sind geschlagen! Wir werden beide Armeen im Osten aufhalten. Der Kessel bleibt stabil, die eingeschlossenen sowjetischen Armeen müssen nach wenigen Tagen kapitulieren. Dabei werden fast zwei Millionen Rotarmisten in Gefangenschaft geraten. Das ist ein Schlag, von dem Stalin sich nicht so schnell erholt, der uns aber in die Lage versetzt, endlich zum Angriff überzugehen.« Von Dankenfels klang gut gelaunt. »Ich halte es für durchaus realistisch, dass wir die Sowjets mehrere hundert Kilometer, bis über die Reichsgrenzen hinaus, zurückwerfen können, bevor sie erneut nennenswerten Widerstand organisieren können. Deshalb glaube ich fest daran, dass die nächste Entscheidungsschlacht nicht auf deutschem, sondern auf sowjetischem Gebiet stattfinden wird.«

Die Soldaten an den Funkgeräten hatten sich gegenseitig angestoßen, um die Kameraden auf von Dankenfels' Erläuterungen aufmerksam zu machen. Sie drückten ihre Kopfhörer an ein Ohr und lauschten mit dem anderen den Ausführungen des Generalfeldmarschalls.

Bei den letzten Worten brach sich ein Jubel der Erleichterung Bahn. Von Dankenfels war nicht nur für die Soldaten der Kastrup, sondern auch für das Heer so etwas wie ein Garant für den Sieg. Wenn dieser Mann sich aus dem Fenster lehnte und eine

Wende im Krieg gegen die Sowjetunion prophezeite, bezweifelte niemand, dass die Wende auch eintrat.

Selbst Friedrich konnte sich ein Lächeln über die Begeisterung, die die Zuversicht des Generalfeldmarschalls auslöste, nicht verkneifen.

*

»Die 3. Front war dabei, die Zweite bei ihrem Angriff nach Westen abzulösen, um endlich den Durchbruch zu schaffen, als die Deutschen mit Hunderten ihrer Riesenbomber angriffen und ihre eigene Stadt rücksichtslos in Schutt und Asche legten.« Tschernikow hob die Schultern und streckte die Unterarme mit den Handflächen nach oben zur Seite. Er war sich darüber im Klaren, dass diese Geste absolute Hilflosigkeit signalisierte, doch dies war exakt das, was er empfand.

Vor einer Viertelstunde war er von seinem Adjutanten Illjanow geweckt worden. Es habe sich etwas von großer Tragweite ereignet und er solle sich sofort in den Planungsraum begeben. Dort war Tschernikow von Oberst Rachnow informiert worden, ein Großteil der 3. Front sei durch das Bombardement der Deutschen vernichtet worden oder könne zumindest den Kampf nicht fortführen. Ihm war nichts anderes übrig geblieben, als den Generalsekretär wecken zu lassen.

Nun stand er mit hilfloser Geste vor seinem Oberbefehlshaber. Stalins Miene wirkte nach den ersten Sätzen des Generalobersten steinern. Nur die Enden seines Schnurrbartes zitterten als sicheres Zeichen seiner Nervosität. Völlig ruhig forderte er Tschernikow auf, weiter zu berichten.

»Die Deutschen haben keine Sprengbomben, sondern einen neuartigen Typ von Brandbomben eingesetzt.« Der Generaloberst schilderte die verheerende Wirkung des Angriffs und endete mit den Worten: »Das Zentrum und weite Teile des nördlichen, südlichen und östlichen Stadtrandes sind vollständig vernichtet. Die Feuersbrünste wüten schlimmer als nach einer Nuklearexplosion.«

»Durch ein strategisches Bombardement kann man einer Armee höchstens ein paar Prozent Verluste zufügen«, hielt der Generalsekretär den Ausführungen des Oberkommandierenden des Nord- und Mittelabschnitts entgegen. »Also kommen Sie mir nicht damit, dass dieses Bombardement unseren Angriff gen Westen ernsthaft aufhalten könnte, Genosse! Ich darf doch wohl nicht annehmen, dass Sie schon jetzt, bevor die Offensive der 3. Front begonnen hat, nach Entschuldigungen für deren Scheitern suchen.«

»Wir reden hier nicht von ein paar Prozent Verlusten, Genosse Generalsekretär!« Tschernikows Augen waren weit aufgerissen und er untermauerte seine Worte, indem er mit der Rechten auf den Kartentisch schlug – unter normalen Umständen ein ungeheuerliches Verhalten. Doch er wollte Stalin klarmachen, dass die Umstände nicht normal waren. »Die ohnehin stark geschwächte 2. Front war im Begriff, sich langsam vom Feind zu lösen, um durch die frischen Verbände der Dritten ersetzt zu werden. In dem von den Deutschen bombardierten Gebiet dürften sich rund dreihunderttausend Soldaten aufgehalten haben, von denen nach ersten Schätzungen hunderttausend gefallen und weitere hunderttausend schwer verletzt sind.« Tschernikows Augen blitzten. »Genosse Generalsekretär, bitte bedenken Sie, dass in weiten Teilen des bombardierten Gebiets Feuerstürme herrschten, die unsere Soldaten bei lebendigem Leibe verbrannt und viele, die in Kellern Schutz suchten, erstickt haben. Es war kein normales Bombardement! Es war eine ungeheure Teufelei der verdammten Deutschen!«

Stalin wischte sich missmutig den Speichel von seiner Uniformjacke, den der Gefühlsausbruch seines Gegenübers dorthin befördert hatte. »Sie wollen mir also erzählen, dass unsere Truppen nicht mehr nach Westen durchbrechen können? Dass unser Plan, das Reich durch einen schnellen Vorstoß auf Berlin niederzuwerfen, gescheitert ist?«

Tschernikow nickte. »Unter Berücksichtigung unserer ungeheueren Verluste ist dies in der Tat genau das, was ich Ihnen beizubringen versuche, Genosse Generalsekretär.« Er verschwendete keinen Gedanken daran, dass seine Worte Stalin veranlassen konnten, ihn hinrichten zu lassen. »Die Deutschen haben sich im Westen Warschaus an jedem Quadratmeter Boden festgebissen. Die ersten beiden Fronten konnten nicht durchbrechen. Und nun soll die 3. Front es schaffen, obwohl weit mehr als die Hälfte der Soldaten tot oder schwer verletzt sind? Wie stellen Sie sich das vor?« Er ließ nun jede Vorsicht fallen.

Stalin winkte müde ab. »Holen Sie unsere Soldaten da raus. Lassen Sie den Ring von Westen her angreifen, während die Sechste und Neunte von Osten her attackiert.«

Tschernikow hatte plötzlich große Lust, seinem Gegenüber die Zähne einzuschlagen, doch er riss sich zusammen. »Der Angriff der beiden Armeen findet in wenigen Stunden statt. Die Spitzen befinden sich nur noch wenige Dutzend Kilometer vom Sperrriegel entfernt.« Er holte tief Luft. Sein ohnehin ständig leicht gerötetes Gesicht nahm die Färbung einer reifen Tomate an. Dann platzte es aus ihm heraus: »Soll ich die Armeen anhalten, bis sich das Chaos im Kessel so weit gelegt hat, dass sich die verbliebenen Truppen zu einem Ausbruch gen Osten formieren können? Wissen Sie überhaupt, was da los ist? Dort sind mehr als hunderttausend Schwerverwundete zu versorgen, obwohl praktisch kein Nachschub mehr durchkommt!«

»Dann sollen sich die Truppen durch den von den Asia-Armeen im Norden gehaltenen Korridor zurückziehen.« Stalin war blass geworden. Er hatte es nicht wahrhaben wollen, doch langsam dämmerte ihm die Tragweite der Ereignisse, die sich in diesen Stunden abspielten.

»Im Norden ist die deutsche 16. Panzerarmee auf dem Vormarsch. Ich erhalte widersprüchliche Meldungen, doch es sieht so aus, als wäre die deutsche Sechzehnte gegen die Dreizehnte Asia-Armee nach Südosten durchgebrochen und hätte zusammen mit der nachstoßenden 3. Armee den Sperrriegel im Norden aufgebaut, der sich bald mit dem nördlichen Ende des Riegels der von Süden vorgestoßenen Kastrup vereinen wird.«

Tschernikow holte tief Luft. Dann fuhr er mit gedämpfter Stimme und Resignation ausdrückendem Tonfall fort: »Falls der Kessel noch nicht geschlossen ist, kann es bis dahin nur noch wenige Stunden dauern. Das ist viel zu wenig Zeit, um die eingeschlossenen Verbände, zu denen nun auch die verbliebenen drei Asia-Armeen im Norden gehören, zu evakuieren.«

»Wir haben die Schlacht um Warschau so gut wie verloren«, fasste Stalin zusammen. Die Worte kamen sehr kleinlaut über seine Lippen. »Unsere letzte Hoffnung ist, dass die Sechste und Neunte den Kessel aufbrechen.«

»Der Erfolg hängt davon ab, wie stark die Konzentration der deutschen Kräfte im Bereich ihres Sperrriegels ist, in dem unsere beiden Armeen einen Schlauch durch die Einkesselung freikämpfen sollen. Hoffen wir, dass der deutsche Oberkommandierende – ich nehme an, es ist Kastrup-Chef von Dankenfels – nicht erahnt hat, wo wir genau angreifen. Mittlerweile wird er es wohl durch seine Aufklärung wissen... Hoffen wir also, dass es für ihn zu spät ist, das Gros seiner Streitkräfte, speziell die Artillerie, ins Kampfgebiet zu verlegen.«

»Nun hören Sie mir mal gut zu, Genosse Generaloberst.« Stalin blickte seinem höchsten Militär mit fast suggestiver Wirkung in die Augen. »Die Sechste und Neunte sind das Einzige, was wir den Deutschen auf die Schnelle im Nord- und Mittelabschnitt entgegenwerfen können, falls wir die bei Warschau eingeschlossenen Armeen verlieren. Wir brauchen diese Armeen, um den Kaiser bei seinem gewiss bald erfolgenden Vorstoß nach Osten zumindest solange aufzuhalten, bis wir weitere Armeen kampfbereit haben. Wenn der Feind in Moskau steht, bevor wir so weit sind, war alles umsonst. Dann verlieren wir den gesamten Krieg! Falls dieser von Dankenfels, der ja wohl bei dieser Schlacht um Warschau ein mehr als glückliches Händchen hatte, auch den Angriffsort unserer beiden Armeen *vorausgeahnt* hat« – Tschernikow empfand die Betonung des letzten Wortes als äußerst seltsam – »sollen sich beide Armeen bei unerwartet heftigem Widerstand sofort zurückziehen.«

»Wir müssen die eingeschlossenen Truppen um jeden Preis entsetzen. Das können wir allerdings nur tun, wenn die Sechste und Neunte mit aller Entschlossenheit vorgehen.«

Jetzt war es Stalin, der rot anlief. »Wir können es uns nicht leisten, unsere stärksten Verbände zwischen Warschau und Moskau auch noch zu verheizen. Dann steht der Kaiser in Moskau, bevor wir uns von dem Schlag bei Warschau erholen können. Dieses Risiko werden wir nicht eingehen.« Er packte Tschernikow am Kragen. Sein Gesicht hatte sich in eine wütende Grimasse verwandelt. »Falls die Deutschen also wieder einmal *geahnt*« – wieder die seltsame Betonung – »haben, was wir genau planen, ziehen Sie die Armeen gefälligst zurück, bevor wir sie auch verlieren! Dies ist ein unmissverständlicher Befehl! Wenn diese Gardearmeen schwere Verluste hinnehmen müssen, werde ich Sie nicht erschießen, sondern auf dem Roten Platz hängen lassen. Habe ich mich unmissverständlich ausgedrückt?«

Tschernikow antwortete nicht. *Ich hätte diesen aufgeblasenen Möchtegernstrategen erschießen sollen, als er trotz der Gefahr der Einkesselung auf einen Durchbruch der Warschauer Fronten gen Westen beharrte,* dachte er. *Doch dieses Mal hat er nicht ganz Unrecht. Falls wir beide Armeen verlieren, steht den Deutschen nichts Nennenswertes im Nord- und Mittelabschnitt entgegen. Ich werde die entsprechenden Befehle geben.*

*

Major Hans Rohwedder war mehr als erfreut, dass Oberst von Markstedt ihn nicht eingeteilt hatte, eine Nachtwache zu kommandieren. Er war von den Strapazen der vergangenen Tage todmüde gewesen und hatte sich, wie die meisten anderen Soldaten, ein gemütliches Plätzchen in einem der unbeschädigt gebliebenen Häuser des einst malerischen Städtchens Augustow gesucht.

Er hatte sich auf eine Couch gelegt, die Augen geschlossen und war sofort eingeschlafen.

Ein Vibrieren und Stampfen, das sich über die Füße des Möbelstücks auf dessen metallene Federn übertrug, holte ihn aus einem tiefen, traumlosen Schlaf.

Im Dämmerlicht einiger Kerzen sah er Wolf und Hölzen, die aus einem weiteren Raum des bürgerlichen Hauses durchs Wohnzimmer liefen, sich mit einem Blick überzeugten, dass ihr Vorgesetzter wach war, und durch den Flur Richtung Ausgang verschwanden.

Rohwedder schaute durch das unverhängte Wohnzimmerfenster. Gestalten in Kastrup-Uniformen huschten vorbei, einem unbekannten Ziel entgegen.

Die Vibrationen und das Stampfen wurden immer stärker. Der Kronleuchter fing an zu schwanken. Gläser klirrten in einer antik wirkenden Vitrine.

Rohwedder richtete sich auf. Russen konnten diese bedrohlich wirkenden Geräusche nicht verursachen. Dann wäre längst Alarm geschlagen worden. Er stellte sich aufrecht hin und schüttelte die Müdigkeit aus seinen Gliedern. Dann ging er in aller Ruhe zum Ausgang. Überall strömten Soldaten aus den Häusern im Zentrum des Städtchens. Einige gingen. Andere liefen. Wieder andere rannten. Im fahlen Licht des Mondes und der Sterne wirkte die Szenerie ziemlich unwirklich. Alle strebten nach Nordwesten, von wo sich das Stampfen näherte, als marschiere im Gleichschritt eine Division von Riesen heran.

Rohwedder reihte sich in den Strom der Soldaten ein. Er schnappte Wortfetzen auf wie »Sechzehnte«, »Landkreuzer« und »Kampfläufer«. Neben ihm lief ein junger Soldat, kaum zwanzig Jahre alt, den er als Angehörigen seines Fallschirmjägerbataillons erkannte.

»Feldwebel Hermsen! Wissen Sie etwas Genaueres? Was geht hier vor?«

»Sie haben es noch nicht gehört, Herr Major? Das ist ein Landkreuzer mit zweihundertfünfzig Kampfläufern.« Hermsen deutete nach Nordwesten. »Die Sechzehnte hatte ursprünglich zwei Landkreuzer. Einer ist aber nach 'nem Bombentreffer liegen geblieben. Die haben auch Dutzende Kampfläufer verloren und aus dem Rest 'ne vollständige Abteilung gebildet, die den verbliebenen Landkreuzer begleitet und von ihm versorgt werden kann.«

Der Kessel ist geschlossen, Gott sei Dank!, war Rohwedders erster Gedanke. »Woher wissen Sie das alles?«

»Von Oberst von Markstedt! Die Sechzehnte hat sich vor 'ner halben Stunde über Funk angemeldet. Ich hörte, wie der Oberst persönlich die Offiziere, die beim Lager der gefangengenommenen Russen Wache schieben, darüber informierte.«

Als sie den nordwestlichen Rand des Städtchens erreichten, sahen sie Oberst von Markstedt mit einem halben Dutzend Offizieren aus einem Kübelwagen steigen, der mitten auf einer Landstraße geparkt war. Sie positionierten sich vor dem Fahrzeug des Herstellers »Bürgerwagen« und blickten die Landstraße entlang, die mit einer scharfen Linkskurve in fünfhundert Metern Entfernung im Wald verschwand.

Das Stampfen hatte mittlerweile Ausmaße angenommen, die den Kübelwagen veranlassten, leicht in den Federn zu wippen. Dann marschierte die erste Zweierreihe Kampfläufer um die Kurve und kam ins Blickfeld der gespannt wartenden Soldaten. Unmittelbar dahinter folgte die zweite Reihe, dann die dritte. Wie eine stählerne Schlange bog die Kampfläufer-Abteilung um die Kurve. Jeder Schritt der vier Meter hohen Stahlriesen ließ den Boden erzittern. Ihre linken »Arme« bestanden aus Rotationskanonen des Kalibers 2 cm und zeigten in einem Winkel von 45 Grad nach oben. Der rechte »Arm«, ein Excalibur-Raketenwerfer, wies nach unten. Eine im Gleichschritt marschierende Kampfläufer-Abteilung war ein Erlebnis, dem sich kein Soldat entziehen konnte. Es war ein Spektakel, das man gleichzeitig sah, hörte und spürte. Jede dieser Empfindungen trug zu einem monströsen, unbegrenzte Macht und Unbesiegbarkeit ausströmenden Gesamtbild bei.

Die metallenen Riesen wirkten wie die Leibgarde eines stählernen Gottes. Auch Rohwedder konnte sich diesem Eindruck nicht entziehen. Es lief ihm kalt den Rücken herab. In der Menge erkannte er wenige Meter entfernt die Feldwebel Wolf und Hölzen. Beide starrten mit offenem Mund die herannahende Streitmacht an. Doch auch das Vibrieren zwischen den Schritten der Stahlkolosse wurde immer stärker. Es kündigte eine weitere Monstrosität an.

Rohwedder sah Baumkronen jenseits der Kurve, die einfach zur Seite kippten. Ein wütender Riese, mächtiger noch als die Kampfläufer, schien sich seinen Weg durch den Wald zu bahnen.

Die Soldaten räumten die Landstraße, um den stählernen Kameraden Platz zu machen. Ein Feldwebel beeilte sich, den Kübelwagen zur Seite zu fahren. Wenige Sekunden später marschierte die Spitze der Riesen an ihnen vorbei. Fast zur gleichen Zeit bog der Landkreuzer um die Kurve, für den die Landstraße viel zu schmal war. Rücksichtslos walzte er die Bäume am Rand um. Das Knirschen des zersplitternden Holzes ging im Dröhnen der gewaltigen Schritte und im Gerassel der Ketten unter.

Wie auf ein geheimes Zeichen hin stoppte die stählerne Armee.

Aus der vordersten Reihe löste sich ein Riese und schritt zurück zum Oberst, der am Straßenrand wartete. Der Koloss baute sich vor dem Obersten auf, der die Nerven behalten hatte und keinen Schritt zurückgewichen war.

»Oberst Rundstein hier!«, kam es mit tiefer, metallisch hart klingender Stimme aus dem Lautsprecher des Kampfläufers. »Ich bin an Bord des Landkreuzers und spreche über eine verschlüsselte Funkverbindung durch diesen Kampfläufer, der von Leutnant Uhland pilotiert wird. Meine Befehle lauten, bei Augustow auf die Ankunft von Generalfeldmarschall von Dankenfels zu warten und mich derweil auf einen Angriff auf die nördliche Flanke der sowjetischen Sechsten vorzubereiten. Meiner Abteilung folgt die Panzer-Abteilung von Major Burgstein. Sie wird an Ihre Verteidigungslinien anschließend nach Süden hin in Stellung gehen.«

»Oberst Markstedt!« Seine Stimme klang im Vergleich zu der des stählernen Riesen wie ein Säuseln, obwohl er schrie. »Mein Regiment hat Augustow vor wenigen Stunden genommen und bereitet sich momentan auf die Verteidigung des Städtchens vor. Im Nordosten liegen einige Felder, die sich hervorragend für Ihre Vorbereitungen eignen dürften.«

»Vielen Dank, Kamerad. Wir machen uns sogleich auf den Weg.«

Der Kampfläufer stampfte in die vorderste Reihe zurück. Als er seine Position eingenommen hatte, marschierte die stählerne Armee weiter. Sie verließ die nach Süden führende Landstraße und stampfte weiter über die angrenzenden Felder nach Osten.

Erneut mussten die Soldaten des 342. Regiments Platz machen, um dem Landkreuzer nicht im Wege zu stehen, der mit seinen siebzehn Metern Breite zu beiden Seiten über die Straße hinausragte. Als das 2200-Tonnen Ungetüm den Standort der Männer passierte, sah Rohwedder, dass das Fahrwerk des Kübelwagens offenbar in Resonanz mit den durch den Koloss verursachten Vibrationen geraten war. Das Fahrzeug wippte hin und her, wobei die Vorder- und die Hinterräder abwechselnd den Kontakt mit dem Boden verloren.

Die vier oder fünf Dutzend Soldaten, die angetreten waren, um dem Spektakel der Ankunft der Kampfläufer-Abteilung beizuwohnen, folgten der stählernen Armee auf die freien Felder im Osten, um den Angriffsvorbereitungen der neuen Waffengattung zuzusehen.

Der Landkreuzer positionierte sich in der Mitte der freien Fläche. Jeweils zwei Kampfläufer pressten sich mit dem Rücken für eine halbe Minute gegen das Heck des Giganten.

»Die werden mit Treibstoff und Munition versorgt«, raunte Feldwebel Wolf, der unmittelbar neben Rohwedder stand. »Im Rücken der Kampfläufer und im Heck des Landkreuzers öffnen sich, von außen unsichtbar, Luken, durch die die Versorgung erfolgt. Neben seiner Funktion als schwerster Panzer aller Zeiten ist ein Landkreuzer ein fahrendes Versorgungsdepot für bis zu zweihundertfünfzig Kampfläufer.« Ein Lächeln umspielte Wolfs Lippen. »Ich weiß es aus der *Nordischen Militärzeitschrift*. Ich lese sie regelmäßig. Sie hat vor zwei Ausgaben einen ausführlichen Artikel über die neue Waffenkombination Landkreuzer/Kampfläufer gebracht.«

Rohwedder lächelte zurück – weniger über die Ausführungen Wolfs als über die Begeisterung, die sich in dessen Augen widerspiegelte.

Eine Stunde später – die Kampfläufer hatten ihre Versorgung gerade beendet – kündigte ein rötlicher Streifen am Horizont den neuen Tag an. Major Rohwedder glaubte fest daran, dass dies der Tag war, der als Wende im Krieg gegen die Sowjetunion in die Geschichtsbücher eingehen würde. Wie zur Bekräftigung seiner Gedanken donnerten einige Dutzende Stuka-Schwärme in wenigen hundert Metern Höhe über seinen Kopf hinweg. Darüber raste eine nicht mindere Zahl von Jagdflugzeugen gen

Osten. Bald waren die Maschinen nur noch als kleiner werdende Silhouetten gegen die rötlich angestrahlten Wolkenbänder zu erkennen.

Kurz darauf bebte der Boden erneut unter rhythmischem Stampfen, obwohl die Kampfläufer auf dem freiem Feld stillstanden. Dann brachen sie aus dem südlichen Wald: Hunderte weiterer stählerner Riesen marschierten auf die Felder, gefolgt von zwei Landkreuzern.

»Das ist von Dankenfels!«, rief Wolf in den monströsen, dumpfen Lärm hinein.

»Verteidigungsstellung einnehmen!«, kam eine sich fast überschlagende Stimme von hinten. Rohwedder vermutete, dass sie Oberst Markstedt gehörte. »Befehl vom Generalfeldmarschall! Es geht gleich los!«

Die Soldaten rannten die wenigen hundert Meter zu den Schützengräben und den in den Gebäuden am südlichen und östlichen Stadtrand eingerichteten Stellungen. Einige Dutzend Maus, Tiger und Panther, offenbar die Abteilung, die den Kampfläufern folgte, fuhr östlich an den Männern in südlicher Richtung vorbei, um die Linien des 342. Regiments im Süden zu ergänzen.

Rohwedder sprang in einen Schützengraben, der von den Männern seines Fallschirmjäger-Bataillons gegraben worden war. Mehrere Maschinengewehre, zusätzlich durch Sandsäcke gesichert, waren auf dem Rand aufgestellt worden. Auf dem Grabenboden standen zwei Dutzend Kisten mit Excalibur-Raketen, die nun aufgebrochen wurden. Die Werfer wurden ebenfalls auf dem östlichen Rand des von Norden nach Süden verlaufenden Grabens aufgestellt und mit Sandsäcken gesichert.

In weiter Ferne war das trockene Rattern der Rotationskanonen der Stukas zu hören. Dumpfe Explosionen, wahrscheinlich von sowjetischen Flakgranaten, mischten sich darunter. Dann stiegen im Süden mehrere Raketenschwärme auf, die den Russen heulend entgegenjagten. Mehrere Kilometer entfernte Artilleriegeschütze mischten sich mit krachendem Ballern in das Konzert zu Ehren der Roten Armee.

Dann schien die Welt unterzugehen.

Ohrenbetäubender Donner raubte den Soldaten im Schützengraben fast das Gehör. Rohwedder hörte für eine halbe Minute nichts als ein helles Pfeifen. Er blickte nach Nordosten und sah grauen Qualm aus den sechs 38-cm-Kanonen der drei Landkreuzer aufsteigen. Er beeilte sich eine Packung Wegwerftaschentücher aus seiner Uniformjacke zu holen. Er zerriss eins und stopfte sich die Fetzen in die Ohren. Aus den Augenwinkeln nahm er wahr, dass seine Kameraden es ihm gleichtaten.

Die insgesamt siebenhundertfünfzig Kampfläufer sorgten mit ihrem Abmarsch gen Osten erneut für eine martialische Erschütterung des Bodens. Erdbrocken lösten sich von den Wänden des Schützengrabens. Eine halbe Stunde später drang von Osten her ein höllisches Gekreisch zu den Soldaten herüber.

»Die Kampfläufer sind zum Angriff übergegangen!«, rief ein Soldat, der wohl auch ein fleißiger Leser der *Nordischen Militärzeitschrift* war. »Sie lenken die Abgase ihrer Wankelmotoren nun statt in einen Schalldämpfer in einen Resonator, was eine ähnliche psychologische Wirkung hat wie die Sirenen unserer Stukas.«

Na, vielen Dank für die Aufklärung, dachte Rohwedder, dem die technischen Merkmale der Kampfläufer durchaus bekannt waren. *Immerhin hat das Kreischen den Effekt, dass die überlebenden Russen nach dieser Schlacht ebenso taub sind wie wir.*

Den ganzen Tag lagen die Soldaten des Fallschirmjäger-Bataillons, wie viele zehntausend andere auch, im Schützengraben und warteten darauf, dass die Russen irgendwo im Osten aus einem Waldstück oder über eine Hügelkuppe hervorbrachen und auf ihre Verteidigungslinien zustürmten. Ein Stuka-Schwarm nach dem andern flog über die Männer hinweg nach Osten. Stetig kehrten andere von dort zurück, um auf dem Flughafen Königsberg Treibstoff und Munition zu fassen. Unaufhörlich donnerte die deutsche Artillerie, immer neue Schwärme Raketen heulten dem unsichtbaren Feind entgegen. Die Landkreuzer mühten sich redlich, den eigenen Soldaten auch den letzten Rest des Gehörs zu rauben. Bis zum Abend hatten die Soldaten in der Gegend von Augustow, wenn man von der Artillerie absah, keinen Schuss abgegeben.

Die Sonne schickte sich schon an, als roter Ball hinter dem westlichen Horizont zu verschwinden, als jemand Rohwedder auf die Schulter tippte: Leutnant Binsen hielt seinem Vorgesetzten ein Funkgerät hin. Rohwedder zog den Papierschalldämpfer heraus, presste das Ding ans linke Ohr und meldete sich mit Namen und Dienstgrad.

»Leutnant Kubinski«, plärrte es ihm knisternd entgegen. »Der Oberst lässt ausrichten, dass der Iwan Fersengeld gibt. Geben Sie dies bitte an Ihre...« Den Rest hörte Rohwedder nicht mehr, weil die Landkreuzer den Abbruch des Angriffs der Roten offenbar nicht für einen Grund zu halten schienen, sie in Frieden ziehen zu lassen. Lediglich das an das linke Ohr gepresste Funkgerät bewirkte, dass das Klingeln in Rohwedders Ohren etwas schwächer ausfiel als am vorangegangenen Morgen.

Die Artillerie setzte den Beschuss noch eine Viertelstunde fort. Die weit reichenden Kanonen der Landkreuzer schwiegen eine halbe Stunde später. Nachdem die Sonne untergegangen war, endete auch das ständige Donnern der Triebwerke der Stukas, die in unaufhörlichen Wellen über sie hinweggeflogen waren.

Nach der infernalischen Geräuschkulisse des vergangenen Tages stellte sich für wenige Minuten eine geradezu gespenstische Ruhe ein, die nur kurz unterbrochen wurde, als einer der drei Landkreuzer seine Position im Norden verließ und sich dem Städtchen näherte.

Die resultierenden Vibrationen ließen immer größere Erdbrocken von den Grabenwänden fallen, bis die Soldaten fluchtartig ins Freie kletterten. Unmittelbar vor dem Schützengraben hielt das Ungetüm an. In rund zehn Metern Höhe, am Geländer, das die Wanne des Landkreuzers umlief, erschienen ein halbes Dutzend schwarz gekleidete Gestalten.

Rohwedder legte den Kopf in den Nacken und erkannte unter einem schwarzen Stahlhelm vertraute Gesichtszüge: Da oben stand niemand anders als der Generalfeldmarschall höchstpersönlich! Schon machte er sich daran, die am seitlichen Kettenschutz des Riesen angebrachte Leiter hinabzusteigen.

Rohwedder ließ es sich nicht nehmen, seinen obersten Vorgesetzten, vom Kaiser abgesehen, persönlich zu begrüßen. Als von Dankenfels unten ankam, war der schon zur Stelle und salutierte zackig. Sein gesamtes Fallschirmjäger-Bataillon hatte sich hinter ihm aufgestellt und tat es ihm nach.

»Rohwedder! Sie hier?« Von Dankenfels runzelte die Stirn. »Sie sollten doch das Ufer des Wieper halten. Was hat Sie denn hierher verschlagen?«

»Mit dem Eintreffen der Verbände der Zweiten war unsere Aufgabe erfüllt, Herr Generalfeldmarschall.« Rohwedder hüstelte. »Wir wurden von dem Regiment Oberst Markstedts aufgenommen, der den Befehl hatte, hierher vorzustoßen – zum nördlichsten Punkt der durch die Zweite gebildeten Zangenbewegung. Dass von diesem Punkt aus ein Angriff auf die Flanken der Sowjetischen Entsatz-Armeen erfolgen sollte, war mir zu diesem Zeitpunkt noch nicht klar.«

»Markstedt auch nicht«, klärte der Generalfeldmarschall Rohwedder mit einem vergnügten Lächeln auf. »Von diesen Details wusste nur das Oberkommando – um zu verhindern, dass unsere Absichten dem Iwan frühzeitig bekannt wurden.« Er schaute sich kurz um. »Wie dem auch sei: Unsere Artillerie und unsere Luftangriffe haben den Sowjets stark zugesetzt. Als unsere Kampfläufer von Norden und Süden gegen ihre Flanken vorrückten, brach das Chaos aus. Sie mussten sich mit starken Verlusten zurückziehen. Nur unsere in der Mitte ihres Angriffsstreifens stehenden Verbände – also etwa fünfundzwanzig Kilometer südlich von hier – bekamen kurzzeitig Feindberührung, aber unsere Stellungen waren zu keinem Zeitpunkt wirklich gefährdet.«

Von Dankenfels machte eine kurze Pause, die er nutzte, sich die Brust zu kratzen. Er konnte nicht ahnen, dass der Abbruch des russischen Angriffes nicht nur auf die Verluste zurückzuführen war, die die Rote Armee durch den Artilleriebeschuss und die Luftangriffe erlitten hatte, sondern auf das Bemühen der sowjetischen Führung, in dieser Schlacht nicht auch noch die letzten starken Verbände zu verlieren. Doch selbst wenn er die Zusammenhänge geahnt hätte, hätte dies seinen Triumph kaum getrübt. Letztlich zählte nur das Ergebnis: Die Schlacht um Warschau war gewonnen.

Mit einem spitzbübischen Lächeln fuhr er fort: »Ich habe Seine Majestät schon vom Landkreuzer aus über unseren Erfolg unterrichtet. Der Kaiser hält sich gerade in Gehlenburg auf, beabsichtigt aber, noch im Laufe der Nacht hier einzutreffen. Ich glaube, dass dies Oberst Markstedt auch interessieren wird.«

Der letzte Satz war, wie Rohwedder belustigt feststellte, die Untertreibung des Jahrhunderts.

»Wo finde ich ihn?«

Rohwedder vollführte eine Vierteldrehung nach rechts und deutete auf ein in dreihundert Metern Entfernung liegendes, fast unversehrt gebliebenes Fachwerkhaus. »Wenn es Ihnen recht ist, Herr Generalfeldmarschall, begleite ich Sie.«

»Ich habe Sie schon mal mit zum Kaiser genommen«, spielte von Dankenfels auf eine noch nicht lange zurückliegende Episode an: Rohwedder hatte an der Loyalität der Kastrup gegenüber dem Kaiser gezweifelt, und der Generalfeldmarschall hatte ihm Gelegenheit gegeben, sich beim Monarchen höchstpersönlich von den wahren Hintergründen seiner Politik zu überzeugen. »Da werde ich es wohl kaum scheuen, Sie mit zu einem Oberst zu nehmen.«

Seit dem Gespräch mit dem Kaiser hatte Rohwedder zwar keine Zweifel mehr an der Aufrichtigkeit der Kastrup, doch das Wissen, was der Menschheit bevorstand, hatte bei ihm zumindest in den Tagen danach zu Einschlafproblemen geführt. Bei Männern vom Schlage Rohwedders hätte auch das Erscheinen des Teufels persönlich keine schwerwiegenderen Auswirkungen auf ihre Befindlichkeit gehabt, doch bei dem, was auf die Erde zukam, hätte er dem Teufel gern den Vorzug gegeben.

Von Dankenfels schien wohl zu erraten, dass er an das Gespräch beim Kaiser dachte: Er lächelte verständnisvoll und klopfte Rohwedder kameradschaftlich auf die Schulter – eine Geste, die auch den umstehenden Elitesoldaten unmissverständlich klarmachte: Ich bin einer von euch. »Dann gehen Sie mal vor!«, forderte der Mann mit der unter einem schwarzen Stahlhelm verborgenen weißen Bürstenfrisur sein Gegenüber auf.

Rohwedder schritt an seinem Bataillon vorbei und begab sich in Richtung Stadtrand. In den Gesichtern einiger Männer konnte er eine gewisse Enttäuschung darüber ablesen, dass sie nichts zum letzten Akt in der Schlacht um Warschau hatten beitragen können.

Entlang des Weges zum Hauptquartier des Obersten sammelten sich immer mehr Soldaten der Kastrup. Für die meisten war es eine der seltenen Gelegenheiten, ihren legendären Kommandeur aus der Nähe zu sehen. Unter den Schaulustigen entdeckte Rohwedder auch Feldwebel Wolf. Er stand in der zweiten Reihe und salutierte wie die anderen, als der Generalfeldmarschall vorbeikam.

»Einige unserer Männer haben in den vorausgegangenen Kämpfen schier Unglaubliches geleistet«, bemerkte Rohwedder.

»Hat sich einer besonders hervorgetan?«, erkundigte sich von Dankenfels.

»Ein junger Feldwebel namens Wolf hat beim Häuserkampf um Augustow große Nervenstärke und Tapferkeit bewiesen. Wir sind gerade an ihm vorbeigegangen.«

Von Dankenfels hielt kurz inne. »Feldwebel Wolf, treten Sie vor!«

Der Angesprochene bahnte sich einen Weg durch die Reihe der Kameraden, baute sich vor dem Generalfeldmarschall auf und salutierte exakt. Mit seinen scharf geschnittenen Gesichtzügen, der geraden schmalen Nase und den selbst im Mondlicht strahlenden blauen Augen wirkte er wie ein Vorzeigesoldat auf einem Rekrutierungsplakat mit der Aufschrift: *Treten Sie der Kastrup bei!*

»Auf Empfehlung von Major Rohwedder wird Ihnen das Eiserne Kreuz zweiter Klasse für besondere Tapferkeit verliehen, Soldat!«, sagte von Dankenfels mit einem väterlichen Lächeln und schlug Wolf kameradschaftlich auf die Schulter. Wolf salutierte erneut, und der Generalfeldmarschall wandte sich ab und setzte seinen Weg fort.

»Ich bin sicher, wir werden von dem jungen Mann noch Einiges hören«, sagte Rohwedder leise zu von Dankenfels. »Falls er nicht übermütig wird und fällt«, fügte er hinzu. »Helden trifft es ja leider häufig als Erste.«

Von Dankenfels nickte nur und schritt auf den Obersten zu, der mit einigen Offizieren vor dem ihm als Hauptquartier dienenden Fachwerkhaus Aufstellung genommen hatte.

Nach einer kurzen Begrüßung kam er zur Sache: »Bereiten Sie alles auf die baldige Ankunft des Kaisers vor, Oberst Markstedt.«

Markstedt wurde blass. Seine linke Wange zuckte verdächtig. Mit brüchiger Stimme presste er hervor: »Wie, um alles in der Welt, soll ich dieses Nest auf die Ankunft Seiner Majestät vorbereiten? Das hier war vor einem Tag noch heiß umkämpftes Gebiet. Halb Augustow ist bei den Gefechten zu Bruch gegangen. Wie soll ich das alles in nur wenigen Stunden aufräumen? Wir haben nicht mal Girlanden!«

Von Dankenfels musterte den Oberst verblüfft. Rohwedder hatte den Eindruck, dass er sich ein Lachen verbiss. Markstedt meinte seine Worte offenbar völlig ernst. Er sorgte sich wirklich darum, dem Kaiser keinen angemessenen Empfang bereiten zu können.

Nach einem kurzen Moment konnte der Generalfeldmarschall sich aber nicht mehr halten und brach in schallendes Gelächter aus. »Mein lieber Markstedt, Seine Majestät ist doch kein weltfremder Spinner. Der Kaiser weiß durchaus, dass hier gerade noch hart gefochten wurde und Sie hier wohl kaum in Ausgehuniformen antreten werden.« Er schaute sich um. »An roten Teppichen wirds hier vermutlich auch mangeln. Sorgen Sie bloß dafür, dass Ihre Soldaten sich den Dreck aus dem Zeug bürsten und einigermaßen geordnet Aufstellung einnehmen, wenn der Kaiser eintrifft. Mehr erwartet niemand von Ihnen.«

Grenzenlose Erleichterung machte sich auf den Gesichtszügen des Obersten breit. Das baldige Eintreffen des Kaisers hatte ihn offenbar mehr beunruhigt als die Ankündigung einer in Kürze anrückenden sowjetischen Panzerarmee. Einige Offiziere verzogen belustigt das Gesicht. Markstedt quittierte es mit einem pikierten Blick in die Runde.

*

Der Kaiser verspätete sich um mehrere Stunden.

Die Ursache dafür erläuterte er unmittelbar nach seiner Ankunft. Zunächst fuhr ein Korso, bestehend aus fünf schwarzen Cabriolets der Marken Mercedes, Horch und BMW, über die von Nordwesten in das Städtchen führende Landstraße bis auf den Marktplatz von Augustow. Dort hatten jene zweihundert Mann Aufstellung genommen, denen Markstedt die unversehrtesten Uniformen attestiert hatte.

Die weißen Fähnchen mit dem schwarzen Tatzenkreuz als Hoheitszeichen des Nordischen Bundes auf den vorderen Kotflügeln der Luxuskarossen flatterten noch im warmen Morgenwind, als der Monarch den dritten Wagen verließ. Er trug einen dunkelblauen Gehrock mit silbernen Knöpfen und eine Hose gleicher Farbe, jedoch mit roten Biesen. Sein aus dem Fahrzeug gesprungener Chauffeur war offenbar verwirrt darüber, dass Seine Majestät die Fahrzeugtür selbst geöffnet hatte und bereits ausgestiegen war.

Die zweihundert Soldaten – ihnen voran ein Dutzend Offiziere, darunter Markstedt, Rohwedder, Burgstein, Rundstein und natürlich von Dankenfels – salutierten zur Begrüßung ihres Monarchen. Letzterer legte die Rechte an die Stirn und schritt auf die Gruppe der Offiziere zu.

»Ich habe keine Ahnung, wer oder was die Straßen hier so ruiniert hat«, sagte er, »aber ich kann Ihnen sagen, dass ich noch nie im Leben derart durchgeschüttelt worden bin. Ich befürchte, dass die Federung all unserer Fahrzeuge völlig ruiniert ist.« Er grinste. »Oder, wie man bei Ihnen wohl sagt – völlig im Eimer.« Seine Majestät nahm die Umgebung in näheren Augenschein. »Wenn ich den Vandalen erwische, der dafür verantwortlich ist, lasse ich ihn vor's Kriegsgericht stellen.«

Oberst Rundstein errötete. Offenbar hatte der Kaiser den gleichen Weg gewählt, den er zuvor mit seinem Landkreuzer und den zweihundertfünfzig Kampfläufern genommen hatte.

Natürlich war die Beanspruchung der Landstraße durch die stählernen Monstren nicht ohne zerstörerische Wirkung gewesen.

»Majestät!«, platzte es aus dem Generalfeldmarschall heraus, »wir haben die Truppen über die örtlichen Straßen hierher geführt, was natürlich nicht ohne Folgen …«

Friedrich grinste von einem Ohr zum anderen. »Mein lieber Generalfeldmarschall! Durch den Erfolg der von Ihnen geplanten und durchgeführten Operation Donnerhall haben Sie nicht mehr und nicht weniger erreicht, als den Nordischen Bund vor dem Untergang zu bewahren. Bitte, haben Sie also Verständnis dafür, dass ich es mir im Zuge der allgemeinen Euphorie nicht nehmen lassen wollte, meinen besten Soldaten auf den Arm zu nehmen.« Nun war es am Kaiser, dem verblüfften Generalfeldmarschall kameradschaftlich auf die Schulter zu klopfen.

Anschließend schritt er die Reihe der Offiziere ab, reichte jedem die Hand und äußerte ein paar freundliche Worte. Bei Rundstein angekommen erwähnte er lediglich: »Ah, der Vandale«, und klopfte ihm auf die Schulter. Dann folgte er Markstedt und den anderen Offizieren ins provisorische Hauptquartier, in dem der Oberst mehrere Tische hatte zusammenschieben lassen. Von Dankenfels hatte dort eine Karte ausgebreitet, auf der die militärische Lage durch bewegliche Symbole für die unterschiedlichen Waffengattungen und Truppenstärken dargestellt wurde.

Nach einem kurzen Blick auf die Karte stellte Friedrich fest, sie hielte keinerlei Überraschungen für ihn bereit. »Wie stellen Sie sich die weitere Vorgehensweise vor?«, wandte er sich an den Generalfeldmarschall.

»Um die Operation Donnerhall endgültig zu beenden, bleibt nichts weiteres zu tun, als den Kessel um Warschau von allen Seiten enger zu ziehen. Dabei lassen wir uns nicht auf verlustreiche Gefechte ein, sondern ziehen uns immer wieder zurück, wenn die sowjetische Gegenwehr ein erträgliches Maß übersteigt. Diese Gegenwehr wird jedoch schwächer werden, weil dem Iwan langsam aber sicher Munition, Verpflegung und Treibstoff ausgehen. Um diese Entwicklung sicherzustellen, riegeln wir den Luftraum über Warschau völlig ab, um die Versorgung der eingeschlossenen Truppen aus der Luft zu verhindern. Zusätzlich werden wir sie mit ständigen Stukaangriffen mürbe machen. Ich gehe davon aus, dass die Sowjets im Kessel innerhalb von ein bis zwei Wochen kapitulieren.«

Die Besprechung dauerte zwei Stunden. Von Dankenfels stellte die Detailplanung vor, nach der die Bodentruppen den Kessel immer weiter einschnüren sollten. Brachem erläuterte die unterstützende Rolle der Luftwaffe, indem sie einerseits den Luftraum über dem Kessel frei von feindlichen Flugzeugen hielt und andererseits den Gegner am Boden durch ständige Stuka-Angriffe nicht zur Ruhe kommen lassen würde. Besonderes Augenmerk wollte man auf die Vernichtung von Nachschubdepots legen, sobald sie von der Aufklärung identifiziert waren.

»Ich danke Ihnen für Ihre hervorragende Arbeit, die uns nun in die Lage versetzt, erst einmal durchzuatmen.« Das Lächeln des Kaisers drückte ehrliche Erleichterung aus. »Was ist Ihre Meinung, Herr von Dankenfels, wann wir zur Offensive gegen die Sowjetunion schreiten können?«

Von Dankenfels räusperte sich und strich über seine Bürstenfrisur. »Für einen Vorstoß nach Osten fehlen uns noch die dazu notwendigen Truppen: Sie sind beim Warschauer Kessel gebunden, um das Ausbrechen des Gegners zu unterbinden. Diese Kapazitäten werden jedoch frei, sobald die Sowjets in Warschau kapitulieren. Erst dann ist eine großangelegte Offensive möglich. Ich bin aber gern bereit, zusammen mit dem Reichsmarschall und dem Generalstab eine entsprechende Detailplanung auszuarbeiten und Ihnen in Kürze vorzulegen, Majestät.« Von Dankenfels blickte in die Runde der Offiziere. »Für eine solche Offensive noch in diesem Jahr ist es von erheblicher Bedeutung, dass wir so früh wie möglich vorrücken. Wir befinden uns bereits in der zweiten Julihälfte – uns bleiben also nur noch wenige Monate, bis die Regenfälle des Spätherbstes und der Winterbeginn unseren Vormarsch behindern werden. Auf diese Weise könnte Stalin Zeit gewinnen und wieder zu Kräften kommen. Deshalb muss unser erstes Ziel zur Vorbereitung eines Vormarsches auf die Sowjetunion die möglichst schnelle Kapitulation der Roten Armee im Warschauer Kessel sein.«

Zustimmendes Gemurmel. Kaiser Friedrich nickte stumm. Er war natürlich erleichtert, dass die unmittelbare Bedrohung des

Reiches zunächst abgewendet war: Der schnelle Vorstoß der Roten Armee nach Westen war vorerst gestoppt. Doch Friedrich war sich bewusst, dass ein schneller Sieg im Osten illusorisch war: Zusätzlich erstarkten im Westen zwei Kriegsgegner, deren Industrieproduktion der des Nordischen Bundes fast ebenbürtig war und die über eine größere Anzahl Männer im wehrfähigen Alter verfügten. Im voraussichtlich noch lange währenden Krieg gegen die Sowjetunion hing die britisch-amerikanische Bedrohung im Westen wie ein Damoklesschwert über ihnen – bereit, jeden Moment herabzufallen, um dem Nordischen Bund den Todesstoß zu versetzen.

Eine mögliche Landung der Alliierten auf dem europäischen Festland konnte nur von England aus erfolgen. Folglich musste dem Feind diese Invasionsbasis genommen werden. Doch wie sollte der Nordische Bund die britischen Inseln erobern, wenn das Gros seiner Kräfte im Osten gebunden war?

Wir haben eine wichtige Schlacht gewonnen. Der Kaiser sprach seine Gedanken nicht aus. *Doch dieser Krieg ist noch lange nicht entschieden. Und selbst wenn wir obsiegen – in vier Jahren müssen wir uns einer Bedrohung stellen, gegen die wir nicht gewinnen können und die uns Verluste eintragen wird, die schlimmer sind als ein mit Atomwaffen geführter Weltkrieg. Musste es unbedingt diese Zeit sein, die mit keiner anderen Epoche in der Geschichte der Menschheit verglichen werden kann, in der ich zum Kaiser wurde? Kein Mensch kann die vor mir liegenden Aufgaben auch nur annähernd lösen. Warum wurden sie ausgerechnet mir aufgebürdet?*

Diese Überlegungen beschäftigten Friedrich, als er die Besprechung beendete. Er signalisierte von Dankenfels beim Verlassen des provisorischen Hauptquartiers kurz, er möge ihm folgen. Draußen, auf dem weitgehend von Trümmern befreiten Marktplatz, warteten die Limousinen, die den Monarchen und seinen Stab zum Flughafen Königsberg zurückbringen sollten.

Friedrich spazierte zusammen mit dem Oberkommandierenden der Kastrup in eine Gasse, um ein paar ungestörte Worte mit ihm wechseln zu können. Die Gebäude zu beiden Seiten waren ein wohltuender Schutz vor der heißen Nachmittagssonne.

»Nachdem die unmittelbare Bedrohung durch die Rote Armee fürs Erste beseitigt ist, würde ich gern mehr über die bevorstehende Katastrophe erfahren – und die Maßnahmen, die Sie, von Lindenheim und Ihre amerikanischen Freunde getroffen haben.« Friedrich hatte eine eigentümliche Betonung auf die »amerikanischen Freunde« gelegt.

»Sie hatten bereits angedeutet, dass Sie eins der Werke der Organisation besichtigen und das Gespräch mit von Lindenheim suchen wollen«, entgegnete von Dankenfels etwas umständlich. »Selbstverständlich können Sie Ort und Zeitpunkt bestimmen, Majestät. Koordinator von Lindenheim würde Sie aber auch jederzeit an einem Ort Ihrer Wahl besuchen. Wie ich Ihnen bereits versicherte, üben Sie nach wie vor die volle Befehlsgewalt über die Kastrup aus – auch über jene Teile, die innerhalb der Organisation daran arbeiten, einem Teil der Menschheit das Überleben nach der Katastrophe zu ermöglichen.«

»Wenn es so ist« – das *Wenn* des Monarchen drückte einen gewissen Zweifel darüber aus, ob er die uneingeschränkte Befehlsgewalt noch hatte, denn von Lindenheim war schon seit Mitte der zwanziger Jahre ohne sein und das Wissen seines Vaters mit dem Aufbau der Organisation beschäftigt – »holen Sie mich übermorgen um achtzehn Uhr in meinen privaten Räumlichkeiten im Kaiserlichen Palast ab. Anschließend bringen Sie mich zu einem der lunaren Stützpunkte der Organisation. Dort soll von Lindenheim sich bei meinem Eintreffen aufhalten.«

»Wenn Ihnen Werk III auf Luna recht wäre, Majestät…«

»Sehr schön! Dann werde ich also in zwei Tagen den Mann im Mond besuchen.« Friedrich lachte trocken und wandte sich dann in die Richtung zurück zum Marktplatz. Der Generalfeldmarschall folgte ihm schweigend.

*

Die Nachricht war ihm von Generaloberst Tschernikow persönlich überbracht worden.

Immerhin: Der Mann hatte Rückgrat. Er hatte mit nur wenigen Worten geschildert, dass die Sechste und Neunte den Angriff abgebrochen hatten. Das Thema, ob sie vielleicht Erfolg gehabt hätten, wenn sie hartnäckig weiter vorgerückt wären, hatte er nicht mal angesprochen.

Nach nüchterner Erwähnung der Fakten hatte Tschernikow den für den Generalsekretär reservierten Raum, das Schlafzimmer des ehemaligen Gutsherren, ohne weitere Worte wieder verlassen. Nicht einmal zu einer Abschiedsfloskel hatte er sich durchringen können...

Stalin seufzte. Er war allein. Er dachte an seinen Aufstieg in der kommunistischen Partei, an seine zahllosen politischen Erfolge und die Beseitigung der Feinde des Arbeiters und des Bauern, die auch seine Feinde waren. Die Sowjetunion war durch ihn zur Weltmacht geworden. Er spürte seit Jahren deutlich seine Berufung, die Völker der Erde unter dem roten Banner des Sozialismus zu vereinen.

Sein größter Widersacher auf dem ihm vorbestimmten Weg war der Nordische Bund. Die dekadenten westlichen Demokratien wären über kurz oder lang von selbst sozialistisch geworden. Irgendwann hätten sich ihre Regierungen nicht mehr von der sowjetischen unterschieden.

Die Chance, die deutschen Atomwaffen mit Hilfe des Wissenschaftlers Malte Müller ausschalten zu können, war ihm wie die Wirkung eines verborgenen Naturgesetzes vorgekommen, das keine andere Entwicklung als den Sieg des Sozialismus zuließ.

Er hatte keinen Moment gezögert, die Chance zu ergreifen, den durch den Verlust seiner Atomwaffen zahnlos gewordenen Nordischen Bund durch einen schnellen Vorstoß seiner zahlenmäßig weit überlegenen Armeen niederzuwerfen.

Je tiefer seine Truppen ins Gebiet des Bundes vorgedrungen waren, umso mehr war er von seiner Vorbestimmung überzeugt gewesen, die kommunistische Weltrevolution zum Sieg zu führen.

Doch die Ereignisse der vergangenen Tage standen im krassen Widerspruch zu seinem Selbstverständnis. Nach seiner steilen Karriere, der praktisch unbeschränkten Macht, die ihm die Genossen verliehen hatten, nach der gelungenen Stabilisierung des Riesenreiches, der Neutralisierung der deutschen Atomwaffen und dem schnellen Vorstoß seiner Truppen auf deutsches Territorium – nach all dem ergab das nun Geschehene einfach keinen Sinn.

Seine zahlenmäßig vielfach überlegenen Armeen waren kurz davor gewesen, den letzten deutschen Widerstand niederzukämpfen und auf Berlin vorzustoßen, um das Zeitalter des Feudalismus endgültig zu beenden. So kurz vor dem Ziel hatte der Feind einen großen Sieg errungen!

Millionen Rotarmisten waren gefallen, verwundet oder würden noch in Gefangenschaft geraten. Der Krieg war zwar noch nicht verloren, doch die Schlacht um Warschau war ein herber Rückschlag, von dem sich sein Land erst in Monaten erholen würde.

Stalin hatte sich das notwendige Maß an Realismus durchaus bewahrt, um sich dies einzugestehen. Nun war wieder alles offen.

Am Anfang des Krieges hatte er keine Sekunde am Sieg der Roten Armee gezweifelt. Nun war alles denkbar.

Es konnte sein, dass die Alliierten im Westen landeten und ihm so die nötige Zeit verschafften, neue Armeen zu bewaffnen und auszubilden, um den Sieg doch noch davonzutragen.

Es konnte aber auch sein, dass die Alliierten versagten und die Deutschen in wenigen Monaten vor Moskau standen und wieder über Atomwaffen verfügten – womit der Krieg dann endgültig verloren war.

Zum ersten Mal im Leben zog Josef Stalin die Möglichkeit in Betracht, er könnte scheitern. Doch der Glaube an seine Bestimmung, der inzwischen fast religiöse Züge angenommen hatte, ließ das Debakel von Warschau zu einer Prüfung für ihn persönlich werden. Nur wer Rückschläge einstecken und in Siege verwandeln konnte, war würdig, über die gesamte Welt zu herrschen.

*

Der Gebirgsbach!

Er konnte ihn deutlich spüren. Doch nicht etwa an den Händen, die er noch vor Kurzem hineingetaucht hatte – oder etwa nicht? – sondern an den Lippen. Das Wasser war herrlich kühl und vertrieb die fürchterliche Trockenheit, die sich von seinem Mund tief in seine Eingeweide gebrannt hatte.

Doch wie kam das Wasser des Baches auf seine Lippen?

Nur langsam klärten sich Iwans Gedanken. Dort, wo er war, gab es keine unberührte Natur, kein klares Wasser, keine Linderung. Er war in der Hölle mit ihren nicht enden wollenden Feuerqualen, dem immer wiederkehrenden grausamen Tod, unendlichem Leid und absoluter Hoffnungslosigkeit.

Doch das kühlende Wasser war Wirklichkeit. Er trank mit vorsichtigen Schlucken und spürte deutlich, dass das herrlichste Getränk, das er je zu sich genommen hatte, seine Mundhöhle ausfüllte und schließlich seine Kehle hinunterrann.

Iwan öffnete die Augen.

Vor ihm kniete ein Soldat in der grauen Felduniform des deutschen Heeres. Er schenkte Iwan ein beruhigendes Lächeln und sagte auf Russisch: »Trink!«

Iwan umschloss die metallene Flasche, die der Deutsche ihm an den Mund hielt, mit beiden Händen. Er nahm das kühle Nass gierig in sich auf, bis der Mann die Flasche sanft aus seinen Händen zog. »Langsam! Nicht zu viel auf einmal. Ich bin kein Arzt, aber zu viel ist sicher nicht gut. Komm erst mal zu dir.«

Mit den furchtbaren Bildern des Feuersturms, in den Pjotr hineingezogen worden war, kehrte die Erinnerung schlagartig zurück.

»Was ist mit meinen Kameraden?«

Der Deutsche blickte ernst und schüttelte kaum merklich den Kopf. »Sie sind erstickt. Es ist ein Wunder, dass du überlebt hast.«

Iwan versuchte sich aufzurichten. Nur widerwillig gehorchten seine Muskeln. Als er sich schließlich auf die Ellenbogen gestützt hatte und nach links schaute, sah er auf dem Boden zwei Beinpaare in russischer Uniform unter einer Decke hervorragen. *Jurij und Boris.* Iwan schüttelte sich.

Ein weiterer Deutscher mit weißer Armbinde und einem roten Kreuz kniete sich neben ihn, fasste ihn am Nacken und richtete seinen Oberkörper auf. Der andere half, Iwan die Uniformjacke auszuziehen. Der Sanitäter zog eine Spritze auf.

»Zur Stabilisierung des Kreislaufs«, kommentierte der andere Mann.

Fünf Minuten später fühlte Iwan sich stark genug, aufstehen zu können. Gestützt auf den Sanitäter verließ er den Keller. Der deutsche Soldat folgte ihnen.

Die Wände im Obergeschoss waren geschwärzt, das Mobiliar zu Asche zerfallen. Nur ein paar metallene Dinge wie die Spiralfedern des Wohnzimmersofas waren übrig geblieben.

Draußen sah es aus, als hätte der Weltuntergang bereits stattgefunden: Bürgersteig, Straße und Spielplatz waren von einer Schicht grauweißer Asche bedeckt. Die vor dem Bombardement weitgehend unbeschädigten Gebäude auf der anderen Seite waren teilweise eingestürzt. Außenmauern ragten wie hohle, löchrige, schwarze Zähne in den Himmel. Dächer, Türen und Fensterrahmen waren völlig verschwunden.

Einige Dutzend Soldaten in angesengten Uniformhosen, die oben herum meist nur mit schwarzen Rußflecken übersäte Unterhemden trugen, bewegten sich in Begleitung grau uniformierter deutscher Soldaten nach Westen.

»Was habt ihr mit uns vor?«, fragte Iwan seine Begleiter. Die Erinnerung an die gruseligen Geschichten, die man sich über die Deutschen erzählte, umfasste sein Herz wie eine eiskalte Hand.

»Kriegsgefangenschaft«, erklärte der Sanitäter lakonisch. Als er Iwans entsetztes Gesicht sah, fügte er schnell hinzu: »Was auch immer euer Geheimdienst über uns erzählt – wir sind ein Kulturvolk und behandeln Kriegsgefangene entsprechend ehrenvoll. Keine Sorge.«

Die Aussage des Mannes war mit der Behandlung, die Iwan bisher von den Deutschen erfahren hatte, im Einklang. Deshalb beschloss er, die Dinge unvoreingenommen auf sich zukommen zu lassen.

*

Nachdenklich betrachtete Admiral Townsend die Hafenanlagen der Stadt Riga zu seiner Linken, die grünblaue Ostsee zu seiner Rechten und den wolkenlosen blauen Himmel über ihm.

Nachdem die Nachricht über den Ausgang der Schlacht von Warschau ihn erreicht hatte, hatte er es auf der Brücke der Duke of York nicht mehr ausgehalten. Er war an Deck des Schlachtschiffes gegangen, um durch die frische Luft einen klaren Kopf zu bekommen.

Die Rote Armee war bei Warschau vernichtend geschlagen worden. Die Frage war, wie lange sie brauchte, um sich von dieser Katastrophe zu erholen. Sicherlich länger als bis die Deutschen Riga von den Sowjets zurückerobert hatten.

Doch dies spielte nur eine untergeordnete Rolle.

Der wesentliche Faktor war der strahlend blaue Himmel. Nachdem die deutsche Luftwaffe vermutlich jedes verfügbare Flugzeug in der Schlacht um Warschau eingesetzt hatte, konnte der Gegner sich nun auf die Vernichtung der britisch-amerikanischen Flotte konzentrieren. Ohne eigene Luftunterstützung würde die deutsche Luftwaffe leichtes Spiel mit den Schiffen seiner Flotte haben. Die Chancen, sich gegen einen massiven Luftangriff erfolgreich zu wehren, waren gleich null. Es würde auf ein Massaker an den britischen und amerikanischen Seeleuten hinauslaufen.

Aus diesem Grunde war mit der katastrophalen Niederlage der Roten Armee auch das Schicksal der Flotte besiegelt. Ungeschoren durch die Ostsee zurück und dann durch die dänischen Meerengen in die Nordsee zu gelangen, war ebenfalls vollkommen ausgeschlossen. Die Schiffe waren nicht mehr zu retten. Das Einzige, was der Admiral noch tun konnte, war, die Besatzungen in Sicherheit zu bringen.

Auch wenn die Entscheidung schwer anmuten mochte, sie fiel dem Admiral leicht. Mit steifen Schritten kehrte er zur Brücke zurück.

Er blickte in die unbeschwerten Gesichter der Matrosen, die ihm auf seinem Weg begegneten und vom Ernst der Lage noch nichts wussten. Er trat durch ein schweres Panzerschott und gelangte über eine Stahltreppe ans Ziel. Dort sah er zuerst den breiten Rücken des Kapitäns der DUKE OF YORK – und die dahinter verschränkten Arme mit den fast tellergroßen, fleischigen Händen.

Kelly schaute durch die gewaltigen Panzerglasscheiben auf das Deck mit den beiden schweren Vordergeschütztürmen. Ein flaues Gefühl der Verzweiflung machte sich in Townsends Magengegend breit, als er daran dachte, dass die gewaltige Feuerkraft der Schiffskanonen in dieser Situation vollkommen nutzlos war.

»Geben Sie mir Oberst Jukow«, befahl er dem diensthabenden Funkmaat. Sekunden später reichte der junge Seemann seinen Kopfhörer an den Admiral weiter.

Townsend vernahm die raue Stimme des Garnisonskommandanten von Riga. Der Russe sprach Englisch mit einem furchtbaren Akzent.

»Hier Jukow!«, krächzte es aus den Lautsprechern. »Was los?«

Townsend antwortete langsam und deutlich, um sicherzustellen, dass der Russe ihn verstand. »Wir brauchen eine Transportmöglichkeit für die Besatzungen meiner Flotte nach Murmansk auf dem Landweg.«

»Wie viele Mann?«

»Fünfzehntausend!«

»Was wird aus Schiffen?«

»Die werden versenkt.«

»Was?«

»Wir versenken unsere Schiffe, weil es sonst die Luftwaffe täte – allerdings mitsamt Besatzung. Deshalb bitte ich um die Beförderung meiner Soldaten nach Murmansk. Dort können wir von Schiffen der britischen Flotte abgeholt werden. Das Nordmeer ist von der Nordischen Flotte bisher weitgehend unbehelligt geblieben. Der Feind konzentriert seine Seestreitkräfte in der Nordsee und im Atlantik.«

»Flotte versenken, ohne Schaden zugefügt Deutschen?«

»Ohne entsprechende Luftunterstützung *können* wir den Deutschen keinen Schaden zufügen. Wenn die Luftwaffe uns angreift – und das wird sie schon bald tun –, können wir bestenfalls ein paar ihrer Bomber abschießen, bevor sie die Flotte völlig vernichten. Dafür lohnt es sich wohl kaum, fünfzehntausend Mann zu opfern.«

Der Russe am anderen Ende der Funkverbindung schnaufte. Dann zeigte er einen gewissen Mangel an Sensibilität, als er sagte: »Nix versenken Flotte in Hafen. Hafen sonst dicht.«

Na, und?, dachte der Admiral. *Die Deutschen werden Riga schon bald zurückerobert haben, also sollen die sich doch mit den Wracks rumschlagen.* Er wollte jedoch keine Grundsatzdiskussion mit Jukow über die grundsätzliche militärische Lage führen. Deshalb entgegnete er nur: »Wir werden die Flotte zwei Kilometer von Hafen entfernt auf offener See versenken.«

Leicht genervt fügte er hinzu: »Zufrieden?«

»Gut. Ich organisiere Abtransport Männer und melde mich später.«

Damit war die Verbindung unterbrochen. Mehrere Offiziere, darunter Kelly, hatten mittlerweile einen Halbkreis um Townsend gebildet. Natürlich hatten sie dem Dialog gelauscht. Der Admiral erntete ungläubige Blicke, als er sich erhob.

»Sie wollen die Flotte versenken?« Kellys Tonfall war zu entnehmen, dass er mit dieser Entscheidung keinesfalls einverstanden war.

»Uns bleibt keine andere Wahl. Wenn Sie vernünftig darüber nachdenken, wird Ihnen das schnell klar sein. Oder wollen Sie fünfzehntausend Mann sinnlos opfern?«

Der Kapitän schluckte die ihm bereits auf der Zunge liegende Bemerkung herunter.

Der Admiral wandte sich an die versammelten Offiziere. »Die Schiffe sollen mit für die Navigation minimaler Mannschaft auslaufen. Anschließend steuern Sie die östliche Küste des Golfs von Riga an. In zwei Kilometern Entfernung vom Ufer sollen die Schiffe versenkt werden. Lassen Sie Zeitzünder verwenden, die den Soldaten genügend Zeit geben, von Bord zu gehen. Für den Abtransport nach Murmansk wird gesorgt. Von dort geht es zurück in die Heimat.«

»Diese Flotte ist für das Empire unersetzlich!«, begehrte Kelly auf. »Ihr Verlust könnte die Vorherrschaft des Nordischen Bundes in der Nordsee und im Atlantik bedeuten und damit den Weg für eine Invasion Englands freimachen!«

»Wir haben hoch gepokert und verloren«, entgegnete Townsend. Das Fehlen jeglicher Betonung bei seinen Worten drückte tiefe Resignation aus. Doch dann ging ein Ruck durch den Mann, der als einer der besten Strategen des Inselreichs für Seekriegsführung galt. »Wir haben versucht, den Krieg schnell zu unseren Gunsten zu beenden, indem wir die deutschen Linien vor Königsberg beschossen, um den Sowjets den alles entscheidenden Durchbruch zu ermöglichen. Natürlich war eine solche Operation, die das Potenzial hatte, den Krieg zu entscheiden, mit gewissen Risiken verbunden, aber die sind wir ganz bewusst eingegangen.« Er machte eine kurze Pause, nahm die Schirmmütze ab und glättete sein Haar. »Das Kriegsglück war auf der Seite der Deutschen, besonders als ihre Stukas trotz des schlechten Wetters unsere Flotte fanden und zwei unserer Schlachtschiffe versenkten. Damit nahm das Verhängnis seinen Lauf. Doch so ist es nun mal im Krieg. Das nächste Mal werden wir es sein, die Glück haben.« Er blickte ernst in die Runde. »Die Deutschen werden in den kommenden Monaten genug mit den Russen beschäftigt sein. Die Rote Armee ist längst nicht geschlagen, denn sie kann auf schier unerschöpfliche Ressourcen an Menschen und Material zurückgreifen. Da wird der Kaiser wohl kaum in der Lage sein, eine zweite Front aufzubauen. Falls die Sowjets wirklich geschlagen werden, wird es Monate dauern, wenn nicht gar Jahre. Bis dahin haben wir die Schiffe längst durch Neubauten ersetzt. Der Verlust der erfahrenen Besatzungen würde also ungleich schwerer wiegen als der Verlust der Schiffe.«

Wieder war es Kelly, der zu einer Entgegnung ansetzen wollte. Doch eine Handbewegung Townsends fegte sie hinweg.

»Genug der Worte, Mister Kelly! Führen Sie meinen Befehl aus.«

*

Vier Stunden später standen 15 0000 Angehörige der britischen Flotte und zweitausend schaulustige Rotarmisten in den weitläufigen Hafenanlagen Rigas und blickten auf die wenige Kilometer entfernte Flotte, von der sich bereits die Beiboote näherten.

Minuten später legten sie an. Schweigende Soldaten mit finsterer Miene entstiegen ihnen und gesellten sich zu ihren Kameraden. Kaum jemand sagte etwas. Es herrschte eine Stimmung wie bei der Bestattung verdienter Soldaten auf See.

Die Detonationen waren nur als leichtes, unendlich weit entfernt scheinendes Grollen zu hören. Zu sehen war zunächst nichts. Keine feurigen Explosionen und Stichflammen schossen in den blauen Sommerhimmel. Die Sprengladungen waren unterhalb der Wasserlinie an den empfindlichen Stellen der Schiffe angebracht worden. Alle Schotts waren geöffnet. Für die Seeleute an Land unsichtbar, drang das Wasser nun an Dutzenden Stellen in die Leiber der Kriegsschiffe ein. Erst Minuten später wurde das Wirken der Fluten bemerkbar: Einige Schiffe tauchten langsam mit dem Bug in die See, wobei sich die Schrauben langsam aus dem Wasser hoben. Die DUKE OF YORK gehörte zu denen, die sich zur letzten Ruhe auf die Seite neigten, schließlich noch einige Minuten mit dem Kiel nach oben trieben, bis sich die Wassermassen barmherzig über dem Giganten schlossen.

Admiral Townsend gehörte zu den Ersten, die sich von dem schaurigen Schauspiel abwandten. Er schritt mit glänzenden Augen an der Spitze der schier endlosen schweigsamen Prozession seiner Mannschaften in Richtung Stadtzentrum zum Hauptbahnhof der Großstadt. Die Angehörigen der Roten Armee am Straßenrand schauten dem Marsch ihrer Verbündeten mit ernster Miene zu. Sie wussten, dass der schnelle

Sieg über den Nordischen Bund nun in weite Ferne gerückt war und ihnen ein langer grausamer Krieg bevorstand.

Kapitel 4: Verrat ist Treue

Nach seinem Gespräch mit dem französischen König Karl VII. war Friedrich in bester Stimmung.

Schon unmittelbar nach Karls Befreiung aus dem durch die so genannten Demokratischen Revolutionäre auferlegten Hausarrest im Schloss Versailles, hatte Friedrich den französischen Herrscher zum Oberbefehlshaber der Heeresgruppe West ernannt. Durch diese Arbeitsteilung hatte er sich auf die Heimatverteidigung gegen die anstürmende Rote Armee und die Organisation der damit verbundenen Rüstungsanstrengungen konzentrieren können.

Der Widerstand gegen das Vordringen der Sowjets war fast ausschließlich von deutschen und finnischen Verbänden geleistet worden. So sehr das Reich im Vertrauen auf seine Atomwaffen die konventionelle Rüstung auch vernachlässigt hatte, umso mehr hatten sich die skandinavischen, französischen, niederländischen und belgischen Verbündeten auf seine Stärke verlassen. So kam es, dass Friedrich zu Beginn des Krieges immerhin über Truppen verfügte, die dem roten Bären Nadelstiche versetzen konnten, der französische König bei seiner Aufgabe jedoch praktisch vor dem Nichts stand.

Doch Karl hatte in den vergangenen dreieinhalb Monaten Phantastisches geleistet: Die Industrie der Beneluxstaaten, Skandinaviens und Frankreichs war schon zu mehr als zur Hälfte ihrer theoretisch denkbaren Kapazität auf Rüstung umgestellt worden. Aufkommender Unmut in der Zivilbevölkerung über die Mehrarbeit und den sich abzeichnenden Mangel an Konsumgütern hatte der König durch flammende Reden im Keim zu ersticken verstanden: Er hatte den Menschen zu verstehen gegeben, dass ein entbehrungsreicher Kampf um die Freiheit, den Wohlstand und den Erhalt der eigenen Kultur unvermeidlich sei.

Friedrich betrachtete nachdenklich die vorbeiziehenden Baumreihen, die die südliche Ausfallstraße Berlins säumten. Neben ihm saß Generalfeldmarschall von Dankenfels, der ihn vor einer halben Stunde im Kaiserpalast abgeholt hatte, um mit ihm einen Ausflug zum größten Geheimnis der Menschheit zu unternehmen.

So erfreulich das Gespräch mit Karl VII., der ihn erst wenige Minuten vor dem Eintreffen des Generalfeldmarschalls verlassen hatte, auch gewesen war, so skeptisch blickte Friedrich in die nahe Zukunft. Er würde mittels einer unglaublichen Technologie, die die so genannte »Organisation« nach außerirdischem Vorbild geschaffen hatte, in Kürze zum Mond fliegen, um dort auf den legendären Begründer der Kastrup, den ehemaligen Generalfeldmarschall von Lindenheim, zu treffen.

Der Mann, der seit Mitte der zwanziger Jahre offiziell als verschollen galt, hatte in den Jahren 1917 und 1918 die Monarchie gerettet und das Reich vor dem Zerfall bewahrt. Seit der Entdeckung des verlassenen Stützpunktes der Außerirdischen im Sudan machte er mit Engländern und Amerikanern gemeinsame Sache. Würde er sich trotzdem bedingungslos unter kaiserlichen Befehl stellen?

Vor dem Hintergrund der kosmischen Katastrophe, die der Erde drohte, hatte Friedrich ein gewisses Verständnis für von

Lindenheims Handlungsweise. Doch für wen würde der Begründer der Kastrup sich entscheiden, wenn man ihn vor die Wahl stellte: für die »Organisation« oder den Nordischen Bund? Wie würde er reagieren, wenn Friedrich ihm von den gemeinsam mit Karl entwickelten Plänen berichtete, gegen England vorzugehen?

Der neben ihm sitzende von Dankenfels blickte ungewöhnlich schweigsam aus dem geschlossenen schwarzen Mercedes. Erst als der luxuriöse Wagen auf die Landstraße abbog, brach er sein Schweigen.

»Ich habe gehört, dass Sie vor meinem Eintreffen eine Unterredung mit dem französischen König hatten, Majestät.«

»Ja, Karl und ich haben über die strategische Lage und das weitere Vorgehen gesprochen.«

»Darf ich fragen, was dabei herausgekommen ist? Ich will ganz offen sein, Majestät: Warum haben Sie weder die Reichsmarschälle noch mich dazu eingeladen?«

Friedrich lachte humorlos. »Herausgekommen ist bei unserem Gespräch ein Plan zur Eroberung Englands, dessen Vorbereitungen bereits laufen und dessen Ausführung ich im Frühjahr befehlen werde, sobald das Wetter es zulässt.« Er machte eine kurze Pause und suchte direkten Blickkontakt zu von Dankenfels. »Eingeladen habe ich niemanden aus dem Oberkommando, weil auch der französische König keinen seiner Militärs mitgebracht hat. Wahrscheinlich hätte Marschall Detraux ebenso gern an der Unterredung teilgenommen wie Sie. Was der König und ich zu besprechen hatten, war jedoch eine prinzipielle Weichenstellung zur Fortführung des Krieges und die Einbindung der Bevölkerung und der Industrie, um unsere Pläne zum Erfolg zu führen. Erst nachdem wir die politisch-strategischen Entscheidungen getroffen haben, geht es ans Ausarbeiten der militärischen Detailplanungen. Darin werden Sie selbstverständlich involviert sein.«

»Zu welchem Ergebnis sind der König und Sie gekommen, Majestät?«

»Ich gedenke, den Inhalt unseres Gesprächs auf Luna mit von Lindenheim zu besprechen – in Ihrem Beisein. Besonders im Hinblick auf die Folgen, die die Durchführung unserer Kriegsplanungen auf die ›Organisation‹ haben werden. Bitte, warten Sie so lange, damit ich nicht alles zweimal erklären muss.«

Der Mercedes bog in eine gut ausgebaute Waldstraße ein, die schließlich vor einem Schlagbaum endete.

Trotz der hohen Gäste verzichtete der Wachhabende nicht auf eine gründliche Kontrolle. Anschließend ging es an pyramidenförmigen Bunkern vorbei, weiter bis zu einem zweihundert mal zweihundert Meter messenden Betonplatz, über dem ein rochenförmiges schwarzes Raumschiff in wenigen Metern Höhe schwebte.

»Das ist die K-23«, erläuterte von Dankenfels nicht ohne Stolz in der Stimme.

Friedrich war mit der Technologie der »Organisation« bisher nur in Berührung gekommen, als von Dankenfels ihn mittels eines mobilen Computers – die Bezeichnung stammte von den Engländern, die die sudanesische Station Anfang der Zwanziger entdeckt hatten – über die bisherigen Aktivitäten hinsichtlich der großen Katastrophe unterrichtet hatte. Auf dem flachen Bildschirm hatte von Dankenfels ihm Bilder der auf Mond, Mars, Jupiter- und Saturnmonden errichteten Werke gezeigt, und natürlich Aufnahmen der rochenförmigen Raumschiffe, die dies erst ermöglicht hatten.

Doch es war ein Unterschied, ob man Bilder der schwarzen Schiffe sah oder ob sie hundert Meter durchmessend unmittelbar vor einem über einer Betonfläche schwebten.

»Wo ist die K-23 gebaut worden?«, fragte Friedrich.

»Im Werk Luna II.«

»Gibt es weitere Produktionsstätten, an denen Raumschiffe hergestellt werden können?«

»Das erste Schiff wurde in dem von uns erweiterten außerirdischen Stützpunkt unterhalb von Fort Charles im Sudan gebaut. Mit Unterstützung dieses einen Schiffes wurden Anfang dieses Jahrzehnts zunächst die Werke Luna I bis III errichtet und die Produktionsanlagen dorthin verlagert. 1944 begannen die Bauten am Werk Mars I. 1947 folgten die Arbeiten an Ganymed I, Kallisto I und Titan I.«

»Warum verteilen Sie die Stützpunkte der Organisation über das gesamte Sonnensystem, statt einen einzigen zu errichten?«

»Majestät, Sie wissen in Grundzügen, was der Menschheit im Juni 1953 blüht. Unsere Überlebenschancen sind einfach größer, wenn wir uns in den Tiefen des solaren Systems verteilen. Ein einzelner vernichteter Stützpunkt löscht uns dann eben nicht gleich aus.«

Friedrich wurde übel, als ihm das Ausmaß der bevorstehenden Apokalypse erneut bewusst wurde. Das würgende Gefühl stieg von seinem Magen bis in seine Kehle hinauf.

Über eine Rampe, die von der Unterseite der K-23 bis auf den Beton des Landeplatzes reichte und vor der zwei Dutzend schwarz uniformierte Kastrup-Soldaten Spalier standen, folgte der Kaiser dem Generalfeldmarschall ins Innere des Raumschiffes. Dort wurden sie von Major von Dornbach in Begleitung von fünf weiteren Offizieren empfangen und in die Zentrale der K-23 geführt.

Friedrich war zutiefst beeindruckt von der fremdartigen Technologie. Allein die riesigen Bildschirme, die dünn wie Papier zu sein schienen, gänzlich entspiegelt waren und mit ihrem hohen Auflösungsvermögen den Eindruck vermittelten, man schaue durch ein Fenster, verdeutlichten den Vorsprung von etlichen Jahrzehnten, wahrscheinlich Jahrhunderten, die diese Technologie gegenüber der irdischen fortgeschritten war.

»Wie konnten unsere Wissenschaftler all dies in nicht mal zwanzig Jahren reproduzieren?«, fragte Friedrich den Generalfeldmarschall, der auf dem mit rotem Samt gepolsterten Sessel einer um runde Kirschholztische gruppierten Sitzgruppe Platz nahm.

»Zunächst möchte ich darauf hinweisen, dass wir bisher nur einen Bruchteil der außerirdischen Technologie reproduzieren können«, erwiderte von Dankenfels. »Doch unser zweifellos rasanter Fortschritt ist den Computern der Außerirdischen zu verdanken, die wir in ihrem Stützpunkt nebst Generatoren zur Energieerzeugung und einigen Raumschiffen vorfanden. Nachdem wir die Symbolik dieser Rechnersysteme entschlüsselt hatten, konnten wir ihnen unglaubliche Mengen an Informationen über die Technologie der Fremden entlocken. Um einen Energiegenerator oder Raumschiffantrieb nachbauen zu können, mussten wir beispielsweise nicht etwa einen von den Außerirdischen zurückgelassenen Energiegenerator in seine Bestandteile zerlegen; nein, wir fanden die Baupläne im Detail als so genannte Hypertexte in den Computern. Diese Hypertexte sind voller Querverweise auf beispielsweise die verwendeten Materialien, wo man sie wiederum findet, wie diese herzustellen sind, und so weiter.«

»Und welche Bereiche der fremden Technologie sind so kompliziert, dass wir sie bis heute nicht verstanden haben?«

Von Dankenfels blickte dem Herrscher über den Nordischen Bund in die Augen und zuckte mit den Achseln. »Eine qualifizierte Antwort auf diese Frage kann Ihnen nur einer unserer Wissenschaftler geben. Soweit ich die Problematik verstehe, beherrschen die Außerirdischen die Bearbeitung von Materie bis in einem Bereich von der Größe von Atomen, also einigen Dutzend Pikometer[16] Ausdehnung, weshalb wir diese Technologie Pikotechnologie genannt haben.

Nach den in den Computern gefundenen Unterlagen benötigten sie etwa zwei Jahrhunderte, um ihren gegenwärtigen Stand

---

[16] Ein Billionstel Meter

der Beherrschung der Materie auf kleinsten Dimensionen zu erreichen. Der Grund dafür ist, dass es sich um einen iterativen Prozess handelt. Man braucht zunächst Werkzeuge einer bestimmten Ausdehnung, um noch kleinere Strukturen erzeugen zu können, woraus sich wiederum kleinere Werkzeuge ergeben, die noch kleinere Strukturen ermöglichen. Und so weiter.«

Friedrich hatte ebenfalls in einem bequemen Sessel Platz genommen. Major Dornbach und seine Offiziere bildeten einen Halbkreis um die beiden Männer. »Inwiefern ist die Pikotechnologie von Bedeutung? Was genau können die Außerirdischen, was wir noch nicht können?«

»Die Pikotechnologie findet besonders in der Bio- und Computertechnologie Anwendung. Nach allem, was wir über die Zivilisation der Außerirdischen wissen, die wie wir von einem Sauerstoffplaneten stammen, erschaffen sie Lebewesen nach ihren eigenen Vorstellungen für unterschiedlichste Zwecke: als Arbeiter in Tiefseeminen oder auf Planeten mit anderer Atmosphäre; als Sklaven, als Nahrung und als untergeordnete Streitkräfte. Davon sind wir noch ziemlich weit entfernt. Wir sind gerade dabei, die auf spiralförmigen Nukleotidketten basierenden Baupläne der irdischen Lebensformen zu entschlüsseln und wissen erst in einigen Spezialfällen, wie man sie verändern muss, um gewisse neue Eigenschaften eines Lebewesens zu erzeugen.« Von Dankenfels kratzte leicht verlegen an seiner linken Wange. »Ich habe den Zusammenhang nicht ganz verstanden, aber die Computertechnologie ist mit der Biotechnologie der Außerirdischen eng verwandt. Sie haben Schaltkreise mit der Ausdehnung von einigen Nanometern[17] auf organischer Basis entwickelt, wovon wir ebenfalls noch weit entfernt sind. Dies bedeutet, dass die Computer in den von uns nachgebauten Raumschiffen weniger leistungsfähig sind. Oder, um es etwas praktischer auszudrücken: unsere Na-

[17] Ein Milliardstel Meter

vigations- und Zielerfassungssysteme sind denen der Außerirdischen unterlegen.«

Der Kaiser lehnte sich in den Sessel zurück. Er gestand sich ein, dass ihn weitere Fragen zur Technologie zu diesem Zeitpunkt nur weiter verwirren würden, und nahm sich vor, sich, sobald es ihm möglich war, ausgiebiger mit der Materie zu beschäftigen.

Aus diesem Grunde lenkte er das Gespräch auf weniger anspruchsvolle Themen: Er befragte die Offiziere nach ihren Einschätzungen zum Kriegsverlauf und welche zukünftige Strategie sie vorschlugen. Interessanterweise deckten sich einige Vorschläge der Herren mit den von Karl VII. und ihm selbst angestellten Überlegungen.

Die Zeit an Bord der K-23 verging im wahrsten Sinne des Wortes wie im Flug. Auf dem Hauptbildschirm wurde die leuchtende Scheibe des Mondes größer, bis sie schließlich die typische schmutziggraue Färbung annahm und die zerklüfteten Details der Oberfläche des Erdtrabanten immer deutlicher zu erkennen waren.

»Das Mare Crisium«, kommentierte Major von Dornbach, als das Raumschiff sich auf eine ebene Fläche zubewegte, von der der Kaiser wusste, dass sie vierhundertachtzehn Kilometer durchmaß.

»Das ist mir bekannt«, entgegnete der Monarch. »Schließlich war dies der Landeplatz unserer Donar-Mission unter dem Kommando von Rittmeister Erich Ortjohann.«

»...der sich, wie ich Ihnen erläuterte, bester Gesundheit erfreut, nachdem wir ihn und seine Mannschaft aus der havarierten Landefähre *Schwarzer Adler* retteten«, fügte von Dankenfels hinzu. »Der Rittmeister und seine Begleiter absolvieren gerade ein Ausbildungsprogramm zur Pilotierung moderner Raumschiffe.«

»Moderne Raumschiffe?« Die Stimme des Kaisers hatte einen leicht sarkastischen Unterton angenommen. »Vor wenigen

Monaten habe ich noch geglaubt, mit Flüssiggas angetriebene dreistufige Raketen *wären* moderne Raumschiffe.« Natürlich erntete er mit dieser Bemerkung ein Grinsen der Offiziere.

Die K-23 bewegte sich rasend schnell auf einen mehrere hundert Meter über das Mare Crisium hinausragenden Felsvorsprung zu. Unter ihm wurde ein leuchtender Spalt sichtbar, der sich schnell vergrößerte.

»Wir fliegen nun in den Hangar von Werk III ein«, bemerkte von Dornbach.

Innerhalb des fünfhundert Meter im Quadrat und rund zweihundert Meter hohen Hangars schwebte noch ein weiteres Rochenschiff knapp über dem Boden. Dicht daneben nahm die K-23 ihre »Parkposition« ein, während sich die mächtigen Hangartore hinter dem Raumschiff schlossen.

»Wir sind nun leider gezwungen, rund zwanzig Minuten zu warten, bis der Hangar mit Luft geflutet wurde«, erläuterte von Dornbach.

Nach Ablauf der Frist folgten der Kaiser und der Generalfeldmarschall den Offizieren zum Ausstieg, der bereits als Rampe auf den Hangarboden ausgefahren war. Draußen wurden sie von zwei Hundertschaften schwarz uniformierter Kastrup-Soldaten empfangen. Sie hatten zwei Reihen gebildet, zwischen denen ein Mann in ebenfalls schwarzer Uniform, doch ohne Helm, auf den Ausstieg zuschritt. Er war noch etwa hundert Meter von dem die Rampe herabsteigenden Monarchen entfernt. Trotz der Entfernung erkannte Friedrich die stattliche Gestalt an ihren markanten Gesichtzügen und den streng nach hinten gekämmten schneeweißen Haaren auf Anhieb.

Von Lindenheim, dachte der Kaiser. *Er scheint in den vergangenen zwanzig Jahren kaum gealtert zu sein.* Dann stand er dem zur Legende gewordenen Begründer der Kastrup gegenüber.

»Es ist keine bloße Floskel, Majestät, wenn ich sage: Herzlich willkommen in Werk Luna III.« Von Lindenheim hatte militärisch exakt salutiert; nun reichte er Friedrich die Rechte.

»Und von meiner Seite ist es ebenso wenig eine Floskel, wenn ich sage: Ich freue mich, Sie wiederzusehen! Immerhin ging ich seit vierundzwanzig Jahren davon aus, Sie seien tot.« Der Kaiser lächelte dem Retter des Reiches ehrlich erfreut zu und ergriff die dargebotene Hand des Neunundsiebzigjährigen, der jedoch wie Ende vierzig wirkte. »Es ist sicherlich kein profanes Kompliment, wenn ich Ihnen versichere, dass ich Sie mir auf dem Flug hierher erheblich älter aussehend vorgestellt habe.«

Von Lindenheim wandte sich in Richtung Hangarausgang und bat den Monarchen, ihm zu folgen. »Ich bin nicht im Detail darüber informiert, in welcher Tiefe Ihnen Generalfeldmarschall von Dankenfels den Stand unserer Technologie erläutert hat. Wir haben, was unser biochemisches Wissen anbelangt, zwar noch immer einen riesigen Rückstand aufzuholen, doch die Mechanismen des Alterns haben wir in groben Zügen schon verstanden. Wir sind in der Lage, das Altern erheblich zu verlangsamen und bis zu einem gewissen Grade sogar rückgängig zu machen. In wenigen Jahren hoffen wir nachhaltige Verjüngungen durchführen zu können.«

Dem Monarchen lief es kalt den Rücken hinab, als er an die Möglichkeiten dachte, die sich durch die außerirdischen Technologien auftaten. Der größte Teil der Menschheit würde allerdings nicht mehr in den Genuss dieser Segnungen kommen. Standen dem Menschen nun die Mittel zur Verfügung, Tod und Krankheit zu besiegen? Und ausgerechnet jetzt bahnte sich eine Katastrophe an, die, wenn überhaupt, vielleicht ein Promille der Menschen überleben würde.

»Führen Sie mich in Ihr Arbeitszimmer. Ich möchte unter sechs Augen mit Ihnen und von Dankenfels sprechen.«

Der ehemalige Generalfeldmarschall, der nun den Posten eines von zwei Koordinatoren der »Organisation« bekleidete, nickte und führte den Herrscher des Nordischen Bundes durch das Spalier der Kastrup-Soldaten zum Hangarausgang.

Hinter einem mächtigen, weit offen stehenden Stahlschott befand sich eine Halle, deren Wände aus unverkleidetem Beton bestanden. Auf der gegenüberliegenden Seite befand sich ein weiteres, jedoch verschlossenes Panzerschott.

Der Koordinator zog ein schwarzes Kästchen aus der Brusttasche seiner Uniform und drückte einen Knopf. Hinter ihnen schloss sich das Stahltor automatisch. Anschließend öffnete sich das vordere. Von dort gelangten sie in eine weitere Halle, deren Wände, Boden und Decke ebenfalls aus unverkleidetem Beton bestanden. Die einzigen Verzierungen waren auflackierte weiße Zahlen und Pfeile, die in abzweigende Gänge führten. Friedrich vermutete, dass es sich um die Nummern der Räumlichkeiten auf dieser Ebene des Werkes III handelte.

Von Lindenheim gab den Offizieren um von Dornbach, die den Koordinator und seinen Gast von der K-23 bis hierher begleitet hatten, einen kurzen Wink, dass sie wegtreten konnten. Zusammen mit von Dankenfels und dem Kaiser betrat er einen Aufzug, der fünfzig Männer hätte befördern können. Die Offiziere verschwanden in einem in die Halle mündenden Gang. Der Koordinator drückte den Knopf für die untere von insgesamt fünfunddreißig Etagen. Mit einem kaum merklichen Ruck setzte sich der Aufzug in Bewegung.

Unten angekommen führte von Lindenheim seine Gäste durch weitere trostlose Gänge voller eingelassener Stahltüren mit Nummern und Pfeilen, bis er schließlich vor einer durch nichts von den anderen zu unterscheidenden Gangtür stehen blieb. Er nahm das schwarze Kästchen erneut aus der Brusttasche und betätigte nochmals einen Knopf.

Ein Summen kündigte die Entriegelung der Tür an. Von Lindenheim drückte dagegen und sie sprang mit einem leisten Klacken auf. Dahinter lag ein Vorzimmer, das den Kaiser an das eines Unternehmers erinnerte, der an allen Ecken und Enden sparen musste. Lediglich der supermodern wirkende Bildschirm auf dem billigen Schreibtisch aus hellem Fichtenholz passte nicht ins Bild.

Vor dem Möbelstück, das die Organisation bei einem expandierenden schwedischen Hersteller bestellt zu haben schien, saß eine betagte Sekretärin mit grau melierten Haaren. Sie sprang sofort auf, als die Dreiergruppe eintrat. Sie lächelte freundlich, reichte dem Monarchen die Hand und stammelte ein unsicheres »Herzlich willkommen, Majestät!«

Der Koordinator bedachte die Graumelierte mit einem Lächeln und öffnete eine ebenfalls helle Holztür in der linken Seitenwand auf traditionelle Weise: Er drückte die Klinke hinunter.

Friedrich und von Dankenfels folgten ihm in einen ähnlich kostengünstig eingerichteten Raum. An den Wänden standen einfache Regale. Ein Schreibtisch und ein Konferenztisch mit zehn Holzstühlen komplettierten das Bild.

»Nehmen Sie doch bitte Platz«, forderte von Lindenheim den Herrscher über mehr als dreihundert Millionen Menschen auf. Er deutete auf die ungepolsterte Sitzgruppe. »Wir sollten zunächst ein paar grundsätzliche Dinge klären, Majestät. Anschließend führe ich Sie durch das Werk.«

Die drei Männer setzten sich. Einige Sekunden herrschte Schweigen. Von Lindenheim faltete die Hände auf dem Tisch. Von Dankenfels lehnte sich zurück. Friedrich saß in Erwartung der Dinge ein wenig steif da.

»Wie Ihnen der Generalfeldmarschall bereits berichtet hat, Majestät, können Sie sich der Loyalität der Kastrup – inklusive der Truppen in den Werken der Organisation – nach wie vor sicher sein«, begann der Koordinator.

Er wurde sofort vom Kaiser unterbrochen. »Wie sieht es mit Ihrer persönlichen Loyalität mir gegenüber aus? Sehen Sie sich überhaupt noch als Angehörigen der Kastrup?«

»Offiziell bin ich es nicht mehr, Majestät. Immerhin gelte ich als tot. Doch mache ich heute genau das, was ich mein Leben lang getan habe: Ich tue, was ich für das Richtige halte – und die Gründung der Kastrup war nach meiner Einschätzung nicht nur meine beste, sondern auch wichtigste Tat. Deshalb verstehe ich mich nach wie vor als Angehöriger der Kastrup und werde ihr bis zu meinem Tode tief verbunden sein. Die Kastrup ist der Garant für den Erhalt der von Ihnen, Majestät, reformierten Monarchie, die auf einer Aristokratie basiert, die nicht durch das Recht der Geburt, sondern durch die Tat erworben wird. Diese Form der Monarchie wiederum ist der Garant für das Fortbestehen unserer Kultur und des Fortschritts. Diese Form der Monarchie verhindert, dass käufliche Politiker an die Macht kommen, denen die eigene Karriere wichtiger ist als das Geschick des Landes, das sie regieren sollen.«

In den Augen seines Gegenübers las der Kaiser, dass diese Worte aus tiefster Überzeugung gesprochen wurden.

»Warum machen Sie dann mit unmoralischen Finanzjongleuren gemeinsame Sache, die Amerika und England beherrschen?«

»Weil die Menschheit *all* ihre Kräfte bündeln muss, damit wenigstens Einige von uns die bevorstehende Katastrophe überleben. Dabei spielt es keine Rolle, ob diese Kräfte moralisch sind oder nicht, ob sie die Mehrung von Kultur und Fortschritt für erstrebenswert halten oder die Vermehrung von Profit.« Von Lindenheim unterbrach sich kurz und blickte dem Monarchen ernst in die Augen. »Bitte bedenken Sie, dass die Leute, die Sie Finanzjongleure nennen, durch die Privatisierung der Geldschöpfung in den Vereinigten Staaten und dem Britischen Weltreich über eine ungeheure finanzielle Macht verfügen. Wir konnten es uns nicht leisten, auf diese Macht, die einen mit Billionen Reichsmark zu beziffernden Beitrag geleistet hat, zu verzichten.«

»Ich kann mir allerdings gut vorstellen, dass Sie schon in wenigen Monaten ohne die Hilfe dieser Krämerseelen auskommen müssen«, sagte Kaiser Friedrich.

Von Lindenheim runzelte die Brauen. »Warum das?«

Die Anspannung schien von Friedrich abzufallen. Nun lehnte auch er sich auf dem unbequemen Stuhl aus Fichtenholz zurück. »Um diese Frage zu beantworten, gebe ich Ihnen zunächst einen Überblick über die Kriegslage und über die weitere Strategie, die ich zu verfolgen gedenke.« Mit Genugtuung nahm er die Neugierde wahr, die sich auf dem Gesicht des Koordinators abzeichnete – weniger über die Kriegslage, denn darüber war von Lindenheim bestens informiert, sondern über die nächsten militärischen Schritte, die Friedrich IV. zusammen mit Karl VII. geplant hatte.

»Die Sowjets haben bei Warschau einen schweren Schlag hinnehmen müssen. Wenn die eingekesselten Verbände der Roten Armee in kurzer Zeit kapituliert haben, können wir endlich gen Osten vorstoßen. Bis zum Winter werden wir einen Großteil des von den Sowjets besetzten deutschen Territoriums zurückerobert haben. Unsere Frühjahrsoffensive wird dann zwar neu erstarkten sowjetischen Verbänden gegenüberstehen, doch auch wir werden durch unsere überlegene Industriekapazität wesentlich stärker sein als heute. Ich mache mir also keine großen Sorgen über den Krieg im Osten. Zumindest ein Unentschieden sollten wir erkämpfen können.« Friedrich lächelte unergründlich, bevor er fortfuhr. »Ganz anders sieht die Situation im Westen aus. Amerika mit seiner gigantischen Rüstungskapazität schafft immer mehr Menschen und Material nach England. Das Damoklesschwert einer alliierten Invasion und damit eines Zweifrontenkrieges schwebt also über uns. Aus diesem Grunde haben König Karl VII. und ich einen Plan entwickelt, der von unseren Militärs nur noch detailliert ausgearbeitet werden muss.« Erneut ergötzte er sich an der Neugierde seines Gegenübers. »Bis zum Frühjahr hat Frankreich zwei Armeen und eine Panzerarmee einsatzbereit. Die Benelux-Staaten stellen eine Armee auf, Skandinavien wird zwei weitere beisteuern, darunter die Kastrup-Panzerarmee Thor.

Im Schutze unserer Luftherrschaft werden die sechs Armeen im Frühjahr, sobald die Witterungsverhältnisse es zulassen, in England landen. Die gesamte Operation wird von Marschall Detraux kommandiert werden. Wir sind zuversichtlich, dass wir England bis zum Sommer nächsten Jahres niedergeworfen und besetzt haben. Damit wäre dann eine alliierte Invasion auf dem Kontinent in weite Ferne gerückt.«

Der Kaiser ließ seine Worte zunächst wirken.

Von Lindenheim brauchte einige Sekunden, bis er fragte: »Was ist Ihr Kriegsziel gegen England, Majestät? Geht es um die Vernichtung Englands, die Verwandlung des Inselreiches vom Industrie- in einen Agrarstaat? Nach zwei Kriegen, die sie gegen uns angezettelt haben, könnte ich dies durchaus verstehen. Bitte, bedenken Sie jedoch …«

Dieses Mal drückte das Lächeln Friedrichs Offenheit und Ehrlichkeit aus. »England wäre ein würdiges und wertvolles Mitglied des Nordischen Bundes, wenn es nicht von den skrupellosen Politikern regiert würde, die der amerikanischen Hochfinanz hörig sind. Aus diesem Grunde lautet mein Kriegsziel: Abschaffung des Parlamentarismus in England und Übergabe der Regierung an einen ehrenvollen König, dem das Schicksal seines Landes mehr am Herzen liegt als sein eigenes.«

»So weit, so gut.« Von Lindenheim schien den Kaiser mit seinem Blick durchbohren zu wollen und stellte jene Frage, deren Antwort er bereits grob kannte: »Und was hat dies damit zu tun, dass die Organisation schon bald auf ihre amerikanischen Geldgeber verzichten muss?«

»Vor der Schlacht um Warschau war die Lage des deutschen Heeres an der Ostfront ziemlich hoffnungslos. Damals versicherte mir Generalfeldmarschall von Dankenfels, dass die Kastrup die alleinige Macht in der Organisation übernehmen würde, falls die Sowjets durchbrechen und das Reich zu fallen droht. In der Folge würden Sie, von Lindenheim, mit der

Raumflotte der Organisation in den Krieg eingreifen und die Rote Armee zurückschlagen.

Des Weiteren erläuterte von Dankenfels, dass auf einen solchen Schritt nach Möglichkeit verzichtet werden sollte, um den Ausbau der Refugien auf den Himmelskörpern des Sonnensystems nicht zu gefährden, sollte es zu einer Art Bürgerkrieg in der Organisation kommen.« Friedrich unterbrach sich kurz, um dem Koordinator die Gelegenheit zu geben, seine Zustimmung durch ein kurzes Nicken zu signalisieren.

»Wenn der Nordische Bund in einigen Monaten England besetzt, werden die wahren Herrscher Amerikas diese Aktion als das sehen, was sie ist: ein herber Rückschlag der Alliierten in diesem Krieg und die Eroberung des Sprungbrettes für eine Invasion Amerikas durch den Nordischen Bund. Es gibt für mich keinen Grund anzunehmen, dass meine Gegner anders Denken als ich. Folglich werden sie die ihnen loyalen Teile der Organisation auffordern, die Macht zu übernehmen, um die Raumflotte der Organisation dazu einzusetzen, den Vormarsch des Nordischen Bundes aufzuhalten.« Friedrich tippte mit den Fingernägeln rhythmisch auf die Tischplatte. »Und da dieser Schachzug meiner finanzjonglierenden Feinde« – ein leises Lachen begleitete seine letzte Bemerkung – »die auch für die Finanzierung des Attentats von Sarajewo auf Franz Ferdinand und seine Frau Sophie verantwortlich zeichnen und damit den 1. Weltkrieg auslösten, aus meiner Sicht hundertprozentig vorhersehbar ist, gebe ich Ihnen nun folgenden Befehl: Bereiten Sie in den nächsten Monaten die vollständige Übernahme der Organisation durch die Kastrup vor. Auf mein Zeichen hin, das ungefähr zum Zeitpunkt der Invasion Englands erfolgen wird, schlagen Sie los.«

Nun war es der Blick des Monarchen, der sein Gegenüber zu durchbohren schien. »Sind Sie bereit, erneut den Eid auf den Nordischen Bund und seinen Kaiser zu schwören?«

Die Antwort von Lindenheims kam ohne Zögern.

»Ja!«

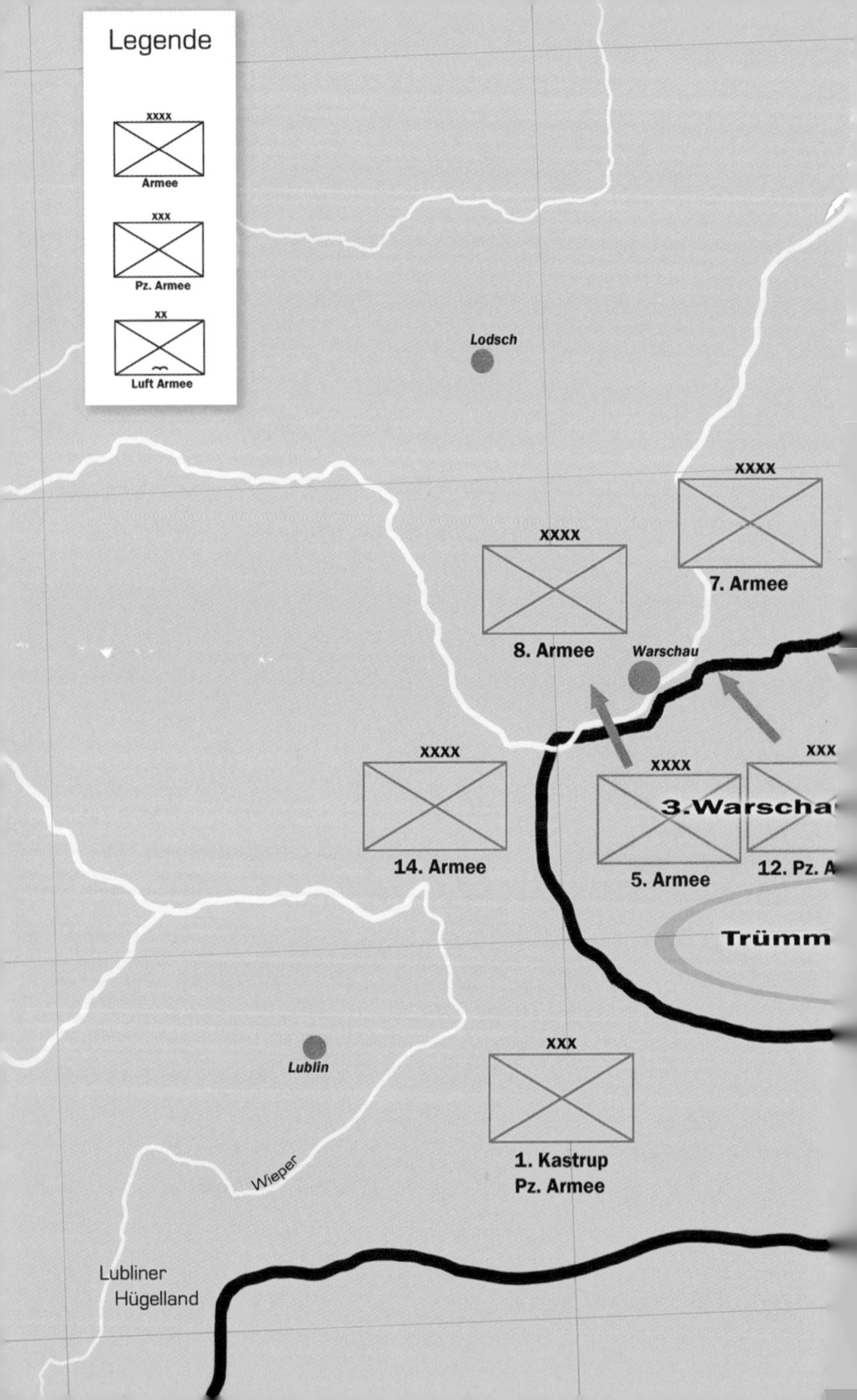

Legende
XXXX
Armee
XXX
Pz. Armee
XX
Luft Armee
Lodsch
XXXX
7. Armee
XXXX
8. Armee
Warschau
XXXX
14. Armee
XXXX
3.Warscha
5. Armee
XXX
12. Pz. A
Trümm
Lublin
XXX
1. Kastrup
Pz. Armee
Wieper
Lubliner
Hügelland